insel taschenbuch 5062

Rachael Lucas

Midsummer House

Charlotte Fraser hat ihr Leben gern unter Kontrolle, aber als sie auf einer Reise den attraktiven Rob kennenlernt, wirft sie ihre Prinzipien für eine aufregende Nacht über Bord. Unwahrscheinlich, dass sie sich je wiedersehen …

Zuhause in Applemore konzentriert sie sich darauf, das idyllische Midsummer House zu erwerben, das sich schön in ihr Ferienhauskonzept einfügen würde. Frances, die exzentrische Eigentümerin, scheint grundsätzlich zum Verkauf bereit, aber unter der Bedingung, dass Charlotte erst einmal drei Monate dort wohnen muss.

Zudem ist Frances die Tante von Rob, der gerade seinen Job losgeworden ist und sich durchaus vorstellen kann, Midsummer House für sich zu behalten. Er fährt nach Applemore, und so stehen sich Charlotte und Rob unverhofft wieder gegenüber. Es beginnt ein zähes Ringen um das Haus, keiner von beiden will nachgeben. Zugleich aber ist die gegenseitige Anziehungskraft unübersehbar, und Rob fühlt sich unerwartet wohl in Applemore – vielleicht gibt es doch etwas anderes als das Leben in der Großstadt?

Rachael Lucas wuchs in den schottischen Highlands auf. Nach ihrem Studium verdiente sie ihren Lebensunterhalt mit verschiedenen Jobs, bis sie sich ganz dem Schreiben zuwandte. Sie lebt heute mit ihrer Familie in Southport.

Sabine Schulte studierte Anglistik und Germanistik. Sie übersetzt aus dem Englischen, u. a. Doris Lessing, Susanna Kaysen und Alan Carter.

Rachael Lucas

Midsummer House

DAS ERBE VON APPLEMORE

Aus dem Englischen von Sabine Schulte

Insel Verlag

Die Originalausgabe erschien 2022 unter dem Titel *Midsummer House.*

Klimaneutral
Druckprodukt
ClimatePartner.com/14438-2110-1001

Erste Auflage 2024
insel taschenbuch 5062
Deutsche Erstausgabe

Umschlagabbildung: FinePic®, München
Umschlaggestaltung: zero-media.net, München
Satz: Satz-Offizin Hümmer GmbH, Waldbüttelbrunn
Druck: CPI books GmbH, Leck
Printed in Germany
ISBN 978-3-458-68362-9

www.insel-verlag.de

Midsummer House

Für Elise

Erstes Kapitel

Charlotte Fraser – die sich noch nie im Leben vor irgendetwas gedrückt hatte – lehnte sich von außen an die schwere Tür des *Old Officers' Club*. Dass aus einer undichten Dachrinne Regenwasser auf das teure kleine Schwarze platschte, das sie erst am Vormittag gekauft hatte, oder dass ihre perfekte Fönfrisur ruiniert wurde, machte ihr nichts aus. Und dass sie ihren Mantel in der Garderobe hatte hängenlassen, war ihr auch egal. Eins allerdings wusste sie ganz sicher: Keine zehn Pferde würden sie in den Veranstaltungssaal zurückbringen, wo in diesem Moment der Besitzer der *Happy Holstein Dairy Farm* für seine Milchshakes aus dem Bauernhof-Automaten die Auszeichnung »Schottischer Tourismus-Innovator des Jahres« erhielt.

Nicht, dass Charlotte eine spezielle Abneigung gegen Kühe oder gegen Milchbauern gehabt hätte – sie war auf dem Land aufgewachsen, umgeben von beiden. Aber sie hatte bereits eine geschlagene Stunde lang Preisverleihungen über sich ergehen lassen und mit verkrampftem Lächeln an den richtigen Stellen geklatscht, wenn die Gewinner verkündet wurden. Und auch als *Applemore Holiday Cottages*, ihre florierende Ferienhausvermietung, in der Kategorie Ferienunterkünfte den zweiten Preis bekam, hatte sie ihre Gesichtszüge angemessen positioniert – sie war dankbar für die Nominierung, ganz so wie eine Oscar-Kandidatin. Während der Pause hatte sie dann mit verschiedenen Leuten Smalltalk gemacht und sich dabei im Saal umgesehen, wo alle in Grüppchen zusammenstanden, mit Gläsern in den Händen und steifen Wangen vom Dauerlächeln. Als es dann weiterging, hatte sie ihren labbrigen Gin Tonic mitsamt dem rasch schmelzenden Eis heruntergekippt und sich auf den Rückweg zu ihrem Platz gemacht.

Das Mikro auf der Bühne quietschte laut, als es wieder eingeschaltet wurde. Auf dem Bühnenhintergrund war bisher das typische Postkartenmotiv einer Highlandkuh im Heidekraut zu sehen gewesen, doch jetzt wechselte das Bild, und das exklusive Logo der Firma Barton Granger, welche die Veranstaltung sponserte, wurde gezeigt. Auf ihrem Weg an die Bar fiel Charlotte der Firmentisch auf – drei Männer in schicken Anzügen, die offenbar eine Pflichtübung absaßen. Sie nahmen viel Raum ein, denn sie hatten ihre Stühle zurückgeschoben und in einer behaglichen Demonstration männlicher Dominanz die Beine gespreizt. Während auf allen anderen Tischen jeweils zwei stinknormale Flaschen Tafelwein standen, einmal rot und einmal weiß, hatten diese Lackaffen drei Flaschen Champagner und ein kunstvolles Blumengesteck vor sich. Charlotte quetschte sich gerade hinter einem der Anzugträger durch, als dieser plötzlich aufstand und seinen Stuhl zurückstieß. Er prallte gegen ihr Knie, und sie schrie vor Schmerz auf.

»Tut mir leid, ich habe Sie nicht gesehen.« Der Übeltäter wandte sich um und blickte Charlotte über seine teuer bekleidete Schulter hinweg an. Sie stutzte, weil er völlig fehl am Platz wirkte – er war groß, und das etwas verstrubbelte dunkle Haar hing ihm in die sonnengebräunte Stirn. Sie bemühte sich, cool zu bleiben.

»Schon gut.« Ihre Stimme klang piepsig.

Ein Lächeln spielte um seine Mundwinkel, als er ihr in die

Augen sah. Seine Augen waren tiefbraun und blitzten übermütig, als führe er etwas im Schilde. Charlotte bekam Herzklopfen. Sie senkte den Kopf, ging weiter und widerstand dem Drang, sich umzudrehen und zu überprüfen, ob er wirklich so gut aussah, wie es ihr vorgekommen war.

Sie kehrte an ihren Tisch zurück und setzte sich widerstrebend neben den rotgesichtigen Mann aus Aberdeen. Seine Fliege saß mittlerweile etwas schief, und sein Jackett spannte unter den Achseln.

»Ein Gläschen Rotwein, meine Dame?« Bei seinem anzüglichen Grinsen zeigte sich zwischen seinen Zähnen ein Stückchen von etwas Grünem, und sein Atem stank nach Knoblauch. Er hatte in der Pause offenbar bei den Canapés zugeschlagen. Er rückte mit seinem Stuhl so dicht an Charlotte heran, dass sein Schenkel gegen ihren stieß, woraufhin sie ihren Stuhl zur Seite schob, um ihm zu entkommen. Während er sich zu ihr beugte, um ihr Rotwein einzuschenken, schaffte er es jedoch, seinen Stuhl noch weiter in ihre Richtung zu bewegen, sodass Charlotte noch weiter zur Seite rutschen musste. Wenn das so weiterging, befürchtete sie, würde sie gleich bei ihrem Nachbarn zur Linken auf dem Schoß sitzen, bloß um dem Mann zur Rechten auszuweichen, was vermutlich eine Menge weiteren Ärger nach sich ziehen würde. Der Mann links von ihr wandte sich ihr bereits zu und wollte etwas sagen. In diesem Moment kam ihr die Erleuchtung: Mit dem Spruch *Das Gute geschieht am Rand deiner Komfortzone* war bestimmt nicht diese Situation hier gemeint. Nein, *Lebe wild und gefährlich* musste etwas anderes bedeuten.

»Vielen Dank, dass Sie heute Abend gekommen sind«, ertönte eine Stimme von der Bühne, gerade als ihr Fluchtinstinkt sich meldete. Wenn sie jetzt nicht abhaute, saß sie für den restlichen Abend in der Falle. Sie brauchte nur so zu tun, als habe sie einen dringenden Anruf erhalten. Charlotte holte ihr Handy aus der Handtasche und tippte mit gequältem Gesicht auf dem Display herum. Dann stieß sie hastig ihren Stuhl zurück und stand auf.

»Wo wollen Sie denn jetzt hin?« Der Rotgesichtige wirkte bestürzt.

»Ich muss telefonieren«, wisperte sie, bemüht, eine Miene aufzusetzen, die gleichzeitig Panik und die Bitte um Entschuldigung ausdrückte. Jetzt musste sie bloß noch auf die andere Seite des Saals gelangen. Hinter der riesigen Doppeltür winkte die Freiheit.

»'tschuldigung«, murmelte sie, während sie sich zwischen den Tischen durchdrängte und versuchte, das missbilligende Kopfgeschüttel zu ignorieren. »Tut mir leid«, sagte sie wieder und schwenkte dabei ihr Handy, als wäre es der Entlassungsschein aus einer Strafanstalt.

Ein Mann vom Sicherheitsdienst sah, wie sie sich zwischen den Tischen hindurchwand. Er nickte zur Flügeltür hin, trat diskret darauf zu und legte schon vorbereitend die Hand auf den Griff, um sie im letzten Moment zu öffnen und die Flüchtende hinauszuschieben. Hinter sich hörte Charlotte Gelächter, und ihre Wangen brannten, denn die Leute am Tisch neben ihr starrten sie an. Zwischen zwei Stühle eingeklemmt, blieb sie stehen.

»Mir scheint, ich brauche einen neuen Redenschreiber.«

Schon bevor sie sah, wer da oben auf der Bühne stand, wusste sie Bescheid – der Redner war niemand anders als der gutaussehende Anzugträger, der ihr seinen Stuhl gegen das Knie gerammt hatte. Seine dunklen Augen fixierten sie. Er hob eine Augenbraue, und sie sah ihn schmunzeln, bevor sie den Kopf senkte, sich zwischen den letzten beiden Tischen hindurchzwängte und durch die geöffnete Tür aus dem Saal schoss.

*

Als Charlotte am Morgen das kleine Dörfchen Applemore in den Highlands verlassen hatte, hatte sie keineswegs vorgehabt, so schnell und heimlich aus der festlichen Veranstaltung zu flüchten. Hätte sie diesen überstürzten Abgang geplant, dann hätte sie erstens daran gedacht, ihren Mantel mitzunehmen, und zweitens hätte sie sich schon in der Pause verdrückt und nicht erst, während der schönste Mann im Saal mit seiner Festrede begann.

Als die Nominierung für die *Applemore Holiday Cottages* eingetroffen war, hatte Charlotte sofort den Impuls gehabt, sich hinzusetzen und eine Liste der Dinge aufzustellen, die jetzt zu tun waren, denn mit einer Liste wusste man, woran man war. Doch gleich darauf befiel sie fast etwas wie Panik, denn was sollte sie anziehen? Es war ewig her, dass sie das Dorf oder seine unmittelbare Umgebung verlassen hatte, und sie besaß nichts weiter als ihre Alltagsgarderobe. Diese bestand aus Jeans, im Sommer abgeschnitten und mit Flip-Flops an den Füßen und im Winter lang und mit robusten Stiefeln, und dazu trug sie bequeme Hemden, im Sommer mit hochgekrempelten Ärmeln und im Winter mit langen Ärmeln plus Steppweste.

»Also, bloß damit ich das richtig verstehe ...«, hatte Fiona, ihre rechte Hand, später gesagt, als sie im Café des Hofladens von Gut Applemore saßen. Fiona hatte Charlotte nachdenklich betrachtet und die Hand auf einen Notizblock gelegt. »Also, wir haben hier eine allgemeine To-do-Liste, eine To-do-Liste, falls etwas schiefgeht, und eine Liste für den Fall, dass mir die beiden ersten Listen nicht weiterhelfen. Und außerdem noch eine Liste mit Leuten, die ich kontaktieren kann, wenn irgendwas kaputtgeht.«

Fiona brach ein Stück von ihrem Croissant ab, blickte es einen Moment lang hingerissen an und steckte es dann in den Mund. Blättrige Stückchen fielen auf ihren Pullover, und Charlotte juckte es in den Fingern, sie fortzuwischen. Fiona dagegen hatte nichts bemerkt und aß weiter.

»Was willst du damit sagen?« Charlotte reckte das Kinn.

»Ich weiß das doch alles. Du bist ein Kontrollfreak und sehr wahrscheinlich eine Psychopathin. Bei einem von diesen Tests im Internet kämst du auf ungefähr fünfundneunzig Prozent, wetten?« Fiona gab Zucker in ihren Kaffee, rührte um und leckte versonnen den Löffel ab. Sie fuhr sich durch ihr kurzes graues Haar, sodass ihre handgearbeiteten silbernen Ringe in den Strahlen der Frühlingssonne glänzten.

»Und du bist von diesen Tests im Internet besessen. An guter Organisation ist doch nichts verkehrt.« Charlotte beobachtete, wie ihre Schwester Beth mit einer Ladung Flechtkörbe in den Armen durch den Hofladen ging, um die Regale neu zu bestücken. Beth hatte die ganze Woche ihre jüngste Schwester Polly vertreten.

Jetzt lächelte sie Charlotte zu, bevor sie wieder in dem kleinen Lagerraum hinter dem Hofladen verschwand.

»Aber du bist nicht mehr gut organisiert, sondern schon zwanghaft pedantisch«, erwiderte Fiona.

»Findest du?«

»Allerdings. Mel hilft mir bei den Bettenwechseln, und wir haben alles im Griff.« Mel war Fionas Freundin, eine Künstlerin, die winzige Aquarelle von der schönen schottischen Landschaft malte. Wenn in der Hochsaison viel zu tun war, half sie häufig in den Cottages aus.

Charlotte warf einen Blick aus dem Fenster auf das Weideland, das sich in sanften Hügeln bis zum Kiefernwald hinunterzog. Sie hatte wirklich geschuftet – nicht nur am Schreibtisch die geschäftliche Seite ihres Unternehmens aufgebaut, sondern auch bei der Renovierung der alten Landarbeiterkaten die Ärmel hochgekrempelt und mit angepackt. Fiona war ihr perfektes Gegenstück. Sie blieb gelassen und entspannt, wo Charlotte dazu neigte, sich zu verkrampfen und in Einzelheiten zu verbeißen. Und auch jetzt fiel es ihr schwer, loszulassen und darauf zu vertrauen, dass Fiona und Mel die Sache schon wuppen würden. Sie hatte schon so lange nicht mehr richtig Urlaub gemacht, dass sie vergessen hatte, wie man abschaltet.

»Kürzlich hast du gesagt, du hättest beschlossen, neue Gelegenheiten beim Schopf zu packen und von jetzt an wild und gefährlich zu leben.« Fiona sah sie scharf an.

Charlotte seufzte resigniert. »Das hab ich nicht so gemeint. Ich hatte zwei Gläser Wein intus.«

Fiona kniff die Augen zusammen. »Ich weiß, du glaubst, ich hätte eine Vorliebe für kluge Sprüche und Lebensweisheiten, aber solche Sätze sind nun mal so beliebt, weil sie schlicht und einfach wahr sind.«

»Schön.« Charlotte lehnte sich stöhnend zurück und verschränkte die Arme. »Ich fahre nach Edinburgh, ich genieße die Zeit da, und ich höre auf, mich um jede winzige Kleinigkeit hier zu kümmern. Zufrieden?«

»Ja. Ich möchte, dass du mir was Interessantes erzählen kannst, wenn du nach Hause kommst.«

Charlotte verzog das Gesicht. »Kann ich dir nicht einfach ein paar von den berühmten Edinburgher Zuckerstangen mitbringen?«

»Klar, das natürlich auch. Und könntest du jetzt bitte verschwinden, damit ich weitermachen kann? Im Nether Glenton kriegen wir in einer halben Stunde Gäste, sie wollten früher anreisen.« Fiona leerte ihre Kaffeetasse.

Beth kehrte aus dem Lagerraum zurück, dieses Mal mit Kartons beladen. Sie setzte sie neben der Kasse auf dem Fußboden ab und wandte sich zwei älteren Leuten zu, um sie zu bedienen. Charlotte erkannte das Paar, sie wohnten nämlich in einem der Feriencottages, und winkte kurz. Der Mann wuchtete einen bis an den Rand gefüllten Einkaufskorb auf den Tresen und sah mit liebevollem Kopfschütteln seiner Frau nach, die offenbar noch etwas entdeckt hatte, das sie kaufen wollte. Das passierte im Hofladen häufig – Kundinnen kamen, weil sie etwas Bestimmtes suchten, und verließen den Laden dann mit einem ganzen Berg der guten regionalen Produkte, die hier angeboten wurden.

»Vielleicht sollte ich doch hierbleiben und dafür sorgen, dass die Gäste alles haben, was sie brau–«

Mit einem vielsagenden Blick brachte Fiona Charlotte zum Schweigen, und sie schloss mitten im Wort den Mund. Sie trank mit einem Schluck ihren Kaffee aus und griff dann über den Tisch nach ihrem Notizblock.

»Mir fällt gerade etwas ein, was ich noch auf die Liste –«

Mit einem Knurren hielt Fiona den Block fest und wedelte dann belustigt damit herum. »Wir haben hier alles unter Kontrolle, versprochen«, sagte sie. »Jetzt zisch endlich ab. Viel Spaß!«

»Ich weiß nicht, ob diese Preisverleihung wirklich ein Vergnügen sein wird.«

»Lass dich überraschen.« Fiona legte den Notizblock wieder auf den Tisch, gerade außerhalb von Charlottes Reichweite.

Mit gerunzelter Stirn ging Charlotte im Geiste die Liste der Dinge durch, die sie für die beiden Nächte in Edinburgh eingepackt hatte. »Na gut, wenn du das sagst.«

Anschließend hatten die beiden Frauen das Café verlassen und waren nach draußen zu Charlottes Land Rover gegangen, der abfahrbereit auf sie wartete. Es war ein frischer, sonniger Frühlingstag, und die Narzissen nickten im leichten Wind. Plötzlich hatte Charlotte Fiona die Hand auf den Arm gelegt und war stehen geblieben:

»Ich muss Beth noch Bescheid sagen, dass sie die Blumenkästen für mich bepflanzt.«

Fiona hatte ihr mit der Faust gedroht. »Hau ab! Und komm erst wieder, wenn du ein Abenteuer erlebt hast!«

Zweites Kapitel

Die schwere Tür, an der Charlotte lehnte, bewegte sich. Um nicht rücklings ins Foyer zu fallen, trat sie einen Schritt vor. Ein Strom von Regenwasser, der vom Vordach herabfloss, ergoss sich kalt über ihre Stirn und tropfte von ihrer Nasenspitze herunter. Sie wischte sich mit dem Handrücken das Gesicht ab. Bisher machte dieses Abenteuer jedenfalls nicht so richtig Spaß.

»Sie sind ja noch da«, sagte eine tiefe Stimme hinter ihr. Charlotte hätte sich nicht umdrehen müssen, um den Sprecher wiederzuerkennen. Ihr Bauch sagte ihr deutlich, wer es war. »Na ja«, er nickte in den Regen hinaus, »ich verstehe gut, dass Sie bei diesem Wetter lieber hier vor der Tür stehen wollten, als sich meine Rede anzuhören.«

Klar, von allen Menschen im Saal musste ausgerechnet er jetzt nach draußen kommen.

»Nehmen Sie es nicht persönlich«, begann sie, aber er hob die Hand und gebot ihr Schweigen.

Er schüttelte langsam den Kopf und sah sie mit seinen warmen dunklen Augen an. Gleich darauf wandte sie widerstrebend den Blick ab, doch sie spürte, dass es zwischen ihnen knisterte, und das brachte sie total aus der Fassung. Verlegen strich sie sich eine feuchte Haarsträhne hinters Ohr und senkte den Kopf.

»Ich nehme an, dass Sie für den Rest des Abends etwas Interessanteres vorhaben?«

Charlotte öffnete den Mund und schloss ihn wieder. »Ich –« Sie blickte auf. »Nein, eigentlich nicht. Ich muss bloß noch rauskriegen, wie ich wieder in mein Hotel komme.«

»Das könnte schwieriger werden, als Sie glauben. Sobald sie hier in Edinburgh nämlich mit den Straßenbauarbeiten fertig sind, fangen sie wieder von vorne an.«

Männer in leuchtend orangen Neonwesten stellten gerade Absperrkegel auf die Straße, und in der Ferne hörte man das Rumoren großer Maschinen.

Charlotte rieb sich die Arme.

»Sie frieren.«

»Alles gut«, log Charlotte. Es war März, und der Wind war noch beißend kalt. Die Straße schien jetzt komplett gesperrt zu sein – wie sollte sie da bloß an ein Taxi kommen? Und sie war schon jetzt klatschnass.

»Ich habe gehört, dass es in letzter Zeit immer schwieriger wird, ein Taxi zu finden«, sagte er, als könne er Gedanken lesen. Er zog sein Handy aus der Tasche und tippte eine kurze Nachricht, sah stirnrunzelnd aufs Display und hob dann wieder den Kopf. »Sorry, ich wollte nicht unhöflich sein. Ich habe bloß gerade ein Problem mit meinem Fahrer.«

Fahrer? Charlotte betrachtete ihn von der Seite. Das klang ja verdammt vornehm. Es war paradox – sie selbst war im Applemore House aufgewachsen, das wie ein Märchenschloss aussah, und alle hatten angenommen, dass ihre Familie steinreich war, aber in ihrer Kindheit hatten sie zu Hause nie Geld gehabt und im Winter immer gefroren. Dieser Mann jedoch wirkte, als wäre er mit allem aufgewachsen, was man sich nur wünschen konnte. Als es plötzlich donnerte, trat Charlotte reflexhaft einen Schritt zurück und stieß dabei gegen seinen Arm. Doch er schien das gar nicht zu bemerken, denn er tippte wieder konzentriert auf seinem Handy herum. Charlotte blickte die verregnete Straße entlang und überlegte, wie sie ohne Unterkühlung in ihr Hotel zurückkommen sollte. Ihr würde wohl nichts anderes übrig bleiben, als irgendwie zu Fuß bis ans andere Ende der Princes Street zu gelangen.

»Tut mir leid, dass ich Ihre Rede unterbrochen habe«, sagte Charlotte, wischte sich einen Regentropfen von der Nase und bereitete sich auf eine lange, nasse Wanderung vor. Aber immerhin könnte sie im Hotel heiß duschen und beim Zimmerservice etwas bestellen. Bei dieser Aussicht knurrte ihr leise der Magen.

»Keine Ursache. Wir gehen zu solchen Veranstaltungen und ziehen unser Ding als Sponsoren durch. Die meisten Zuhörer warten bloß darauf, dass die Preisverleihung und die Reden vorbei sind, damit sie sich kostenlos volllaufen lassen und Unmengen an Canapés verschlingen können.«

Charlotte lächelte. »Na, das kann man von mir jedenfalls nicht behaupten.«

Er lachte. »Nein, Sie haben es vorgezogen, hier unten vor der Tür im Regen zu stehen. Ich werde dem Team vom Veranstaltungsmanagement berichten, dass Sie dem Event nur einen Stern geben.«

Charlotte biss sich auf die Lippe und blickte zu ihm hoch. Er sah wirklich wahnsinnig gut aus, mit seiner Größe von fast eins neunzig, den breiten Schultern, dem dunklen Haar und dem von der Sonne gebräunten Gesicht – vermutlich noch vom letzten Skiurlaub oder von Winterferien in den Tropen.

Sein Handy klingelte. »Entschuldigen Sie«, sagte er. »Hallo, George. Was gibt's denn?«

Charlotte rieb sich wieder die Arme, um sich etwas aufzuwärmen. Wenn sie das nächste Mal in der Stadt auf Abenteuersuche ging, würde sie auf jeden Fall einen Regenmantel mitbringen.

»Okay. Nein, keine Sorge, ich lasse mir was einfallen. Ja, gut. Kein Stress.« Er sah auf seine klobige Uhr, die ein Vermögen gekostet haben musste. Dann blickte er die Straße entlang, wo in der Ferne warm und einladend die Lichter eines Lokals leuchteten. Er schien zu überlegen.

»Heute Abend geht verkehrstechnisch offenbar so einiges schief«, sagte er dann. »Mein Fahrer hat einen Platten, und ich weiß nicht, wie es Ihnen geht, aber ich hab es satt, mir hier im Regen den Arsch abzufrieren. Also, wie wär's? Haben Sie Lust auf einen Drink?«

Die vernünftige, maßvolle Charlotte, die jedem Risiko aus dem Weg ging, wollte gerade sagen, nein, ich gehe einfach zu Fuß ins Hotel, doch dann erinnerte sie sich an Fionas Ermahnung, sie solle wild und gefährlich leben und ihre Komfortzone verlassen.

»Ich verspreche Ihnen, ich bin vollkommen solide. Ich meine«, er machte eine Kopfbewegung in Richtung Veranstaltungsräume, »– wenn Sie wieder reingehen wollen, da sitzen zahllose Leute, die Auskunft über meinen Charakter geben können. Allerdings müssten Sie sich dann vielleicht noch mehr langweilige Reden anhören.«

Dieser Mann besaß ein unbekümmertes Selbstvertrauen – das Resultat von Geld, Privilegien und gutem Aussehen. Er wusste, dass sie nicht nein sagen würde. Charlotte hatte den Eindruck, dass er alles bekam, was er wollte. Sie schüttelte den Kopf. »Ist schon in Ordnung. Wenn ich mich zwischen einem wahnsinnigen Axtmörder und noch mehr von dieser Veranstaltung da drinnen entscheiden müsste, würde ich es mit dem Axtmörder versuchen.«

»Sie haben Glück, ich hab meine Axt heute zu Hause gelassen.« Er zog seinen Mantel aus. »Hier, nehmen Sie den, ich bestehe darauf.«

Er legte ihr den kurzen Mantel um die Schultern und hüllte sie so in seine Körperwärme und den holzigen Duft seines Aftershaves ein.

»Danke.«

»Gern. Ich würde ja sagen, wir könnten schnell rüberrennen, aber mit Ihren Absätzen könnte das problematisch werden.« Er ließ den Blick langsam über ihren Körper bis zu ihren Füßen hinunterwandern, sodass ihre Wangen ganz heiß wurden. Dann bot er ihr den Arm. »Nur zu Ihrer Beruhigung, da oben ist eine Überwachungskamera –« Er machte eine Geste zum Vordach hin, »und da drüben neben dem Laternenmast hängt auch noch eine. Falls Ihnen also irgendetwas Schreckliches zustoßen sollte, wird alles auf Video festgehalten.«

»Wie tröstlich«, sagte Charlotte trocken.

»Ich versichere Ihnen, ich habe eigentlich nicht die Angewohnheit, hübsche Frauen von nervtötend langweiligen Veranstaltungen wegzulocken«, sagte er, als sie die Straße überquerten.

Charlotte war dankbar für die Dunkelheit, denn sie spürte, wie sie schon wieder rot wurde. Sie hatte den Verdacht, dass ihr Begleiter mit seinem Aussehen und seiner Unbekümmertheit sehr wohl diese Angewohnheit hatte.

Er machte einen Schritt rückwärts und ließ ihren Ellbogen los, damit sie vor ihm das gut besuchte Lokal betreten konnte. »Und ich hätte mich längst vorstellen sollen – tut mir leid, ich bin Rob.«

Der Barkeeper nickte respektvoll, als er Robs teuren Anzug sah, und lächelte in Charlottes Richtung. Auch die anderen Gäste waren alle gut gekleidet. Nur sie selbst fand, dass sie wie eine ertrunkene Ratte aussah.

»Lottie«, sagte sie nach kurzem Überlegen.

»Lottie«, wiederholte Rob. »Hübscher Name. Da drüben am Fenster ist ein Tisch frei. Wenn Sie sich schon mal setzen wollen, ich sorge für etwas zu trinken.«

Charlotte war klar, dass sie ein wenig fehl am Platz wirkte, daher verkroch sie sich in die Ecke am beschlagenen Fenster und beobachtete, wie das Regenwasser an der Scheibe hinunterfloss, in schmalen Rinnsalen, zwischen denen nur das Licht einer Straßenlaterne und sonst nichts als samtschwarze Dunkelheit zu sehen war. Rob erschien mit einer Kellnerin, die eine Flasche Champagner, einen Sektkühler und zwei Gläser brachte.

»Überlassen Sie das mir«, raunte er der jungen Frau zu, als sie das Tablett auf dem Tisch absetzte.

»Als Sie sagten, etwas zu trinken ...«, setzte Charlotte an, während er bereits mit beiden Daumen den Korken aus der Flasche schob.

»Warum denn nicht?« Er zuckte die Achseln und schenkte ihr ein. »Wird Ihnen wärmer?«

Charlotte nickte. Sie trug immer noch seinen Mantel und genoss das Gefühl, warm darin eingehüllt zu sein.

»Mein Fahrer wird noch eine Weile brauchen. Und während wir auf ihn warten, können Sie mir alles über sich erzählen.«

Die Kellnerin kehrte zurück und reichte Rob eine in schwarzes Leder gebundene Speisekarte. »Ich empfehle Ihnen die Tapas«, sagte sie.

Rob lächelte dankend, und sie senkte den Kopf und huschte fort in Richtung Bar.

Charlotte hatte seit dem Mittag nichts mehr gegessen, und sie spürte wieder, wie ihr Magen knurrte. Sie legte sich eine Hand auf den Bauch und versuchte, nicht an die kleinen Teller mit den köstlichen Vorspeisen zu denken.

»Sind Sie hungrig?«, fragte Rob. Er hatte ihre Bewegung sofort bemerkt.

»Nein, nein, alles gut«, sagte sie mit höflichem Kopfschütteln. Doch in diesem Moment trug ein Kellner ein Tablett mit Brot und Olivenöl vorbei, und der Duft war so köstlich, dass ihr Hunger über ihre übliche Zurückhaltung siegte. »Na ja, vielleicht doch, ein bisschen.«

»Ich hab jedenfalls einen Bärenhunger, und George braucht bestimmt noch eine Ewigkeit.« Rob warf nur einen kurzen Blick in die Speisekarte und bestellte dann bei der Kellnerin die empfohlenen Tapas. Er hatte eine Art, Menschen ganz direkt anzusehen und ihnen so das Gefühl zu geben, sie seien die wichtigsten Personen im Raum. Charlotte beobachtete, wie die Kellnerin eiligst zur Theke zurücklief und ihrer Kollegin etwas zuflüsterte. Kichernd drehten die beiden sich zu Rob um, und er hob amüsiert eine Augenbraue.

Einige Männer in dunklen Anzügen kamen herein und begrüßten Rob mit kurzem Nicken, bevor sie an die Bar traten. Dieses Lokal war himmelweit entfernt von dem gemütlichen, entspannten Restaurant zu Hause – hier bestand die Inneneinrichtung ganz aus blankem Marmor und Chrom, und die Spiegel hinter den Regalen schimmerten.

»Also.« Rob lehnte sich zurück, verschränkte die Hände hinter dem Kopf und musterte sie nachdenklich. »Lottie.«

»Rob.«

Sein Name auf ihren Lippen ließ ihr Herz schneller klopfen. Dieses eine Mal würde sie alle Vorsicht in den Wind schlagen und jemand anders sein – eine Frau, die auf der Straße einen gutaussehenden Mann kennenlernte und spontan einwilligte, mit ihm in ein Restaurant zu gehen.

»Gibt es einen … Mr Lottie?«

Sie schüttelte den Kopf.

»Nein, nur mich.« Sie ließ ihr Sektglas auf dem Rand des Fußes balancieren, drehte es langsam und betrachtete es dabei. »Oder nein, da gibt's noch Nero. Einen Golden Retriever.«

»Wie schön.« Rob trank einen Schluck Champagner und sah ihr dabei weiter in die Augen, selbstbewusst und unverwandt.

»Und Sie?« Aber Charlotte wusste die Antwort schon, bevor sie die Frage stellte. Der Mann, der ihr gegenübersaß, war nicht der Typ, der sich niederließ und eine Familie gründete – es war eindeutig, dass er sich im Leben nahm, was er wollte, und sich dann auf die Suche nach seiner nächsten Beute machte.

Seine Augen blitzten vor Übermut. »Nein, ich bin allein. Keine Zeit für Beziehungen oder feste Bindungen, schließlich habe ich ein Reich zu verwalten.«

»Ein Reich?« Aus Versehen trank Charlotte einen viel zu großen Schluck, und ganz kurz hatte sie eine Vision, wie sie den Champagner über den blitzblanken Holzfußboden hustete.

Er lächelte ein wenig, und seine Gesichtszüge wurden weicher. »Nein, ich habe kein Reich. Ich arbeite im Finanzsektor. Das ist wahnsinnig viel Stress und Druck und keineswegs so aufregend, wie ich es mir mal vorgestellt hatte.«

»Sie haben gedacht, der Finanzsektor wäre aufregend?« Charlotte beugte sich zur Seite, denn in Rekordzeit erschien jetzt die superaufmerksame Kellnerin. Sie trug ein Tablett mit sechs Tapas-Tellerchen.

»Ja – das war nicht gerade mein klügster Schritt.« Er griff nach einer dreieckigen Scheibe Manchego. »Aber ein Vorteil ist, dass ich ab und zu spannende Preisverleihungen besuchen kann.«

»Wirklich?« Charlotte warf einen Blick auf die Tapas, aber erst trank sie noch einen Schluck. Weil sie lange nichts gegessen hatte, stieg ihr der Champagner schnell zu Kopf, aber sie fand das Gefühl angenehm. Dann spießte sie ein Miniwürstchen auf ein Cocktailstäbchen und musterte es. Als sie aufsah, begegnete sie Robs Blick, und er musste lachen.

Er beugte sich vor, füllte ihr Glas erneut und schenkte sich dann selbst nach. »Dieser Abend entwickelt sich viel interessanter, als ich erwartet hatte.« Sein Bein berührte ihres, und plötzlich wurde ihr bewusst, dass sie im Mantel dieses Mannes in einem exklusiven Restaurant in Edinburgh saß.

»Also, Sie besuchen Preisverleihungen und sind Single, und was machen Sie sonst noch so?«

»Na ja, meine Axtmorde nehmen viel Zeit in Anspruch.«

»Sie sollten wirklich auf Ihren guten Ruf achten.« Charlotte steckte sich eine Olive in den Mund.

»Glauben Sie mir, ich bin schon dabei.« Er sah auf sein Handy und runzelte die Stirn. »Allerdings nur im Beruf, nicht im Privatleben.«

Charlotte warf ihm einen Blick zu. Wie er so mühelos die Kellnerinnen becircte und wie die weiblichen Gäste Stielaugen bekommen hatten, als er zur Bar gegangen war – offensichtlich konnte er Frauen um den kleinen Finger wickeln. Sie beugte sich vor und ließ seinen Mantel ein wenig verrutschen, sodass ihre bloße, mit Sommersprossen gesprenkelte Schulter zu sehen war. Als Lottie, entschied sie, konnte sie es sich leisten, eine völlig andere Person zu sein. Schließlich würde sie ihn ja nie wiedersehen. Sie entschuldigte sich und verschwand in die Damentoilette, wo sie ihr Haar ordnete, die verschmierte Wimperntusche abwischte und die Spuren von Regen und Wind so gut wie möglich tilgte. Ihre Wangen waren gerötet, und ihre Augen strahlten und funkelten – sie kannte sich selbst kaum wieder.

»Also, was hat Sie zu Ihrer Flucht veranlasst?«, fragte Rob, als sie sich wieder an den Tisch setzte.

»Aus der Preisverleihung?«

»Ich möchte gern glauben, dass es nicht meine furchtbar langweilige Rede war, schließlich hatte ich gerade erst angefangen, als Sie abgehauen sind.«

Charlotte sah ihn schelmisch an. »Ist mir schon klar, dass Sie das gern glauben möchten.«

»Sie haben den verdammt guten Witz nach der ersten Hälfte verpasst.« Rob schenkte ihr Champagner nach. Er hatte schlanke Finger, bemerkte Charlotte, als er die Flasche umfasste.

Sie trank einen Schluck und genoss das fröhliche Prickeln der Bläschen an der Zunge. Lottie zu sein machte Spaß.

»Vielleicht hätten Sie den Witz am Anfang erzählen sollen, um Ihr Publikum nicht zu vergraulen.«

»Aber Sie waren anscheinend die Einzige, die meine Rede öde fand.«

»Das glauben Sie vielleicht. So wie ich das sehe, hätte es leicht zu einem Massenexodus kommen können, nachdem ich verschwunden war.« Es machte ihr Spaß, ihn zu necken.

»Aber das ist nicht passiert.« Grinsend zeigte er seine schönen weißen Zähne.

»Hmm.«

Sich mit ihm zu unterhalten war erstaunlich leicht. Sie plauderten über das Leben in Edinburgh, über Musik, die sie gern hörten, über Orte, an denen sie gewesen waren oder die sie gern erkunden würden. Bevor sie sich's versahen, war die erste Flasche Champagner leer, und mit diskret erhobenem Zeigefinger signalisierte Rob der Kellnerin, sie möge bitte eine zweite bringen. Als sie mit der Flasche kam, bedankte er sich mit einem Lächeln. Charlotte beobachtete, wie er mit seinen ausdrucksvollen braunen Augen ihrem Blick begegnete. Die Kellnerin fühlte sich durch seine Aufmerksamkeit so geschmeichelt, dass sie verlegen den Kopf senkte. Dieser Mann fühlte sich mit sich selbst wohl.

Kurz darauf, wie es Charlotte schien, beugte Rob sich vor und strich ihr eine lange Haarsträhne hinters Ohr. Das Herz klopfte ihr bis zum Hals.

»Eine schöne Farbe«, sagte er. »Sehr schottisch.«

»Erdbeerblond.«

Sie schüttelte den Kopf, sodass ihr weitere Strähnen über die Schulter fielen. Begehrt zu werden und begehrenswert zu sein war ein vollkommen ungewohntes Gefühl für sie. Wie gebannt beobachtete sie, dass sie die Hand auf dem Tisch spreizte, sodass ihre lackierten Nägel schimmerten. Diese Situation hier war so anders als ihr normales Leben, dass sie sich selbst nicht wiedererkannte. Sie hob ihr Glas und sah ihn an.

»Also, Rob ohne Nachnamen – danke für den schönen Abend.«

Er stieß mit ihr an und schaute ihr dabei ruhig in die Augen. Sie fühlte sich wie verzaubert.

»Also, Lottie, ebenfalls ohne Nachnamen, bitte schön, sehr gerne.«

*

Eine Stunde später war die zweite Flasche Champagner fast leer – ebenso wie die Tische ringsherum. Rob sah zu den Kellnerinnen an der Theke hinüber, die sich beim Gläserpolieren unterhielten. Er bedachte eine von ihnen mit einem schiefen Lächeln, und sie wandte sich kichernd ab.

»Ich glaube, die Damen da drüben möchten nach Hause, was meinst du?«

Charlotte nickte widerstrebend.

»Wir könnten noch anderswo hingehen, wenn du möchtest, oder du könntest auch auf einen Absacker mit zu mir kommen …«

Unausgesprochenes hing zwischen ihnen in der Luft. Der

Vernunftmensch Charlotte hätte es dort hängenlassen. Die Draufgängerin Lottie jedoch entschied sich, mitzuspielen.

»Meinst du?« Sie sah ihn herausfordernd an.

Rob warf einen Blick zur Theke hinüber, und schon war die Kellnerin da, und er unterschrieb die Rechnung.

»Dann komm, lass uns gehen.«

»Hast du nicht gesagt, du müsstest auf deinen Fahrer warten?« Charlotte erinnerte sich plötzlich, dass der Fahrer irgendwo im Regen einen Reifen wechselte.

»Auf George? Der ist draußen.« Rob hielt ihr die Tür auf. Vor dem Restaurant im Halteverbot stand eine große schwarze Limousine. Offenbar hatte dieser George sich irgendwie durch die Absperrung gemogelt.

Ein Mann mit Schlips stieg aus und öffnete ihr die Tür.

»'n Abend«, sagte er mit einem Nicken zu Rob hinüber.

Er lächelte Charlotte zu, und als sie auf den mit hellem Leder bezogenen Rücksitz glitt, hatte sie den Eindruck, dass sie nur ein weiterer Strich auf Robs vermutlich recht langer Liste war. Der Fahrer George brauchte nicht zu wissen – und Rob übrigens auch nicht –, dass dieser Abend sich so sehr von ihrem üblichen geregelten Alltag unterschied, als würde sie in eine Marsrakete steigen. Sie strich ihr kurzes Kleid über den Schenkeln glatt. Rob stieg auf der anderen Seite ein, rutschte neben sie und sah sie an.

»Oder sollen wir dich lieber zu deinem Hotel bringen?«

Mittlerweile suchte George sich bereits mit unergründlicher Miene einen Weg durch die Baustelle.

Charlotte schüttelte den Kopf. »Nein, ein Absacker wäre schön.«

»Ich weiß, wir haben bloß Witze darüber gemacht, aber ich möchte trotzdem einmal ganz deutlich sagen, dass ich kein Axtmörder bin«, sagte Rob. Dabei grinste er so frech, dass Charlotte innerlich ganz kribbelig wurde. Eine nie gekannte Erregung erfasste sie. Er griff nach ihrer Hand, drehte sie um und hob die Innenseite ihres Handgelenks an die Lippen. Es war eine ganz zarte Berührung, aber als seine Bartstoppeln über ihre weiche Haut strichen, durchzuckte sie heftiges Verlangen.

»Und du wirst morgen früh nicht voller Reue aufwachen?« Sie sah ihn von der Seite an.

»Wer hat denn was von Schlafen gesagt?« Oje, wer war bloß diese Person, die so anzügliche Bemerkungen machte? Noch nie im Leben hatte sie etwas getan, was der normalen Charlotte so wenig entsprach. Aber schließlich würde sie ihn ja nie wiedersehen.

»Gut gekontert.«

Rob beugte sich vor, schloss die gläserne Trennscheibe und wandte sich dann zu Charlotte um. Sie ließ sich in seine Umarmung sinken.

Drittes Kapitel

Als Rob am nächsten Morgen aufwachte, sich umdrehte und den Arm ausstreckte, war da – nichts. Er riss die Augen auf. Im Licht des frühen Morgens brauchte er einen Moment, um etwas zu erkennen. Er richtete sich auf, legte den Kopf schräg und horchte. Kein Geräusch, er hörte weder die Dusche noch die Klospülung. Die Tür, die von seinem großen, perfekt eingerichteten Schlafzimmer ins Bad führte, stand weit offen. Er sprang aus dem Bett und blinzelte ins Badezimmer hinein, um sich zu vergewissern. Dann fuhr er sich durchs Haar und gähnte ausgiebig. Ein Blick in den Spiegel sagte ihm, dass eine Rasur nicht verkehrt wäre, denn die dunklen Bartstoppeln auf Kinn und Wangen waren auf der Grenze zwischen modisch und ungepflegt, und um neun Uhr hatte er eine Besprechung.

Auch unten fand er kein Zeichen von ihr – es war, als hätte Lottie sich in Luft aufgelöst. Ein ganz ungewohntes Bedauern stieg in ihm auf – nicht nur, weil er sich vor dem Frühstück eine Wiederholung der nächtlichen Aktivitäten gewünscht hätte. Normalerweise wäre er über diese Lösung des Problems erleichtert gewesen, aber er hatte diese Lottie gemocht, mehr, als er erwartet hatte. Rasch schrieb er George eine Nachricht und fragte, ob er sie nach Hause gebracht hatte.

Bin schon auf dem Rückweg, war die Antwort. *Soll ich Frühstück mitbringen?*

Gern, bitte das Übliche.

Rob duschte, rasierte sich, holte ein perfekt gebügeltes Hemd aus dem Ankleidezimmer und setzte sich in seiner riesigen Küche an die Frühstückstheke. Den Schlips hatte er sich umgehängt, aber noch nicht gebunden, als George mit einer braunen Tüte und zwei Bechern Kaffee erschien.

»Ist sie gut zurückgekommen?«

»Ja, hab sie vor dem Hotel abgesetzt.«

Rob packte einen Bacon & Egg-McMuffin aus und betrachtete ihn einen Augenblick. »Danke.«

»Gehört alles zum Service«, sagte George auf seine gewohnt ruhige Art. Er schlug die Zeitung auf, die auf der Theke lag, und blätterte zu den Sportseiten um.

»Ich meinte, danke für das Frühstück. Aber danke auch, dass du sie ins Hotel gebracht hast. Ausnahmsweise wünschte ich tatsächlich, sie wäre hiergeblieben.«

»Anscheinend wirst du auf deine alten Tage zum Softie.« George trank von seinem Kaffee. »Da solltest du aufpassen, sonst bist du ruck, zuck in festen Händen. Ich warte draußen, bis du fertig bist.«

»Bin schon fertig«, sagte Rob. »Dann will ich diesem Tag mal ins Auge sehen.«

Als er auf dem Rücksitz seines Wagens saß, während das anhaltende Brummen seines Handys eine Flut neuer Nachrichten ankündigte, erlaubte er sich einen Moment lang sein Bedauern darüber, dass er Lottie nicht nach ihrer Telefonnummer gefragt hatte. Es war klar, dass sie die unausgesprochene Abmachung genauso gut kannte wie er – es gab genügend hübsche Frauen in teuren Outfits, die bereit waren, sich für eine Nacht mit gutbetuchten Börsenhändlern in Maßanzügen einzulassen. Die

Transaktion fand so gut wie immer nur auf der physischen Ebene statt, nicht auf der mentalen und schon gar nicht auf der emotionalen. Aber Lottie hatte ihm wirklich gefallen. Ihr trockener Humor war anziehend, genauso wie die Tatsache, dass sie etwas zu verbergen schien. Vielleicht hatte auch sie ihre Geheimnisse, so wie er selbst.

Doch es hatte keinen Sinn, jetzt noch etwas zu bereuen. Sie hatten eine tolle Nacht zusammen verbracht, die Chemie hatte einfach perfekt gestimmt, und der Sex ... Ja, sie hatten gut zusammengepasst. Rob gähnte herzhaft. Sie hatten tatsächlich kaum geschlafen, und er hatte keine Ahnung, wie Lottie es geschafft hatte, so früh aufzuwachen. Andererseits hasste er die verlegenen Gespräche am nächsten Morgen. Er fand es viel angenehmer, einfach auseinanderzugehen, ohne großen Abschied und viel Theater, es war ja nur für eine Nacht gewesen. Und wenn er manchmal das Gefühl hatte, dass sein Leben ein bisschen inhaltsleer war, sagte er sich, dass es zwischen seiner Arbeit und solchen außerplanmäßigen Aktivitäten noch genug anderes gab, was ihn auf Trab hielt. In seinen Kreisen waren die Leute sorglos und wohlhabend und in der gleichen Lage wie er selbst. Sie hatten den gleichen Lebensstil, daher konnte er sich einreden, dass es völlig normal war, mit Mitte dreißig noch keinen Gedanken an eine feste Bindung zu verschwenden. Rob sah sein Spiegelbild in der Trennscheibe und warf sich einen amüsierten Blick zu.

»Sag dir das nur immer wieder selbst, alter Freund«, murmelte er.

George setzte ihn vor dem hochmodernen Bürohaus ab. Rob betrat das Gebäude und schenkte Marianna, die am Empfang saß, ein gewinnendes Lächeln. »Guten Morgen, schöne Frau«, sagte er. Sie schien gerade sehr mit einem Bündel Briefe beschäftigt zu sein.

»Hi, Rob.« Marianna sah ihm nicht richtig in die Augen, sie kaute auf der Unterlippe und wirkte in sich gekehrt. Normalerweise strahlte sie ihn an, sobald sie ihn sah, und versuchte, ihn in ein Gespräch zu verwickeln.

»Howard hat gesagt, du kannst direkt hoch in den Konferenzraum kommen, er erwartet dich um neun.«

Rob sah auf die Uhr, die über Marianna an der Wand hing. Noch zwei Minuten. Er nickte ihr kurz zu und quetschte sich dann zu ein paar Praktikanten in den Aufzug. Es waren Hochschulabsolventen, aber sie sahen wie Teenies aus und blieben stumm wie Fische. Der Geruch nach billigem Aftershave nahm ihm fast den Atem, und er seufzte erleichtert auf, als der Lift den vierten Stock erreichte.

Howard kam gerade den Gang entlang, als die Türen sich öffneten. Er war ein freundlicher, hilfsbereiter Mann Anfang fünfzig, der immer ein bisschen zerknittert wirkte, so als hätte er in seinem Anzug geschlafen. Er blieb stehen, als Rob den Aufzug verließ. »Rob«, begrüßte er ihn, »wie geht's?« – Howard schüttelte ihm unerwartet kräftig die Hand.

»Gut, danke.« Rob wurde unbehaglich zumute. »Und selbst?«

»Prima, danke.« Howard ging vor ihm her in den Konferenzraum. Durch die Fenster sah man die Skyline von Edinburgh, die vertrauten Umrisse des Schlosses hoben sich vom blassgrauen Himmel ab. Rob spürte, wie sein Frühstück sich in seinem Magen regte, und bereute, dass er versucht hatte, seinen Champagnerkater mit etwas Gebratenem zu vertreiben statt mit einer gesünderen Mahlzeit.

»Es fällt mir nicht leicht, das zu sagen«, druckste Howard herum, während er sich das Kinn rieb. »Aber ich fange jetzt einfach mal mit den Tatsachen an. Wir haben eine Revision durchgeführt, und dabei sind ein paar ziemlich unangenehme Ergebnisse ans Licht gekommen.«

Rob wippte auf den Füßen. Er wusste nur zu gut, was jetzt kommen würde. Seit er – also, seit seiner Teenagerzeit hatte er nicht nur zum Leben und zur Liebe, sondern auch zur Arbeit eine ziemlich lockere Einstellung gehabt. Irgendwo im tiefsten Innern hatte er fast gehofft, dass das irgendwann auffallen würde, dass jemand ihn ertappen würde, aber dazu war es nie gekommen. Schon auf dem Internat und später an der Universität war er oft Risiken eingegangen, aber mit seinem Charme und seiner Intelligenz war er immer glimpflich davongekommen. Von seinen Mitmenschen hatte er stets Abstand gehalten, hatte nie echte Nähe zugelassen. Und dann hatte sein Kollege Jack ihm vor einigen Monaten eine Strategie vorgeschlagen, wie sie ein hübsches Sümmchen in die eigene Tasche abzweigen könnten, indem sie von ihren Vorgesetzten unbemerkt ein Geschäft abschlossen. Robs Puls war schneller geworden, genauso wie vor zehn Jahren in seinen beruflichen Anfängen. Nicht, dass er das Geld gebraucht hätte – der ansehnliche Treuhandfonds, den seine Eltern ihm zu seinem einundzwanzigsten Geburtstag überlassen hatten, bedeutete, dass er sich in finanzieller Hinsicht niemals würde Sorgen machen müssen. Aber er brauchte Herausforderungen und musste seine Grenzen austesten, und so hatte er die Gelegenheit genutzt. In diesem Moment jedoch, während Howard ihn prüfend ansah, hämmerte das Blut so heftig in seinen Schläfen, dass ihm sein Kater von vorhin geradezu wie eine Erholung erschien.

In den folgenden, höchst unangenehmen fünf Minuten verwendete Howard Begriffe wie *Ermittlungen* und *Freistellung bei vollem Gehalt, Eingehen von Risiken* und *Kompensationsgeschäft.* Rob schloss kurz die Augen. Er hatte um die Risiken gewusst und war sie dennoch eingegangen, und jetzt waren sein Kollege Jack und er aufgeflogen. Howard sprach weiter, aber er hörte nur noch mit halbem Ohr zu. Als Howard fertig war, schüttelte er Rob die Hand, sah ihm aber nicht richtig in die Augen, was ihn an Mariannas halbherzige Begrüßung erinnerte. Rob fragte sich, ob sie bereits von der Sache gewusst hatte.

Mechanisch trat er in den Aufzug und fuhr in die Etage, wo sich die Arbeitsplätze der Floor Trader befanden. Eigentlich wollte er an seinen Schreibtisch, doch als er durch die großen Glaswände die Menschen sah, mit denen er Tag für Tag zusammengearbeitet hatte, machte er auf dem Absatz kehrt und drückte im Fahrstuhl den Knopf, der ihn wieder ins Erdgeschoss brachte. Mariannas Verhalten sagte ihm alles, was er wissen musste. Sie lächelte ihm nur schmallippig zu und machte keine Anstalten, sich mit ihm zu unterhalten. Und so verließ er das Gebäude.

George ging jetzt seinen eigenen Angelegenheiten nach, denn er arbeitete nur Teilzeit für ihn und hatte tagsüber frei. Als Rob bewusst wurde, dass er einen ganzen Arbeitstag zur freien Verfügung hatte und nichts tun musste, außer ... ja, was? Er betrat den kleinen Coffee-Shop am Ende der Straße. Dort war er in der Mittagspause häufig hingegangen, um kurz frische Luft zu schnappen.

»Hi«, sagte die pinkhaarige junge Frau hinter der Theke. »Was darf's sein?«

Das Frühstück kollerte immer noch unangenehm in seinem Bauch herum. »Nur einen Kaffee bitte, schwarz.«

Rob setzte sich ans Fenster und beobachtete das Treiben auf der Straße. Dann schrieb er eine Nachricht an Jack, den Börsenhändler, mit dem zusammen er die Sache eingefädelt hatte.

Wie sieht's bei dir aus?

Gleich darauf zeigten zwei blaue Häkchen an, dass seine Nachricht gelesen worden war. Rob wartete, aber es kam keine Antwort. Sie waren eher Kollegen gewesen als Freunde, aber trotzdem ...

Einige Stunden später saß Rob auf seinem extragroßen grauen Sofa und blickte in den Garten hinaus. Die Bäume hatten noch keine Blätter, und ihre Äste ragten in den Himmel, als könnten sie das erste Frühlingssonnenlicht auffangen und dadurch wieder zum Leben erwachen. Rob blickte auf sein Handy und scrollte ziellos die Namen auf seiner Kontaktliste durch. Es war paradox, aber trotz der zahllosen Jamies, Arthurs, Harrys, Olivias und Annabels, die sich in der Liste fanden, war kein Mensch dabei, den er jetzt einfach hätte anrufen können, um über das Geschehene zu sprechen. In seiner beruflichen WhatsApp-Gruppe waren die Kollegen heute Vormittag verdächtig still, und er vermutete, dass in diesem Moment eine taktvollerweise neu gegründete Gruppe seine Freistellung diskutierte. Howard hatte ihm zwar versichert, er würde Stillschweigen bewahren, doch Rob wusste nur zu gut, dass die Büroräume die reinste Gerüchteküche waren und dass mittlerweile alle von der Sache erfahren hatten. Dass er eigentlich keine engen Freunde hatte, war eine verstörende Erkenntnis für ihn. Er ließ das Handy auf den Couchtisch fallen und ging nach oben, um sich umzuziehen. Vielleicht würde er den Kopf freikriegen, wenn er Joggen ging.

Auf halber Strecke durch die Meadows, den großen Park südlich der City, kündigte sein Handy einen Anruf an. Keuchend blieb Rob stehen und hielt es sich ans Ohr.

»Sag mal, geht's noch?«, hörte er eine vertraute Stimme mit südafrikanischem Akzent.

Trotz allem musste Rob lachen. »Andy!«

»Da bin ich fünf Tage im Ausland, und kaum komme ich zurück, muss ich feststellen, dass du die Firma auf den Kopf gestellt hast.«

Andrew war der einzige Mensch in der Firma, den er wirklich vermissen würde, ein kräftiger Rugbyspieler, der wegen seiner breiten Schultern quasi seitwärts durch die Türen gehen musste. Er war in Pietermaritzburg geboren und hatte einen wunderbar selbstironischen Humor und dazu einen gesunden Appetit auf rotes Fleisch, roten Wein und heißblütige Frauen.

»Ach komm«, sagte Rob, »erzähl mir bloß nicht, du hättest so was noch nie gemacht.«

»Klar hab ich so was schon gemacht, aber ich bin eben so schlau, dass niemand was merkt. Und was hast du jetzt für Pläne?«

Rob zuckte die Achseln. »Keine Ahnung.«

»Du weißt so gut wie ich, dass du jetzt erst mal eine Weile

den Ball flach halten musst – lass sie ihre Ermittlungen abschließen, und dann zahlst du deine Geldstrafe und kannst weiterarbeiten.«

»Wie du das so sagst, klingt es ganz einfach.« Rob lehnte sich an einen Baum und dehnte die Beinmuskulatur. Er stellte sich vor, wie Andy breitbeinig auf seinem Bürostuhl saß und beim Sprechen ein Auge auf den Bildschirm hatte.

»Weiter ist es doch auch nichts, Mann. Hau ab, mach mal Pause, gönn dir 'ne Auszeit. Seit wir uns kennen, hast du keinen richtigen Urlaub gemacht. Weißt du was? Ein Kumpel von mir hat zu Hause in Südafrika ein Ferienhaus am Strand. Fahr für ein paar Wochen da hin, in die Sonne, da kannst du ganz locker chillen, auf Safari gehen und in aller Ruhe abwarten. Ich organisiere das für dich.«

Viertes Kapitel

Einige Wochen später

Midsummer House lag etwa drei Meilen vom Dorf Applemore entfernt, versteckt an einem Fahrweg, der sich durch einen uralten Mischwald aus Eiben, Eichen, Buchen und Kirschbäumen schlängelte. Bis vor einer Stunde hatte es immer wieder geregnet, und die Frühlingsschauer hatten Pfützen hinterlassen, in denen sich das Blau des Himmels spiegelte. Das Sonnenlicht warf helle Tupfen auf die Blätter, während Charlotte ungewohnt gemächlich den Weg entlangschlenderte. Sie nahm sich Zeit, bewunderte die hellgrünen jungen Grashalme und die ersten Farnwedel, die aus dem modernden braunen Laub lugten, noch zusammengerollt wie Seepferdchenschwänze.

Sie atmete den Duft von feuchtem Waldboden und Bärlauch ein und freute sich am lebhaften Vogelgezwitscher nach dem langen Winter. Ihr wurde bewusst, dass sie im Gehen beide Daumen drückte, und sie musste über ihren Aberglauben schmunzeln. Als sie gehört hatte, dass Frances Clarkson überlegte, Midsummer House zu verkaufen, hatte ihr Herz einen Sprung gemacht. Das Haus lag mitten im Wald, fast wie im Märchen, und Frances lebte darin praktisch wie eine Einsiedlerin. Charlotte hatte all ihren Mut zusammengenommen und sich zu der alten Dame auf den Weg gemacht, obwohl ihre Schwester Polly scherzhaft behauptet hatte, Frances sei eine Hexe und würde sie in einen Frosch verwandeln.

»Sie ist keine Hexe«, hatte Charlotte nach einem ihrer Besuche im Midsummer House berichtet, »aber sie hat einen messerscharfen Verstand. Sie weiß, dass ich das Haus haben will, und jetzt spielt sie mit mir Katz und Maus. Als ich das erste Mal bei ihr war, hat sie gleich gesagt, sie würde mir das Haus sehr gerne verkaufen, aber bei meinem nächsten Besuch hatte sie es sich wieder anders überlegt.«

»Einfach cool bleiben«, hatte Polly weise geantwortet.

»Das versuche ich ja. Aber bei einer Frau wie Frances ist es schwer, cool zu bleiben. Sie ist so schlau, und manchmal glaube ich, sie kann meine Gedanken lesen. Aber ich lasse nicht locker.«

Es war ein monatelanger Prozess gewesen. Charlotte hatte die alte Dame immer wieder besucht, hatte Tee mit ihr getrunken, sich mit ihren Tieren angefreundet – und endlich sah es jetzt so aus, als könnte es tatsächlich klappen. Frances hatte mehrmals verlauten lassen, der richtige Zeitpunkt für eine Veränderung sei gekommen. Charlotte atmete tief durch – ihr war, als hätte sie wochenlang die Luft angehalten.

Der Fahrweg wurde breiter, und sie öffnete das vor Alter silbrig schimmernde Holztor, indem sie es erst ein wenig anhob und dann einen Spaltbreit aufschob, gerade so weit, dass sie hindurchschlüpfen konnte. Als sie es wieder schloss, meckerte hinter ihr eine Ziege. Charlotte fuhr zusammen.

»Hallo«, sagte sie dann, ging mit ausgestreckter Hand auf einen weißen Ziegenbock zu und streichelte ihn hinter den Ohren. Es stieß leicht mit dem Kopf nach ihr und knabberte dann am Saum ihres Ärmels. Charlotte musste lachen.

»Geoffrey, friss bitte nicht meine Gäste auf«, rief eine Stimme aus dem Gewächshaus, und gleich darauf erschien eine rundliche kleine Frau mit grauen Haaren. Sie wischte sich die Hände an der Schürze ab.

»Ich hab gerade gedacht, dass es Zeit für ein Tässchen Tee ist. Ich bin schon seit heute früh dabei, diese Kräuter einzutopfen.«

»Hallo, Frances. Das klingt wunderbar.« Charlotte zupfte verstohlen an ihrem Ärmel, denn Geoffrey hatte ihn wieder im Maul und schien entschlossen zu sein, dieses Mal den Kampf zu gewinnen.

»Benimm dich«, sagte Frances und gab ihm einen Klaps auf die Nase. Derart zur Ordnung gerufen, ließ der Ziegenbock Charlottes Ärmel nun doch los und trottete zu einer Pforte am anderen Ende des Hofes hinüber, die in den Wald führte.

Die Küche war voller Sonnenlicht. Es fiel auf den gescheuerten Eichentisch und beleuchtete Frances' Sammlung von Weckgläsern, die auf jedem freien Fleckchen standen. Frances wusch sich am Spülstein die Hände und trocknete sie mit einem ausgeblichenen Handtuch ab.

Sie deutete auf einen Stuhl. »Setzen Sie sich doch.«

Charlotte schluckte nervös und tat wie geheißen.

»Tee?«

»Ja, bitte.«

Ein rotweißer Kater kam über die Bodenfliesen angetappt und sprang ihr auf den Schoß.

Charlotte streichelte sein weiches Fell und sah zu, wie Frances herumwuselte, den Kessel auf den Aga stellte, Kuchen abschnitt und auf Teller legte, die Teekanne vorwärmte und alles auf den Tisch stellte.

»Also«, sagte sie schließlich, »dann wollen wir mal zum Geschäftlichen kommen.«

Charlotte nickte. Frances schwenkte die Kanne und schenkte dann Tee in zwei zarte Porzellantassen. Sie reichte Charlotte eine und dazu eine Scheibe von dem blassgelben Kuchen, die mit kleinen Samenkörnern gesprenkelt war.

»Kümmel und Zitrone?«

»Sehr schön, danke.« Mit einem Räuspern nahm Charlotte den Teller entgegen. An der Wand über der Tür zur Speisekammer tickte laut eine Uhr. Frances nahm ihre Tasse und trank ein Schlückchen. Sie schien zu überlegen.

»Ich liebe dieses Haus«, sagte sie schließlich, »und ich weiß, dass es bloß ein Gebäude ist, aber für mich sind viele Erinnerungen damit verknüpft, und ich möchte sicher sein, dass jemand es bekommt, der es wirklich zu schätzen weiß und in Ehren hält.«

Charlotte rutschte auf ihrem Stuhl herum. Jetzt hätte sie Frances etwas vorschwafeln, ihr vage Versprechungen machen können, bis der Kaufvertrag unterzeichnet war, aber das war nicht ihre Art. Sie konnte nur in den Spiegel sehen, wenn sie vollkommen ehrlich war.

»Ich möchte nicht selbst hier wohnen«, sagte sie daher nervös. Frances sah sie skeptisch an. »Ich meine, ich würde wahnsinnig gern hier wohnen, aber ich bin in meinem kleinen Cottage ganz zufrieden. Ich möchte Midsummer House kaufen, weil es ein wunderbares Feriendomizil wäre, und ich stelle mir so gern vor, wie die Urlauber Jahr für Jahr wieder hierherkommen. In den Ferienhäusern haben wir Gäste, die schon seit Jahren regelmäßig kommen.«

»Aha.« Ein langes Schweigen entstand. Charlotte zwirbelte den Saum ihres Shirts zwischen den Fingern und hoffte sehnlichst, dass Frances nicht explodieren und sie rauswerfen würde.

»Haben Sie denn nicht schon genug Ferienhäuser? Soweit ich weiß, haben Sie doch die alten Gutsarbeiterkaten renoviert.«

»Das stimmt.« Charlotte nickte. »Aber davon gehört mir keine Einzige. Es ist schwer zu erklären, aber die Cottages sind alle im Besitz von Gut Applemore. Und ich möchte mir gern eine Zukunft mit Eigentum aufbauen. Verstehen Sie, was ich meine?«

»Absolut«, sagte Frances. »Ich habe Ihre Mutter gekannt. Nicht gut, aber doch ein wenig. Ich weiß noch, wie schwierig sie das fand – sie hat immer gesagt, Gut Applemore hinge der Familie wie ein Mühlstein um den Hals.«

Charlotte spürte wieder das vertraute Ziehen im Herzen – wie immer, wenn sie sich an ihre Mutter erinnerte, selbst noch nach all diesen Jahren. Als ihre Mutter die Familie verlassen hatte, war Charlotte zehn Jahre alt gewesen, und sie hatte sich für ihre drei Geschwister verantwortlich gefühlt. Ganz gleich, wie liebevoll ihr exzentrischer, unordentlicher Vater und wie tüchtig die energische, aber warmherzige Haushälterin Joan gewesen waren, sie hatte den Verlust ihrer Mutter stets stark gespürt.

»Mein Bruder Lachlan ist auf Applemore jetzt sehr glücklich«, sagte sie dann. »Und er und seine Freundin Rilla haben inzwischen auch ein Kind.«

»Ja, das habe ich gehört. Aber ich verstehe, dass Sie sich

etwas Eigenes aufbauen möchten. Ich finde das bewundernswert.« Frances brach sich ein Stück Kuchen ab und steckte es in den Mund. Sie kaute und fuhr nach kurzem Schweigen fort: »Dieses Haus zu verkaufen ist eine große Entscheidung für mich. Ich nehme das nicht auf die leichte Schulter. Ich habe meine Pflanzen und meine Tiere hier, und natürlich auch noch die Bienen.«

»Die Bienen?«

»Oh ja.« Frances strahlte. »Kommen Sie, ich stelle Sie den Bienen vor.«

Charlotte folgte ihr nach draußen und einen schmalen Weg entlang, der auf beiden Seiten von Lavendelbüschen eingefasst war. In dem blassgrauen Blattwerk vom Vorjahr zeigten sich hier und da schon junge grüne Triebe. Die Hühner gluckten in ihrem Gehege und scharrten vergnügt in der feuchten Erde. Auf einem Stuhl im Eingang zum Gewächshaus saß eine graugetigerte Katze und sog die Wärme der Frühlingssonne in sich auf. Frances öffnete ein Gatter zu einer Koppel, auf der verstreut knorrige Obstbäume wuchsen. Nebeneinander gingen sie weiter bis ans Ende der Wiese, wo in einer Ecke die Bienenkästen standen. Charlotte zögerte instinktiv.

»Keine Sorge, die beißen nicht«, kicherte Frances. »Oder besser, sie stechen nicht. Aber es gibt eine alte Regel, dass man den Bienen alles erzählen soll, was im Haus vorgeht. Ich bin überzeugt, dass das seinen Sinn hat, und halte mich daran. Dann wollen wir mal sehen, was sie so sagen.«

Während sie weitergingen, wurde das Summen immer lauter, und kurz vor den Bienenkästen blieb Frances stehen und stemmte die Hände in die Hüften. Sie nickte.

»Es ist schön, euch so aktiv zu sehen. Ich werde euch vermissen«, sprach sie die Insekten an, und die Bienen summten freundlich. »Aber ich vermute, dass Charlotte ebenfalls gut für euch sorgen wird.« Frances warf ihr einen listigen Blick zu.

»Aber ich –«, setzte Charlotte erschrocken an. Frances schien da etwas in den falschen Hals gekriegt zu haben.

»Wenn Sie Midsummer House übernehmen möchten, muss ich sichergehen, dass Sie die richtige Person dafür sind. Wie schon gesagt, es ist mehr als bloß ein Haus.«

Charlotte drehte sich um und betrachtete das weiße Gebäude. Sie überlegte, wie gern sie den verwilderten Garten in Ordnung bringen, die wuchernden Hecken zurückschneiden, die alten Holzzäune und Ställe streichen und das Haus schön einrichten würde. Midsummer House sollte das Aushängeschild der Firma *Applemore Holiday Cottages* werden. Nie wieder würde sie das leicht mulmige Gefühl haben, dass man es ihr vielleicht eines Tages wegnehmen könnte, wenn die Zeiten sich änderten, nein, denn im Kaufvertrag würde ihr eigener Name stehen.

»Ich glaube, ich könnte die Richtige sein«, sagte sie.

»Das glaube ich auch. Aber wir müssen das Haus entscheiden lassen.« Frances deutete mit dem Kopf zum Gatter hinüber. »Gehen Sie nur schon, ich unterhalte mich noch kurz mit den Bienen.«

Charlotte ließ Frances bei den Bienen und schlenderte über die Koppel und am Hühnergehege vorbei zurück zum Haus. Der rotweiße Kater war herausgekommen und beaufsichtigte jetzt die Hühner, die aber unbeeindruckt ihrer Tätigkeit nachgingen.

Sie warf einen Blick ins Gewächshaus. Blumentöpfe standen herum und aus offenen, halbleeren Plastiktüten war Erde auf den Boden gefallen. Charlottes Schwester Beth, die Gärtnerin, hätte ordentlich zu tun, um hier aufzuräumen.

»Wollen wir wieder reingehen?«

Charlotte fuhr herum.

»Ich habe Sie nicht kommen hören.«

Frances lachte in sich hinein und ging voran zum Haus zurück und in die Küche.

»Setzen Sie sich«, sagte sie, und Charlotte gehorchte.

»Ich habe entschieden, dass es das Beste ist, wenn Sie hier eine Probezeit machen. Wie finden Sie das?«

»Eine Probezeit?«, wiederholte Charlotte irritiert. Sie hatte sich dieses Treffen viel unproblematischer vorgestellt. Der rotweiße Kater war mit ihnen hereingekommen und sprang ihr wieder auf den Schoß. Sie spürte seine Krallen durch den Hosenstoff. Er machte einen Buckel, setzte sich dann hin, hob ein Hinterbein und begann, sich ausgiebig unter dem Schwanz zu säubern.

»Drei Monate. Ich muss sicher sein, dass ich das Richtige tue. Außerdem muss ich sicher sein, dass es richtig ist, Midsummer House an Sie zu verkaufen. Ich weiß, das klingt vielleicht exzentrisch« – Charlotte hoffte inständig, dass ihre Meinung dazu ihr nicht ins Gesicht geschrieben standen –, »aber so ist es eben.«

Charlotte nickte ernst. »Ja, das verstehe ich.«

»Also«, fasste Fiona später zusammen, als sie in Charlottes kleinem Büro saßen, »du hast dich bereit erklärt, drei Monate im

Midsummer House zu wohnen, weil du Frances Clarkson – die vielleicht eine Hexe ist, je nachdem, mit wem man spricht – beweisen willst, dass du eine würdige Käuferin bist?«

Charlotte nickte. Sie warf einen Blick auf die Wand mit den bunt beschrifteten Zetteln, die mahnten, man solle sein Leben selbst in die Hand nehmen, seine Grenzen erweitern und wer weiß was sonst noch alles. Sie hatte ihre Mitarbeiterin sehr gern, aber Fionas Vorliebe für schlaue Sprüche war fast schon eine Obsession.

»Du hütest ihr Haus, während sie in Europa herumtourt, und wenn sie dann entscheidet, dass du eine akzeptable Käuferin bist, darfst du ihr auch noch ein kleines Vermögen dafür bezahlen?«

»Jetzt komm mir nicht mit deiner unwiderlegbaren Logik.« Charlotte schüttelte lachend den Kopf. Ihr war klar, dass das für andere nicht nachvollziehbar war, aber auf ihre Weise war sie genauso stur und unbeirrbar wie Frances. Vielleicht besaß Midsummer House eine Art Zauber, der einen bestimmten Frauentyp magisch anzog? Oder fing sie jetzt auch an zu spinnen? Vielleicht lag es an dem Kräutertee, von dem Frances ihr immer wieder hatte nachschenken wollen?

»Das ist doch bekloppt. Total verrückt ist das.«

»Ich will Midsummer House haben.« Charlotte hob den Kopf. »Und«, sie deutete auf die Lebensweisheiten an der Wand, »du hast selbst gesagt, ich sollte wild und gefährlich leben und meinen Träumen folgen und das ganze Zeugs.«

»Ja, das stimmt, aber damit habe ich nicht gemeint, dass du ein Haus hütest, in dem es wahrscheinlich spukt, und dass du dich um einen ganzen Zoo kümmerst und jeden Tag mit den

Bienen redest, damit sie sich nicht einsam fühlen. Das ist doch kompletter Unsinn.«

»Schon möglich.« Charlotte wusste, dass viele glaubten, sie wäre nicht mehr ganz dicht. Aber sie hatte ihr Herz an Midsummer House gehängt, und sie würde tun, was nötig war, um es in ihren Besitz zu bringen.

»Als ich gesagt habe, du solltest versuchen, etwas riskanter zu leben, habe ich was anderes gemeint.«

»Dann hättest du dich ein bisschen deutlicher ausdrücken sollen, oder?« Charlotte sah ihre Freundin augenzwinkernd an, und Fiona musste lachen.

In diesem Moment kam Mel ins Büro. Sie wischte sich die farbverschmierten Hände an ihrer bereits bunt bekleckesten Hose ab.

»Na, was besprecht ihr gerade?«

Fiona warf Charlotte einen Blick zu. »Willst du es ihr sagen oder soll ich?«

»Du meine Güte.« Charlotte schüttelte wieder den Kopf. »Also, Mel, deine Freundin findet, dass ich verrückt bin, weil ich drei Monate lang Midsummer House hüten werde.«

Mel zuckte die Achseln. »Klingt doch irgendwie vernünftig.«

»Ja, es hört sich vernünftig an«, sagte Fiona und holte eine Flasche Weißwein, die für besondere Gelegenheiten in dem kleinen Kühlschrank stand. »Aber nur, wenn man den Hintergrund nicht kennt. Frances ist mit ziemlicher Sicherheit eine Hexe, und Charlotte ist so ein verdammt engstirniger Kontrollfreak, dass sie nicht kapiert, wie idiotisch das ist, und – ach, ich trinke jetzt ein Glas Wein. Vielleicht erscheint mir diese hirnrissige Idee vernünftiger, wenn ich ein bisschen Alkohol im Blut habe.«

Als Charlotte später am Abend wieder zu Hause war, sah sie sich in dem kleinen, ordentlich aufgeräumten Wohnzimmer ihres Cottage um. Nero, ihr Golden Retriever, den sie aus dem Tierheim geholt hatte, lag schnarchend auf dem Teppich. Als Erstes würde sie das Cottage enthaaren müssen. Wenn sie tatsächlich ein Vierteljahr im Midsummer House leben wollte, brauchte es aber ansonsten nur ein paar geringfügige Veränderungen, und sie konnte ihr Cottage mit in die Vermietung aufnehmen. In der Sommersaison gingen die Ferienhäuser weg wie warme Semmeln, und ihr Häuschen war tadellos in Schuss. Und dann gäbe es kein Zurück ... weil sie keine andere Wohnmöglichkeit mehr hätte. Charlotte hätte es niemals zugegeben, aber sie verspürte ein dumpfes Unbehagen, eine Befürchtung, dass Frances – die auch etwas Schlitzohriges hatte – sie über den Tisch ziehen könnte. Doch etwas sagte ihr, dass sie sich vollkommen auf die Sache einlassen musste und wahrscheinlich scheitern würde, wenn sie sich ein Hintertürchen offenließ. Falls tatsächlich etwas schiefging, würden Lachlan und Rilla natürlich darauf bestehen, dass sie bei ihnen im Applemore House unterschlüpfte, aber – nein. Sie wollte auf eigenen Füßen stehen, und hier ging es schließlich darum, dass sie sich von Applemore unabhängig machte und an ihre eigene Zukunft dachte. Sie würde schon dafür sorgen, dass das klappte, und allen beweisen, dass sie sich irrten.

In der Nacht lag sie wach, durchdachte ihre Pläne und konnte einfach nicht abschalten. Schon in ihrer Kindheit hatte es Gerüchte gegeben, dass Frances eine Hexe war. Die Geschwister waren bei ihren Abenteuern im Wald nur selten bis zum Midsummer House gekommen, da es vom Gut Applemore aus gesehen noch einige Meilen jenseits vom Dorf Applemore lag, aber Charlotte war von dem Anwesen mit dem großen weißen Haus, das sich in ein bewaldetes Tal schmiegte, seit jeher fasziniert gewesen. Einmal hatte sie oben auf dem Bruach Hill gestanden, hatte beobachtet, wie dort unten Rauch aus dem Kamin aufstieg, und sich vorgestellt, wie es wohl wäre, in dem Haus zu wohnen. Im Gutshaus Applemore, in dem sie aufgewachsen war, war es im Winter immer eiskalt gewesen, nicht sehr gemütlich, und schon gar nicht, nachdem ihre Mutter ausgezogen war. Einmal, während einer langen Wanderung, hatte sie am Rand der Koppel ein Mädchen etwa in ihrem Alter gesehen. Ob es eine Verwandte von Frances gewesen war? Das Mädchen hatte ein blasses Gesicht und dunkle, kummervolle Augen gehabt. Als sie ihrer Schwester Beth davon erzählt hatte, hatte Beth gemeint, das sei bestimmt ein Gespenst gewesen. Charlotte hatte entgegnet, dass Gespenster normalerweise nicht mit einer Tüte Kartoffelchips unterwegs seien. Darauf hatte Beth keine Antwort gewusst.

Bei Charlottes nächstem Besuch im Midsummer House, nachdem das Thema Housesitting geklärt war, geriet Frances vor Begeisterung ganz aus dem Häuschen. Sie kochte wieder ihren scheußlichen Kräutertee und erzählte: »Vielleicht fahre ich zum Cap d'Antibes. Die Welt steht mir offen, oder?« Ihre Augen blitzten.

»Das stimmt.« Ganz kurz wurde Charlotte von Neid erfasst. »Da haben Sie Glück«, sagte sie.

»Hindert Sie etwas daran, Ihre Zelte hier abzubrechen? Was hält Sie hier?«, erwiderte Frances.

»Ich habe meine Firma und die Familie und –«

»Welche Familie?«

Charlotte rutschte auf ihrem Stuhl herum, und der Kater, der wieder auf ihrem Schoß saß, sprang herunter und spazierte mit seitwärts gebogenem Schwanz davon. »Seit unsere Mutter uns verlassen hat, habe ich mich für die Geschwister immer ein bisschen verantwortlich gefühlt.«

»Aber war das nicht Aufgabe Ihres Vaters?« Frances nahm kein Blatt vor den Mund.

Charlotte machte eine vage Bewegung. »Irgendwie schon. Unser Dad war wunderbar, aber besonders gut organisiert war er nicht. Als ältestes Mädchen war ich für viele Dinge zuständig.«

»Hmm.« Frances brummte missbilligend. »Familienleben macht mehr Ärger, als es wert ist, wenn Sie mich fragen. Deswegen bin ich hierhergezogen, sobald ich konnte. Zum Glück hat meine halbe Verwandtschaft mittlerweile den Löffel abgegeben, und die andere Hälfte lebt im Ausland.« Sie griff nach einem Briefumschlag und betrachtete ihn. »Immerhin habe ich neulich einen Brief von meiner Halbschwester bekommen. Ich will ihr mal lieber antworten, bevor sie hier auftaucht und checkt, ob ich noch am Leben bin.« Sie kicherte.

»Eigentlich macht es mir nichts aus, mich um meine Geschwister zu kümmern«, protestierte Charlotte. »Das war einfach schon immer so. Aber Beth hat jetzt ihre Zwillinge und ihren Jack, und Polly ist quasi mit ihrem Hofladen verheiratet. Und Lachlan ist unter der Haube – die kleine Kitty ist schon fast ein halbes Jahr alt.«

Frances hob ganz leicht die Augenbrauen. »Das klingt, als wären Sie immer noch ganz schön involviert. Aber vergessen Sie dabei Ihr eigenes Leben nicht.«

»Nein, nein.« Charlotte schüttelte den Kopf. »Und ich lebe ja sehr gern hier in Applemore. Außerdem hält meine Firma mich auf Trab. Ich habe immer viel zu tun.«

»Das glaube ich gern.« Frances griff über den Tisch. »Ich möchte Ihnen die Prospekte zeigen, die ich neulich bekommen habe.«

Charlotte zog ihren Stuhl dichter an den Küchentisch heran und beugte sich vor, um besser sehen zu können. Ihr war unbehaglich zumute, so als hätte Frances einen Blick in ihr tiefstes Inneres geworfen und Gedanken und Gefühle entdeckt, die sie sich selbst nicht eingestand. Das verunsicherte sie.

Fünftes Kapitel

Rob hatte nicht lange gebraucht, um sein Haus aufzuräumen und abzuschließen und Edinburgh hinter sich zu lassen. Am Tag der großen Veränderung war er abends in seine Stammkneipe gegangen, er hatte jedoch den Eindruck gehabt, dass er dort nicht mehr willkommen war. Alle waren höflich, schafften es aber irgendwie, nur mit anderen zu sprechen oder sich mit Ausreden von ihm abzuwenden, etwa, dass sie sich einen Drink holen wollten. Er hatte erst allein dagestanden und sich dann mit ein paar japanischen Touristen unterhalten, und schließlich war ihm bewusst geworden – was er immer vermutet, sich aber nie richtig eingestanden hatte –, dass seine Freundschaften ganz schön oberflächlich waren und auf kostspieligen Abenden in Lokalen beruhten, wo man Konversation über unwichtige Themen machte. Die Erkenntnis, dass seine beruflichen Kontakte ihm nicht mehr eingebracht hatten als die Freundschaft mit Andy, war ernüchternd. Andy war der einzige Mensch, auf den er sich verlassen konnte, er hatte ihn regelmaßig angerufen, sich erkundigt, wie es ihm ging, und ihn zu sich zum Essen eingeladen. Aber mittlerweile hatte Andy sich verliebt und war in einer neuen Beziehung, sodass Rob sich wie das fünfte Rad am Wagen vorkam. Letztlich war George der Einzige gewesen, von dem er wirklich schweren Herzens Abschied genommen hatte. Aber selbst der hatte sich neu orientiert: Er arbeitete jetzt als Fahrer für einen Filmstar, der gerade in Edinburgh drehte, und so hatte er zum Abschied fröhlich gewunken und Rob versprochen, ihn über WhatsApp über den neuesten Klatsch hinter den Kulissen auf dem Laufenden zu halten.

Rob war nach Kapstadt geflogen, hatte ein Kabrio gemietet, und das Navi leitete ihn zu der Adresse in einem Vorort von Kapstadt, die Andys Freund Noah ihm geschickt hatte. In Südafrika war Herbst, doch die Sonne hatte das offenbar noch nicht mitbekommen, so heiß brannte sie vom wolkenlosen Himmel. Als er am frühen Abend auf einer breiten Straße vor einem breiten Tor anhielt, waren immer noch fünfundzwanzig Grad. Andy hatte von einem Ferienhaus gesprochen, und Rob hatte nicht weiter gefragt, daher musste er zweimal hinsehen, als die Navistimme säuselte, er habe sein Ziel erreicht. Er warf noch einen Blick auf sein Handy, dann stieg er aus und betrachtete das Keypad an dem weißen Torpfosten. Ja, in das Namensschild aus blitzblankem Messing war der Nachname Radebe eingraviert. Rob tippte den Code ein, und die schweren Torflügel schoben sich gemächlich auf.

Was für ein Ferienhaus!, schrieb er eine halbe Stunde später an Andy. Er saß am Pool, mit Blick auf den von Palmen gesäumten Strand der Camps Bay. In der Ferne glühte die zerklüftete Bergkette der Zwölf Apostel in der untergehenden Sonne. Vom Strand schallten Musik und Gelächter herüber.

Ich hatte ein nettes Häuschen auf dem Land erwartet, keine Luxusvilla am Strand mit sechs Schlafzimmern.

Andy schickte ihm erst einen Smiley und antwortete dann kurz darauf:

Hab mir gedacht, du bist urlaubsreif. Noah ist großzügig, er überlässt sein Haus gern mal anderen.

Rob schüttelte den Kopf. Als er das Haus betreten hatte, hatte er einen handgeschriebenen Zettel vorgefunden. Noah und seine Frau Mimi meinten, er solle sich wie zu Hause fühlen, sich ein Bier oder auch sechs nehmen, und er könne gern so lange bleiben, wie er wolle, denn bis sie im Juli von ihrer Amerikareise zurückkämen, würde das Haus leerstehen.

Vormittags ging er surfen, den Nachmittag verschlief er, und abends besuchte er eine Bar in der Nähe. Einige Nächte verbrachte er mit irgendeiner hübschen jungen Frau, mit der er in der Bar angebandelt hatte. Alle waren locker und entspannt, und es war leicht, wieder das gewohnte Programm abzuspulen, was zu trinken, zu lachen und zu plaudern, ein paar Stündchen zu flirten und die Frauen dann in die Villa mitzunehmen, wo sie unweigerlich von dem prächtigen Ambiente beeindruckt waren. Aber er war nicht mit dem Herzen dabei. Anfangs hatte er noch ständig sein Handy gecheckt, weil er über den Büroklatsch und die Aktivitäten seiner Kumpel auf dem Laufenden bleiben wollte, aber dann wurde ihm schnell klar, dass er für die meisten seiner früheren Kollegen aus den Augen und damit aus dem Sinn war. Daraufhin ließ er das Handy immer öfter im Haus, wenn er wegging, und genoss die Freiheit, einfach am Strand zu sitzen, dem Leben und Treiben dort zuzuschauen und zu spüren, wie sein Hirn allmählich zur Ruhe kam. Zum ersten Mal seit Jahren arbeitete er nicht und dachte auch nicht über seine Arbeit nach. Und seine Nächte waren traumlos. Es war, als würde er sich von zehn Jahren Raubbau an seinen Kräften erholen.

Doch dann schreckte er eines Nachts um zwei Uhr hoch, von Erinnerungen heimgesucht. Sein eigener Schrei hatte ihn geweckt, und er war schweißüberströmt. Vermutlich war die Zeit des erholsamen Schlafens vorbei.

Ein paar Stunden später quälte er sich aus dem Bett. Er wollte versuchen, in der kalten Brandung den Kopf freizukriegen, doch die Wellen spielten nicht mit. Nach einer halben Stunde gab er auf. Er tappte über den Strand zu einer Bude, in der ein tiefgebräunter Surfertyp in einem lila Hemd Apfelsinen halbierte und in eine Saftpresse warf.

»Was darf's sein?«

»Karotte, Orange und Ingwer bitte.«

»Hab gesehen, wie's dich umgehauen hat. Scheint nicht dein Morgen zu sein, oder?«

Rob schüttelte den Kopf. Während die Saftpresse surrte, fiel ihm ein handgemaltes Schild an der Seite der Bretterbude auf.

»Wo auch immer du hingehst, du nimmst dich selbst mit.«

Wow. Das traf den Nagel auf den Kopf. Er hatte sich davongemacht, bis ganz nach Südafrika, und trotzdem war er mitten in der Nacht plötzlich hochgeschreckt, weil er in eine Zeit zurückgefallen war, die er nur allzu gern aus seinem Gedächtnis gelöscht hätte.

»Es gibt immer ein Morgen«, sagte der Typ von der Saftbar, während er ihm ein großes Glas mit orange leuchtendem Saft reichte.

»Oder so ähnlich«, sagte Rob. Aber er warf einen letzten Blick auf den hellen Sandstrand und gestand sich ein, dass seine Entscheidung gefallen war. Ja, es war Zeit für den nächsten Schritt, für die nächste Station – er war sich nicht sicher, wo das sein könnte, aber Sonne, Meer und Surfen hatte er jetzt reichlich gehabt.

Er warf seine Reisetasche hinten in den Wagen, schloss die Villa ab und fuhr, ohne sich noch einmal umzudrehen, zum Flughafen.

Hätte er jedoch gewusst, was ihn beim Umsteigen auf dem Flughafen Schiphol erwartete, dann hätte er vielleicht anders geplant. Nachdem sein Flug von Kapstadt nach Schiphol Verspätung gehabt und er den Anschlussflug verpasst hatte, stand er gerade vor dem Starbucks in der Schlange, als ihm jemand auf die Schulter tippte. Der vertraute Duft von Halfeti lag in der Luft, und Rob kannte nur einen Menschen, der tagtäglich dieses Parfum benutzte. Er drehte sich um.

»Mutter.«

Sie war wie immer elegant gekleidet, heute trug sie ein schickes Kostüm, vermutlich von Chanel, und dazu schwindelerregend hohe Absätze und am Arm eine winzige Handtasche. Offenbar hatte sie einen internationalen Flug hinter sich, aber sie sah aus, als käme sie gerade aus einem Schönheitssalon, vielleicht auch aus der Praxis eines Schönheitschirurgen an der Harley Street. Jedenfalls hatte sie etwas an ihrem Gesicht machen lassen, seit er sie das letzte Mal gesehen hatte

»Robert, mein Schatz. Was für eine schöne Überraschung. Dein Vater ist gerade auf der Suche nach einem Wagen für unser Gepäck. Was machst du denn hier?«

Sie gab ihm Küsschen auf beide Wangen, trat dann einen Schritt zurück, hielt ihn auf Armeslänge von sich und wartete darauf, dass er ihr ein Kompliment über ihr Aussehen machte. Sie hob eine Augenbraue – oder versuchte es jedenfalls. Auch in dem Bereich hatte sie eindeutig weitere chirurgische Hilfe in Anspruch genommen.

»Ich war in Kapstadt bei …« Rob überlegte schnell, »bei ein paar Freunden. Bin gerade auf dem Nachhauseweg.«

»Was macht die Arbeit?«

»Läuft gut. Ja, richtig super.« Auf dieses Thema wollte er nicht eingehen – nicht seinen Eltern gegenüber. Er hatte nie viel Zeit mit ihnen verbracht und musste ehrlicherweise zugeben, dass er über seine Gefühle für die beiden nicht besonders viel nachdachte. Mittlerweile wohnten die Eltern in Dubai, und einen großen Teil des Jahres jetteten sie wegen der Firma seines Vaters um die Welt. Ab und zu traf er sie pflichtbewusst in teuren Hotels in London zum Dinner … aber das war alles. Sie hatten ein beeindruckendes Haus in Edinburgh für ihn gekauft, groß genug für eine sechsköpfige Familie, und es ihm zu seinem Abschlussexamen an der Uni geschenkt. Paradoxerweise waren sie aber in den zehn Jahren, die er jetzt allein darin lebte, nie zu Besuch gekommen. »Wir müssen dich wirklich unbedingt mal besuchen, Schatz«, pflegte seine Mutter zu sagen, »aber wir haben ja so unglaublich viel auf dem Zettel – du weißt doch, wie das ist …«

»Was für eine schöne Überraschung«, sagte seine Mutter wieder, offenbar ohne die Doppeldeutigkeit zu bemerken. Sie sah sich nach ihrem Mann um.

»Ihr verbringt ja so viel Zeit auf Flughäfen, da musste das irgendwann mal passieren«, sagte Rob trocken.

»Gordon, Gordon!« Sie hatte seinen Vater in der Menge der Reisenden entdeckt. »Guck mal, wer hier ist!«

»Tatsächlich! Rob!«

Sein Vater sah gut aus – sonnengebräunt und mit silbergrauem Haar. Die Falten zwischen Nase und Lippen und am

Kinn waren tiefer geworden, und anders als bei Robs Mutter waren auch auf seiner Stirn altersgemäße Runzeln zu sehen. Er nahm Robs Hand und drückte sie kräftig – es war diese bestätigende Begrüßung von Mann zu Mann, die ihm den Ruf eingebracht hatte, ein durchsetzungsfähiger, dabei aber fairer Geschäftsmann zu sein. Rob erwiderte den Händedruck und trat dann einen Schritt zurück. Während sie alle drei nach Worten suchten, blickte er hoch zur Anzeigetafel und überflog die Ankündigungen.

»Bist du auf dem Hinweg oder auf dem Rückweg?« Sein Vater war seinem Blick gefolgt.

»Auf dem Rückweg nach Schottland«, sagte Rob und schob seine Tasche auf der Schulter zurecht.

»Morgen wieder zur Arbeit?«

»Mehr oder weniger.« Rob nickte. Eine junge Familie eilte vorbei, beide Eltern hatten ein Kind an der Hand. Es waren ein Junge und ein Mädchen, fiel Rob auf, und trotz der Hektik lachten die vier zusammen, und ihre Gesichter leuchteten vor Freude und Aufregung. Rob fragte sich, ob seine Eltern das auch bemerkten. »Also, ich muss weiter – ich möchte meinen Flug nicht verpassen, sonst müsste ich hier übernachten.«

»Ist ja klar«, sagte sein Vater herzlich. Wenn ihm unbehaglich zumute war, zeigte er das nicht. Sie alle waren Meister darin, sich aus peinlichen familiären Situationen herauszuziehen. Anlässe zum Üben hatte es reichlich gegeben.

»Ach so, Rob«, sagte seine Mutter, als er sich vorbeugte, um ihr ein Abschiedsküsschen zu geben, »fast hätte ich es vergessen: Frances hat sich gemeldet, und – unter uns gesagt – ich glaube, sie könnte einen guten Rat gebrauchen. Es klang, als wäre sie kurz davor, einen furchtbaren Fehler zu machen. Würdest du sie mal anrufen?«

»In welcher Hinsicht einen guten Rat?«

»Es geht um Finanzen. Und ich hab gedacht, du bist der Richtige dafür, mit deiner Fachkenntnis. Außerdem bist du in Schottland vor Ort. Ich habe sie ja viel zu lange nicht gesehen.«

»Ich rufe sie an, sobald ich zurück bin.«

Sie verabschiedeten sich, und Rob schlenderte zum Gate. Er setzte sich ans Fenster, beobachtete, wie die Maschinen auf ihre Positionen rollten, und fragte sich, wie es wohl wäre, eine normale Familie zu haben.

Hi Frances, hab in Amsterdam auf dem Flughafen die Eltern getroffen. Mutter meint, du brauchst einen Rat?

Rob rechnete nicht so bald mit einer Antwort. Frances war zwar die Halbschwester seiner Mutter, in vieler Hinsicht aber ihr genaues Gegenteil. Es war kaum zu glauben, dass die beiden vom selben Planeten stammten, und noch weniger, dass die Hälfte ihrer Gene gleich waren.

Doch während die Maschine schon die Rollbahn entlangfuhr und das Kabinenpersonal die letzten Checks durchführte, verkündete sein Handy brummend eine neue Nachricht. Er wischte übers Display.

Rob, mein Lieber, perfektes Timing! Vermutlich hast du keine Zeit … nein, dir ist ja nie langweilig, bestimmt hast du viel zu tun, so wie immer. Aber falls du einen Moment für einen Anruf erübrigen könntest, wäre ich dir sehr dankbar.

»Entschuldigen Sie bitte«, sagte die rothaarige Flugbegleiterin, die gerade kontrollierte, ob er angeschnallt war, »könnten Sie jetzt bitte Ihr Handy ausschalten?«

»Selbstverständlich«, murmelte Rob höflich. Er wartete kurz, bis sie zur nächsten Reihe weitergegangen war, und tippte dann eilig eine Antwort.

Sitze gerade im Flieger. Melde mich nach der Landung.

Sechstes Kapitel

»Na komm, raus mit der Sprache. Ich will unbedingt wissen, wie es mit Midsummer House läuft.«

Polly, Charlottes jüngste Schwester, zog die Beine hoch und saß nun im Schneidersitz auf ihrem Schreibtisch in dem kleinen Büro hinter ihrem Hofladen. Der Fußboden stand voller Kartons. Aus dem Café hörten sie Geklapper – es war gut besucht, und wie üblich mischten sich dort Touristen und Einheimische. Es duftete bis ins Büro nach Kaffee und Gebäck. Polly reichte Charlotte ein Blätterteigteilchen und wischte sich Krümel von den Jeans.

»Danke«, sagte Charlotte, und gleich darauf mit vollem Mund: »Köstlich. Und riesig.«

»Eine Bäckerei auf dem Hof zu haben hat wirklich Vorteile«, sagte Polly. »Aber jetzt erzähl mal, ich bin schon ganz gespannt.«

»Es ist ein bisschen verrückt.« Charlotte rieb sich die Nase. Ihre Hand roch noch ein wenig nach der Zitronenmelisse, die sie vorhin im Garten von Midsummer House zwischen den Fingern zerrieben hatte. Sie hatte Frances noch einmal besucht, um letzte Einzelheiten mit ihr zu besprechen. »In dem Garten wachsen so viele wunderbare Kräuter. Die wären auch etwas für Rilla, für ihre verschiedenen Applemore Gins. Und außerdem hat Frances ein Gewächshaus mit Pflanzen für Tees und so.«

»Willst du damit sagen, dass deine Idee ein bisschen verrückt ist? Oder dass Frances nicht alle Tassen im Schrank hat?

Ich hab schon immer den Verdacht gehabt, dass sie eine Hexe sein könnte.«

»Das liegt bestimmt an den ganzen Kräutern, die sie verarbeitet.«

»Kräuter?« Polly runzelte die Stirn. »Du meinst ... legale Kräuter? Oder Gras –?« Sie machte eine Bewegung, als würde sie an einer Zigarette ziehen.

»Nein, nein, alles legal. Sie stellt Salben und Kräutersirup und solche Dinge her.« Charlotte kicherte. »Nö, keine Zaubertränke, sondern Handcreme und so was. Sie hat mir einen Lippenbalsam geschenkt, guck mal.« Sie kramte in ihrer Tasche und holte ein kleines Schraubglas heraus. Mit großen Augen sah Polly zu, wie ihre Schwester den Deckel abschraubte und den Zeigefinger hineinsteckte. Es roch nach Lavendel, anderen Blumen und auch ein wenig nach Moschus. Charlotte hob den Finger an die Lippen.

»Schmier dir das bloß nicht auf den Mund«, sagte Polly. »Wahrscheinlich bist du dann verzaubert und kannst tausend Jahre lang nicht sprechen.«

Charlotte riss in gespieltem Schrecken die Augen auf und rieb sich die Salbe auf die Lippen.

»Mmph, mmmph«, brummte sie, so als könnte sie kein Wort mehr herausbringen. Polly kicherte.

»Und was machen deine Pläne?« Polly schob die Ärmel ihres Shirts hoch.

»Das sieht gut aus. Vorgestern habe ich mein Cottage auf die Ferienhausseite gestellt, und am Nachmittag kam schon die erste Buchung, gleich für vier Wochen.«

»Super.«

»Ja. Ich hab unglaublich gut zu tun. Ich weiß gar nicht, wie ich das alles voreinander kriegen soll.«

»Das sagst du immer, und dann läuft alles wie geschmiert. Hast du eine Liste gemacht?«, fragte Polly verschmitzt.

»Sehr witzig.« Es war ein Running Gag in der Familie, und selbstverständlich hatte Charlotte eine Liste geschrieben.

»Ich kann einfach nicht glauben, dass du wirklich ins Midsummer House ziehst.« Polly schüttelte den Kopf. »So was in der Art hast du noch nie gemacht.«

»Daran ist Fiona schuld. Sie hat mich angespornt, wild und gefährlich zu leben.« Natürlich hatte Charlotte weder Polly noch Beth von der Nacht mit Rob in Edinburgh erzählt. Die drei Schwestern standen sich zwar nah, aber so nah nun auch wieder nicht. Auch zu Fiona und Mel hatte sie kein Wörtchen davon gesagt. Es war ihr Geheimnis, und wenn sie ab und zu daran dachte, musste sie im Stillen lächeln. Ihre Komfortzone zu verlassen hatte sich überraschend gut angefühlt.

»Ich kann mir nicht vorstellen, dass Fiona drei Monate in einem Spukhaus leben und einen ganzen Zoo versorgen würde.« Polly schüttelte sich. »Hast du keine Angst, dass du mitten in der Nacht von einem Gespenst geweckt wirst?«

»Im Midsummer House spukt es nicht.« Charlotte seufzte. »Es ist wirklich schön da. Die Atmosphäre im Haus ist angenehm – so friedlich. Und die Tiere sind süß.«

»Du hast doch noch nie was mit Tieren zu tun gehabt«, sagte Polly skeptisch.

»Immerhin habe ich Nero«, protestierte Charlotte.

»Sich um einen Hund zu kümmern ist aber etwas anderes, als einen ganzen Mini-Bauernhof zu versorgen.«

»Das ist kein Mini-Bauernhof, und ein paar Tiere zu füttern kann doch nicht so schwer sein.«

Sie war sich nicht ganz sicher, wie sie sich mit dem Ziegenbock Geoffrey vertragen würde, und bei der Vorstellung, sich mit den Bienen zu befassen, wurde ihr immer noch ganz mulmig, aber das würde sie niemals laut sagen. Ihr schien es am klügsten, einfach den Mund zu halten und sich durchzubeißen ... bisher hatte das in ihrem Leben stets geklappt, und dieses Mal hatte sie den Hauptgewinn vor Augen. Manchmal überlegte sie, warum weder Beth noch Polly sich Gedanken über das Risiko zu machen schienen, das sie mit ihren Unternehmen eingingen, schließlich waren auch sie von Gut Applemore abhängig. Doch Charlotte war klar, dass ihr Bruder Lachlan zutiefst verletzt wäre, wenn sie ihre Bedenken äußern würde. Er hatte nach dem Tod ihres Vaters lange mit sich gerungen und überlegt, Applemore zu verkaufen und den Erlös dann gerecht unter den Geschwistern zu verteilen. Aber keine der Schwestern hatte das gewollt, schließlich war Gut Applemore mehr als bloß ihr Elternhaus. Daher waren sie erleichtert gewesen, als Lachlan mit dem Verkauf der Brauerei das Anwesen für zukünftige Generationen sichern konnte.

»Wenn du dann gleichzeitig hinter ausgerissenen Ziegen herlaufen und dich um schwierige Feriengäste kümmern musst, sagst du das nicht mehr.« Pollys amüsierter Tonfall holte Charlotte ins Hier und Jetzt zurück.

»Zum Glück habe ich ja Fiona als rechte Hand. Ich lebe einfach mein übliches Leben weiter, bloß in einem anderen Haus. Haushüten ist doch etwas ganz Normales. Ich begreife nicht, warum ihr euch alle so darüber aufregt.«

»Aus zwei Gründen«, sagte Polly und zählte sie an den Fingern ab. »Erstens, weil es um dich geht und du sonst nie irgendwas spontan machst. Und zweitens, weil – na ja, du hast keine Garantie, dass die Hexe Frances dir das Haus anschließend auch wirklich verkauft. Vielleicht fährt sie einfach drei Monate in Urlaub, und wenn sie dann wiederkommt, hat sie es sich anders überlegt.«

»Nein, das wird sie nicht tun.« Charlotte schob sich den letzten Bissen Blätterteigteilchen in den Mund.

»Woher weißt du das?«

»Ich sehe genau, wie Frances vorgeht. Sie hält sich vielleicht für schlau, aber ich habe einen langen Atem. Ich kriege, was ich haben will, das spüre ich einfach.« Charlotte stand auf und hängte sich ihre Tasche über die Schulter. Sie hatte eine Menge auf ihrer To-do-Liste, und so schön es war, hier zu sitzen und mit der kleinen Schwester zu schwatzen, sie musste weitermachen.

»Du spürst das einfach«, wiederholte Polly, »weißt du, wie du klingst? Midsummer House färbt jetzt schon auf dich ab, und du bist noch nicht mal eingezogen.« Sie schwenkte die Hand, als würde sie Charlotte verzaubern. »Bevor du dich's versiehst, braust du Kräutertränke und meditierst im Mondenschein.«

»Du spinnst.« Charlotte grinste. »Ich weiß sehr wohl, was ich tue. Ich habe Frances zum Verkaufen überredet, weil ich alles gesagt habe, was sie hören wollte.«

Polly kniff die Augen zusammen. »Du gehst ran wie eine Dampfwalze, Charlotte Fraser.«

»Wie meinst du das?« Charlotte zupfte einen Fussel von ihrem Shirt und pustete ihn weg. Er schwebte als kleiner Punkt in einem Sonnenstrahl. Ein winziges Ding in einem unermesslichen Universum, sinnierte sie.

»Ich meine, unter deiner ganzen Tüchtigkeit und dem Listenschreiben steckt ein stahlharter Kern. Manchmal denke ich, du würdest vor nichts Halt machen, um das Haus in die Finger zu kriegen.«

»Ich weiß, was ich will, das ist alles.«

»Hmm.« Polly sah ihre Schwester scharf an. »Ja, ich glaube, wenn du nicht so zielstrebig wärst, wärst du nicht so erfolgreich.«

»Okay, jetzt muss ich aber meine restlichen Sachen ins Auto laden. Nachher bringe ich sie dann rüber.«

»Ich dachte, du kommst zum Essen ins Gutshaus?« Polly machte ein langes Gesicht.

»Ach, Polly, das klappt leider nicht. Ich hab einfach zu viel zu tun.«

»Das meine ich ja. Die anderen kommen alle«, bettelte die Schwester. Als Jüngste versuchte sie immer, ihren Charme spielen zu lassen, um sich gegen die Großen durchzusetzen. Weil die Geschwister im Laufe der Zeit Partner fanden und Familien gründeten, wurde es immer schwieriger, alle zusammenzuholen. Lachlan und seine Freundin Rilla bemühten sich, ihre rasch wachsende Ginbrennerei und die kleine Tochter Kitty unter einen Hut zu bringen. Beth, die hinter den hohen Mauern des früheren Nutzgartens von Applemore ihre Gärtnerei führte, war zu dieser Jahreszeit immer fix und fertig. Ihr Partner Jack war Leiter eines Abenteuerzentrums für Jugendliche, die einen schweren Start im Leben gehabt hatten. Die beiden hatten zusammen drei Kinder. Jacks Tochter war schon im Teenageralter, aber Beths Zwillinge waren erst vier und ganz schön anstrengend. Charlotte bekam plötzlich ein schlechtes Gewissen. Polly hatte als Jüngste nur wenige Jahre eine richtige Familie gehabt, und sie war immer die treibende Kraft hinter Spieleabenden in der Familie oder großen sonntäglichen Mittagessen. Aber Charlotte hatte Frances versprochen, dass sie heute Abend vorbeikommen würde, und sie musste beweisen, dass auf sie Verlass war. Sie wollte unbedingt die neue Besitzerin des Hauses werden, und diesem Ziel ordnete sie jetzt alles andere unter.

»Ich kann nicht«, sagte sie entschieden. »Entschuldige mich bitte bei den anderen. Ich verspreche, dass ich euch alle zum Essen einlade, wenn ich im Midsummer House eingezogen bin.«

Sie konnte sich schon vorstellen, wie das Gespräch beim Essen verlaufen würde, wenn sie nicht dabei war – alles würde sich um ihre Vernarrtheit in das Haus drehen und um ihre Besessenheit, ihre Ferienhausvermietung zu vergrößern. Doch davon ließ sie sich nicht aufhalten – sie hatte eine Aufgabe und konzentrierte sich ganz und gar darauf. Wenn Frances erst mal im Ausland war und sie das Haus ganz für sich hatte, würde sie sich entspannen können.

Polly wirkte ein wenig besänftigt. »Na, jedenfalls kommen wir dann garantiert alle. Niemand will doch die Gelegenheit verpassen, ein bisschen im geheimnisvollsten Haus des Dorfes herumzuschnüffeln.«

»Genau.« Charlotte wischte sich Blätterteigkrümel von ihrem Shirt. »Jetzt muss ich aber wirklich los.«

»Und ich muss auch weitermachen.« Polly sprang von ihrem Schreibtisch und scheuchte Charlotte mit beiden Armen aus der Tür. »Raus mit dir.«

Lächelnd verließ Charlotte den Hofladen. Sie begrüßte Dolina, eine Frau aus dem Dorf, die gerade mit einem frischen Baguette in ihren Wagen stieg, so vorsichtig, als wäre das Brot ein neugeborenes Kind. Die neue Bäckerei schien der Hit zu sein. Charlotte fragte sich, was ihr Vater von den vielen Veränderungen auf Applemore halten würde. Die Geschwister hatten verschiedene Firmen auf dem Gut gegründet, die alle florierten und den Einheimischen Arbeitsplätze boten. Das Gut Applemore war zu einem Zentrum für die Dorfgemeinschaft geworden, und die Ferienhäuser und der Naturcampingplatz lockten viele Touristen an. Wenn Charlotte an ihren Vater dachte, erinnerte sie sich meistens an seine Sorgen um die Rechnungen, die Feuchtigkeit und das undichte Dach des Gutshauses. Sie wünschte, sie könnte ihm sagen, dass jetzt alles auf einem guten Weg war. Während sie auf der schmalen, kurvenreichen Straße ins Dorf und zum Hafen hinunterfuhr, lächelte sie. Irgendwo, irgendwie wusste ihr Vater es vielleicht ohnehin.

Die Sonne schien in den Wagen, und Charlotte überkam ein warmes Gefühl der Zufriedenheit. Die ganze Familie hatte sie wegen ihrer Zielstrebigkeit aufgezogen, das stimmte, aber sie hatte sich halb totgeschuftet, um an diesen Punkt zu gelangen. Jetzt musste sie bloß noch drei Monate lang Midsummer House hüten, und dann würde sie endlich ein Haus haben, das ihr gehörte, ihr ganz allein. Das war ein wunderbares Gefühl.

Siebtes Kapitel

»Sag das noch mal«, dröhnte Andys Stimme aus den Autolautsprechern. »Ich muss mich wohl verhört haben. Du bist unterwegs in die Highlands?«

Rob blickte in den Rückspiegel, um sicherzugehen, dass die A9 hinter ihm frei war, trat dann aufs Gas und überholte einen Lastzug. Er war eine ganze Weile hinter dem Ungetüm hergezockelt, und der Motor seines nagelneuen Range Rovers stöhnte schon vor Ungeduld. Als er jetzt an dem Laster vorbei beschleunigte, war ihm, als höre er seinen Wagen dankbar schnurren. Er ließ eine Hand auf die Armstütze sinken und spreizte die Finger, um das weiche, cremefarbene Leder zu spüren.

Vor ihm dehnte sich die Autobahn. In einem Tal zur Linken fuhr ein Zug an einem winzigen weißen Cottage vorbei. Die Berge hüllten sich nach dem langen Winter noch in gedämpfte Braun- und Grautöne. Aber immerhin schien die Sonne.

»Ich hab ja nichts anderes zu tun«, sagte Rob achselzuckend. Außerdem war es eine Gelegenheit, um den Wagen einzufahren. Der Range Rover war das Einzige, worauf er sich gefreut hatte, als er nach Edinburgh zurückkam. Der Verkäufer im Autohaus hatte seinen ganzen schleimigen Charme spielen lassen, angespornt natürlich durch die fette Provision, die auf ihn wartete, sobald Rob den Kaufvertrag unterschrieben hatte.

»Du hättest auch zu uns kommen können. Marcie hat gesagt, sie würde gern mal wieder mit uns essen gehen. Und sie hat eine Freundin, ich glaube, die würde dir gefallen.«

»Danke, alles gut.« Andys neue Freundin hatte deutlich gemacht, dass sie ihren Ehrgeiz dareinsetzte, Rob mit einer ihrer besten Freundinnen zu verkuppeln, und darauf war er überhaupt nicht scharf. Sie waren zwar alle klug, hübsch, gebildet und so weiter, aber er hatte die Nase voll vom Dating, und mit One-Night-Stands hatte er sowieso abgeschlossen.

»Ich bin bald wieder zurück. Muss bloß eine Familienangelegenheit klären.«

»Ich dachte, du hast einen Hass auf deine Familie.«

Rob grinste. Andys Direktheit war ein Grund, warum er ihn so mochte. »Das stimmt, aber gegen meine Tante – also, meine Halbtante – habe ich nichts. Sie ist nicht so wie die anderen.«

»Halbtante?«

»Sie ist die ältere Halbschwester meiner Mutter. Als wir Kinder waren, war sie immer irgendwie eine Randfigur.«

»Dann spielst du also den pflichtbewussten Neffen?«

»Mehr oder weniger.«

Im Telefon knackte und knisterte es, und Andys nächster Satz war nicht zu verstehen.

»Andy!«, rief Rob ins Mikro. »Hörst du mich noch?«

»Ich kann dich nicht hören«, rief Andy am anderen Ende. »Ruf mich nachher noch mal an, falls es da am Arsch der Welt Telefon gibt.«

Rob beendete den Anruf und drehte die Klimaanlage hoch. Er hoffte, die kalte Luft im Gesicht würde ihn so lange wach halten, bis er bei Frances angekommen war.

Es war Ewigkeiten her – wohl fast zwanzig Jahre –, dass er sie zuletzt im Midsummer House besucht hatte. Die Aussicht, in das Haus zurückzukehren, in das die Eltern ihn und Emily mehrere Sommer hintereinander abgeschoben hatten, um ungestört in Urlaub fahren zu können, erfüllte ihn nicht gerade mit Vorfreude, aber er mochte Frances, und er wusste, dass sie ihn nur um einen Gefallen bat, wenn sie wirklich seine Hilfe brauchte.

In Inverness machte er kurz an einer Tankstelle Halt, holte sich einen Kaffee und ein Sandwich und tankte. Danach schienen die letzten anderthalb Stunden Fahrt sich ewig hinzuziehen. Als er am Loch Glascarnoch entlangfuhr, sammelten sich tiefhängende Wolken über den Bergen, auf denen zu seiner Überraschung noch letzte Schneereste lagen. Er hatte vergessen, wie abgeschieden die Gegend war, wie weit entfernt von jeglicher Zivilisation. Er fuhr weiter durch die einsame Landschaft, bremste, wenn er sich einem Viehgitter in der Straße näherte und fuhr langsam und vorsichtig durch die Kurven, denn er rechnete immer damit, dass ein paar Schafe mit ihren wolligen Lämmern die Straße versperrten. Sie schienen es mit dem Weglaufen nie eilig zu haben, sondern sahen ihn nachdenklich an, bevor sie sich dann umdrehten und mit einigen Sätzen ins Heidekraut sprangen.

Bei seinem letzten Besuch bei Frances hatte ein Freund der Familie ihn und seine Schwester aus ihren jeweiligen Internaten abgeholt und bei ihrer Tante abgeliefert. Doch Rob konnte sich kaum noch an den Weg erinnern. Erst nachdem er mehrfach falsch abgebogen war – niemand hier schien sich die Mühe zu machen, ein Schild an den Anfang seiner Zufahrt zu stellen –, holperte er endlich auf Midsummer House zu. Es sah aus, als wäre hier in den letzten zwanzig Jahren kaum etwas verändert worden.

»Da bist du ja«, sagte Frances. Rob musste zweimal hinsehen und versuchte, seine Überraschung zu verbergen. Frances war genau auf die Weise gealtert, die seine Mutter mit allen Mitteln zu vermeiden suchte. Früher hatte sie langes blondes Haar gehabt, jetzt war es grau, und ihr ungeschminktes Gesicht war wettergegerbt und runzlig. Aber ihre Augen waren so hell und ihr Blick so scharf wie eh und je. Während er aus dem Auto stieg und seine Reisetasche herausholte, stand sie mit verschränkten Armen daneben und musterte ihn. Damals hatte sie ihn immer an eine Elster erinnert, wenn sie Emily und ihn mit schiefgelegtem Kopf beäugte und ihr nichts entging.

»Na, Robert, lange nicht gesehen.«

»Zehn Jahre muss das her sein. Oder zwanzig?« Er stellte seine Reisetasche auf den Boden und nahm sie in die Arme. Sie verströmte einen blumigen und leicht staubigen Duft, wie die Räucherstäbchen an den Ständen der Hippies auf dem Camden Market. Eine struppige weiße Ziege erschien, beschnupperte den Griff von Robs Tasche und nahm ihn dann zwischen die Zähne.

»Geoffrey!« Frances entriss dem Tier die Tasche und reichte sie Rob. »Hab ich dir nicht gesagt, du sollst nichts fressen, was dir nicht gehört?«

Das Innere des Hauses wirkte warm und einladend, obwohl überall Chaos herrschte. Auf dem riesengroßen Küchentisch sonnte sich eine rotweiße Katze. Und an der Wand – es verschlug Rob den Atem, so als hätte er einen Boxhieb in den Solarplexus bekommen – hing ein Foto von ihm und Emily. Sie hatten einander die Arme um die Schultern gelegt und lächelten sorglos und unbefangen in die Kamera. Die Aufnahme war in dem Sommer gemacht worden, bevor alles anders wurde.

Eine Welle von Kummer und Sehnsucht erfasste Rob, so heftig, dass er sich einen Augenblick am Tisch abstützen musste. Falls Frances das bemerkte, sagte sie aber nichts.

Als er sich wieder gefasst hatte, fielen ihm trotz des Durcheinanders Anzeichen dafür auf, dass Frances gepackt und sich auf ihre Abreise vorbereitet hatte. Sie hatte tatsächlich ein wenig aufgeräumt – die Arbeitsflächen in der Küche, die früher immer voller Dinge gewesen waren, die sie gesammelt hatte und vielleicht noch gebrauchen konnte, waren viel leerer, als er sie in Erinnerung hatte.

»Lieb von dir, dass du hergekommen bist«, sagte Frances, als sie sich setzten. Sie sah ihn über den Tisch hinweg mit ihrem scharfen Blick an. »Als ich sagte, ich brauche einen Rat, hatte ich an ein kurzes Telefonat gedacht, nicht an einen Besuch. Wie schön, dich zu sehen.«

»Ebenso.« Er trank ein Schlückchen Tee und bemühte sich, das Gesicht nicht zu verziehen. Die blassgrüne Flüssigkeit schmeckte widerlich. Am Becherrand schwamm etwas Weißes. Konnten das kleine Blütenblätter sein? Frances bemerkte seine Abneigung.

»Kamille.« Sie deutete auf eine Reihe von Schraubgläsern im Regal neben dem Aga. »Ich ziehe sie selbst. Wirkt beruhigend. Ich dachte mir, dass du sie unter diesen Umständen gebrauchen kannst.«

Rob hob fragend die Augenbrauen.

»Du bist seit Emilys Tod nicht mehr hier gewesen.«

Frances' Bemerkung klang eher wie eine Frage. Offenbar hatte sie seine Reaktion beim Betreten des Hauses und beim Anblick des Fotos tatsächlich wahrgenommen.

»Das stimmt.«

»Und warum hast du ausgerechnet jetzt so viel Zeit?«

Rob schilderte ihr seine berufliche Situation und erzählte, dass er in Südafrika im Haus von Andys Freund gewohnt hatte.

»Wo auch immer du hingehst, du nimmst dich selbst mit«, wiederholte Frances, als er ihr von dem Schild erzählte, das ihn zur Rückkehr veranlasst hatte. »Ja. Das ist eine ziemlich unbequeme Wahrheit.«

»Ich dachte, ich muss mich endlich der Sache stellen. Und du hast gesagt, du brauchst Hilfe. Ich finde, das ist eine gute Gelegenheit, mich mit der Vergangenheit auseinanderzusetzen.« Er streichelte den weichen Rücken der rotweißen Katze und beobachtete, wie sie den Schwanz zu einem Fragezeichen hob. Überrascht hörte er, wie er sich Frances gegenüber öffnete – das war eigentlich nicht seine Art. Aber Frances verstand es, ihrem Gegenüber im Gespräch Raum zu geben.

»Hmm.« Sie stand auf, blickte ein Weilchen aus dem Fenster und wandte sich ihm dann wieder zu. Im Sonnenlicht schimmerte ihr Haar silbrig. Es schien, als würde sie leuchten, was Rob etwas unheimlich fand.

»Ich habe eine liebe Freundin verloren, das ist der Grund für meine Reise. Der Tod verändert alles. Daher ergreife ich jetzt die Flucht.«

»Klingt gut.«

»Du trinkst deinen Tee nicht, oder?« Frances bemerkte, dass er seinen Becher nicht angerührt hatte.

»Ich bin eigentlich kein Teetrinker.«

»Wollen wir ein bisschen rausgehen?«

Bei näherem Hinsehen wurde deutlich, wie verwahrlost das

Anwesen war. Das Wohnhaus selbst stand zwar fest und sicher, aber die Nebengebäude befanden sich in einem erbärmlichen Zustand. Auf dem Stall fehlten Dachziegel, und die alten Regenrinnen hingen an den Seiten herunter und wirkten wie Betrunkene, die sich nach einer Sauftour in der U-Bahn an die Haltegriffe klammern. Die Holzzäune wackelten gefährlich, wenn man sie berührte, und die Zufahrt war mit Schlaglöchern übersät.

»Du bleibst doch über Nacht, oder? Zurück nach Edinburgh ist es ganz schön weit.« Als Rob nickte, fuhr Frances fort: »Vielleicht dürfte ich dich sogar bitten, mich morgen früh zum Flughafen zu bringen?« Sie warf ihm einen Seitenblick zu, als wäre ihr das gerade eben erst eingefallen. Rob verkniff sich ein Schmunzeln.

»Ja, klar.«

»Es wäre schön, hier stilvoll aufzubrechen. Wir können zusammen zu Abend essen – ich habe noch ein bisschen was im Kühlschrank.«

Rob fand die Aussicht auf ein Abendbrot aus übriggebliebenem Grünzeug nicht gerade verlockend. Aber hier zu übernachten gab ihm die Möglichkeit, sich Frances' Finanzen anzusehen und sich davon zu überzeugen, dass alles in Ordnung war.

Er brachte seine Reisetasche nach oben und stellte sie in einem der Schlafzimmer ab. Dort sah es aus, als hätte in den Jahren seit seinem letzten Besuch niemand etwas angerührt. Als er wieder herunterkam, deckte Frances gerade den Tisch für zwei.

»Es gibt nur noch einen Rest Quiche«, sagte sie. Sie lachte laut und herzlich.

»Sieht doch lecker aus«, sagte Rob etwas erstaunt.

»Danke.« Frances schenkte ihm aus einem Glaskrug Wasser ein. »Ich esse jetzt seit über fünfzig Jahren nur noch Selbstgekochtes, und bisher bin ich nicht daran gestorben, du kannst also vertrauensvoll zugreifen.«

Am nächsten Morgen war er schon früh wach, und weil er Frances seine Hilfe angeboten hatte, holte er sich Frances' lange nicht mehr benutzte Imkerjacke und den Hut mit dem Schleier und kontrollierte die Bienenkästen. Als Teenager hatte er diese Tätigkeit geliebt. Das geschäftige Summen der Arbeitsbienen ringsherum hatte etwas Beruhigendes. Er öffnete den ersten Kasten und blies mit der Imkerpfeife Rauch hinein. Das beruhigte die Bienen, sodass er sich alles ansehen konnte. Die Luft war von Vogelgesang erfüllt, und auf einer Weide in der Ferne riefen Kühe muhend nach ihren Kälbern. Rob arbeitete systematisch, nacheinander sah er sich die Honigzargen mit den Rähmchen an, in welche die Bienen ihre Waben zur Aufbewahrung des Honigs bauten. Die Handgriffe fielen ihm wieder ein, als hätte er diese Arbeit erst vor einigen Wochen gemacht statt vor vielen Jahren, und er war so in seine Tätigkeit versunken, dass er nicht hörte, wie Frances zu ihm trat.

»Ich bin so weit.« Sie stand ganz ohne Schutz vor ihm, ohne Angst, dass die Bienen sie stechen könnten.

»Ich gehe nur eben in den Schuppen und ziehe mir diesen Anzug aus.«

»Keine Eile.« Frances wirkte bemerkenswert gelassen.

Seltsam, dachte Rob, als er Sachen auszog und in dem kleinen Schuppen aufhängte, dass sie sich so heiter und zuversichtlich von Midsummer House trennte. Doch am Abend zuvor hatte sie erklärt, der richtige Zeitpunkt für eine Veränderung sei jetzt gekommen, und ihr war anzumerken, dass ihr Entschluss feststand.

»Es ist an der Zeit, dass ich Midsummer House verlasse«, hatte sie gesagt, als sie ihm nach dem Essen noch den Garten gezeigt hatte. Rob hatte sich gefragt, ob auch sie hier die Echos der Gespenster hörte, so wie er. Hätte er die Augen geschlossen, dann hätte er sich in die Vergangenheit zurückversetzt gefühlt – in die Zeit damals, bevor es passierte.

Er hatte seine Tasche schon hinten in den Range Rover neben Frances' altmodische Lederkoffer gepackt. Es gab nichts mehr zu tun, aber er zögerte noch. Vielleicht wollte seine Tante noch einmal durch Haus und Garten gehen, um sich zu verabschieden? Doch sie kletterte auf den Beifahrersitz und sah ihn erwartungsvoll an.

»Ich hab das Tor aufgemacht«, sagte sie munter. »Kann losgehen.« Energisch schlug sie die Beifahrertür zu.

Als Rob durch das Tor fuhr, fiel ihm ein ramponierter alter Land Rover auf, der hinter der Scheune parkte. Verglichen mit seinem funkelnagelneuen Wagen war das der Vetter vom Land.

»Wanderer?«, fragte er Frances.

Sie schüttelte den Kopf. »Nein, das ist Charlotte. Sie kümmert sich um die Tiere, während ich weg bin, und hat ein Auge auf das Haus.«

Rob sprang aus dem Wagen, und während er das Tor schloss, blickte er noch einmal zurück. Der eine Tag, den er hier verbracht hatte, erschien ihm nicht ausreichend. So lange hatte er sich bemüht, nicht an die Vergangenheit zu denken, und dieser Kurzbesuch in Midsummer House hatte ihm manches klargemacht.

Als er im Rückspiegel beobachtete, wie das weiße Haus hinter ihm verschwand, überkam ihn das vage Gefühl, dass er dort noch etwas zu erledigen hatte. Er schaltete das Radio ein. Während er die gewundenen einspurigen Sträßchen in Richtung Flughafen Inverness entlangfuhr, sprach jemand über archäologische Ausgrabungen auf Orkney.

Sie hatten Inverness fast erreicht und konnten die Kessock Bridge schon sehen, als Frances sich ihm zuwandte. Sie hatte eine gute halbe Stunde lang geschwiegen, daher hatte er angenommen, sie schliefe.

»Sag mal«, meinte sie beiläufig, »wenn du gerade nichts zu tun hast, könntest du dir doch überlegen, ob du nachher einfach nach Applemore zurückfährst.«

»Zurück ins Midsummer House?« Rob bremste, weil ein Lieferwagen sich vor ihn setzte. Sie überquerten gerade die Brücke, und die Industriegebäude auf der anderen Seite kamen in Sicht. Um Zeit zu gewinnen, unterbrach er Frances, indem er die Hand hob und so tat, als wolle er den Verkehrsfunk hören, der gerade im Radio kam.

»Entschuldige«, sagte er gleich darauf. »Sprich weiter.«

»Da wäre ein bisschen was zu tun, falls du eine Beschäftigung suchst.«

Rob gestattete sich ein ironisches Lächeln. Da war mehr als *ein bisschen* zu tun – Midsummer House würde eine Menge liebevolle Zuwendung brauchen. Das meiste waren Arbeiten, die ihm leicht von der Hand gehen würden. Er sah seine Tante noch einmal an, wie sie klein und entschlossen in ihrem regenbogenbunten Chiffongewand neben ihm saß, unterwegs zu einem dreimonatigen Abenteuer, und etwas in ihm schien sich zu bewegen. Er hatte sich selbst an erste Stelle gesetzt, seit – ja, eigentlich schon immer. Hatte nie irgendwelche Kompromisse machen müssen, war nie irgendwem verpflichtet gewesen. Er hatte hart gearbeitet und seine Freizeit ausgekostet, war immer beschäftigt gewesen, um nicht nachdenken zu müssen. Und dann heute Morgen im Obstgarten die Arbeit mit den Bienen – er war ganz darin aufgegangen, und das war ein gutes Gefühl gewesen. Für Frances Reparaturarbeiten zu machen konnte genau das Richtige sein, um die Zeit totzuschlagen, bis die Ermittlungen in seiner Firma beendet waren.

»Erkläre mir das genauer«, sagte er zu seiner Tante.

Achtes Kapitel

Am frühen Morgen sah Charlotte sich in ihrem kleinen Cottage um, das jetzt anonym und blitzsauber war, bereit für die ersten Feriengäste, die am kommenden Wochenende eintreffen würden. Sie hatte das weiche Ledersofa poliert, bis es sanft schimmerte, und die Fensterscheiben blinkten. Den Steinboden bedeckte eine helle Schilfmatte, und Kissen in einer ähnlich neutralen Farbe lagen in den dunkelroten Sesseln. Die Fotos waren schön geworden, und es hatte Charlotte nicht gewundert, dass das Cottage in null Komma nichts ausgebucht gewesen war. Lächelnd dachte sie daran, wie toll Midsummer House eines Tages aussehen würde, wenn sie im Garten Ordnung gemacht und alle Wände in einem hellen Cremeweiß gestrichen hatte, das den Sonnenschein reflektieren würde. Sie schloss die Haustür des Cottage ab, legte den zweiten Schlüssel in die kleine Schlüsselbox mit dem Zahlencode und fuhr aus Applemore hinaus zum Midsummer House und zum Beginn ihres neuen Lebens.

Eine Gruppe kräftiger Highlandponys vom Trekkingcenter trappelte den Hügel hinauf. Langsam fuhr Charlotte in weitem Bogen um die Tiere mit ihren Reitern herum. Harriet, die Besitzerin des Trekkingstalls, winkte ihr zum Dank zu. Sie war im vorigen Sommer nach Applemore gezogen und hatte in harter Arbeit einen der alten Höfe, die zu einem Nachbargut gehörten, renoviert. Der Reitstall war sofort ein Erfolg gewesen. Die Feriengäste freuten sich über die Möglichkeit, die schöne Landschaft der Highlands vom Pferderücken aus zu bewundern, und dass das auf echten Highlandponys möglich war, fanden sie doppelt reizvoll. Im Rückspiegel beobachtete Charlotte, wie die großen Ponys die schmale Straße verließen und auf den Weg abbogen, der über die Berge und in den Kiefernwald führte. Eines Tages würde sie mitreiten, versprach sie sich.

Der Wegweiser zum Midsummer House war völlig von Efeuranken überwuchert, aber mittlerweile kannte sie den Weg im Schlaf. Als sie in die Zufahrt abbog, bekam sie Herzklopfen vor Aufregung. Der Land Rover holperte die Fahrspuren entlang – daran würde man etwas tun müssen, dachte sie und bremste, weil ein paar Fasane vor ihr über den Weg rannten. Diese großen Vögel waren ja so was von unvorsichtig! Gleich darauf sah sie das Haus weiß durch die Bäume schimmern. Bald würde es wirklich und wahrhaftig ihr gehören.

Sie hob das Tor an, schob es auf und stellte den Land Rover erst einmal hinter der Scheune ab, weil sie sah, dass vor dem Haus ein fremder Wagen parkte. Ihre Kartons würde sie einfach später ausladen. Sie schloss das Tor, was wieder nur mit Anheben möglich war, und als sie auf das Haus zuging, sah sie, dass der fremde Wagen ein nagelneuer Range Rover war. Er glänzte so makellos sauber, als wäre er direkt dem Katalog entsprungen. Während sie noch überlegte, wem der Wagen gehören könnte, spürte sie, wie jemand sie am Ärmel packte.

»Geoffrey, du Mistvieh.« Mit einem Ruck zog sie den Arm fort, aber es war zu spät. Der ungezogene Ziegenbock hielt den Ärmel ihres neuen T-Shirts fest zwischen den Zähnen, und schon hatte es einen Riss. »Du verdammtes Biest«, sagte sie laut. Geoffrey sah sie mit seinen bernsteingelben Ziegenaugen an. Sein Blick war unergründlich.

»Ich sage Frances, was du gemacht hast.«

»Was wollen Sie mir sagen?« Frances war unbemerkt hinzugetreten. Offenbar war sie reisefertig. Sie trug ein merkwürdiges Gewand aus fließendem Chiffon, und das lange graue Haar wallte ihr offen um die Schultern. Zum ersten Mal sah Charlotte sie nicht in derber Kordhose und abgetragenem Leinenhemd. Sie hatte eine altmodische Gobelintasche am Arm. »Ach Geoffrey, was hast du denn jetzt schon wieder angestellt?«

»Er hat mein neues T-Shirt zerrissen.«

»Du Schlingel«, sagte sie zärtlich und kraulte dem Ziegenbock die Stirn. Er schwankte ein wenig, als wäre er hypnotisiert, und Charlotte erinnerte sich an Pollys Worte. Vielleicht konnte Frances tatsächlich Tiere verhexen.

»Das hat er gern«, erklärte Frances. »Stimmt's, Geoffrey?«

Der Ziegenbock stupste sie sanft am Arm.

»Sind Sie bereit? Alles dabei?« Frances sah zu Charlottes Wagen hinüber.

»Ja, vielen Dank. Und Sie sind reisefertig?«

Frances nickte. »Vergangene Nacht habe ich kein Auge zugetan, hab immer nur an meine Reise gedacht.«

Charlotte blickte fragend zum Range Rover hinüber.

»Der Wagen gehört meinem Neffen«, erklärte Frances. »Er hat mir angeboten, mich zum Flughafen zu bringen.«

»Wie nett«, sagte Charlotte etwas irritiert. Frances hatte noch nie von Verwandten gesprochen. Sie schien ein so exzentrischer, eigenbrötlerischer Mensch zu sein, und Charlotte war nie in den Sinn gekommen, dass sie irgendwo Familie haben könnte.

»Er guckt nur gerade noch nach den Bienen.«

Charlotte war den Bienen gegenüber nach wie vor misstrauisch. Frances hatte ihr zwar Anweisungen gegeben, wie sie mit ihnen umgehen sollte, doch die Vorstellung, täglich mit ihrem Leben zu spielen, erschreckte sie. Insgeheim hatte sie beschlossen, Jimmy junior, dem Sohn des benachbarten Farmers, wöchentlich eine kleine Summe zuzustecken, damit er sich um die Bienen kümmerte. Er sparte auf ein neues Auto, daher würde er sich vermutlich nur allzu gern diesem Risiko aussetzen. Frances behauptete weiterhin hartnäckig, man müsse den Bienen nur mit Ruhe und Selbstvertrauen begegnen, dann wüssten sie, dass man keine Bedrohung darstellte. Doch das überzeugte Charlotte kein bisschen.

»Brauchen Sie Hilfe?« Frances nickte zu Charlottes dreckbespritztem Land Rover hinüber. »Ich kann ihn bitten, Ihre Sachen noch reinzutragen, bevor wir losfahren.«

»Nein danke, das schaffe ich schon – es sind bloß ein paar Kartons, die wollte ich lieber mitnehmen, falls ich die Sachen brauche. Und natürlich mein Computer.«

»Wunderbar. Dann sollten wir uns wirklich bald vom Acker machen. Ich will meinen Flug nicht verpassen.«

Mit wehenden bunten Schals machte Frances sich auf den Weg zu den Bienenkästen. Zwischen den Rosenbüschen blieb sie stehen, um Unkraut auszureißen. Charlotte beschloss, erst einmal ins Haus zu gehen und sich umzusehen. Im Laufe der letzten Woche war sie mehrmals hergekommen, weniger, weil sie so viel zu transportieren gehabt hätte, sondern vor allem, weil Frances ihr noch weitere Anweisungen für die Versorgung der Tiere geben wollte. Ihre Gäste in den Ferienhäusern sprachen immer davon, wie herrlich es war, ein oder zwei Wochen in einer friedlichen Umgebung zu verbringen und den ganzen Krempel und Müll des Alltags hinter sich zu lassen, und dem stimmte Charlotte, die von Natur aus Minimalistin war, von ganzem Herzen zu. Sie liebte klare Linien – und es war ihr nicht schwergefallen, ihr kleines Cottage für die Feriengäste zu räumen, denn im Gegensatz zum Applemore House, wo in ihrer Kindheit Chaos geherrscht hatte, fand sich dort kaum etwas Überflüssiges.

Charlotte spazierte durch die altmodisch eingerichteten Räume im oberen Stockwerk. Sie freute sich darauf, dem Haus ihren Stempel aufzudrücken, und dem Garten ebenfalls. Sie sah bereits vor sich, wie der gepflasterte Pfad von Unkraut befreit und mit sauberen Rändern wirken würde, und die Rosen, deren lange Ranken wirr vor der Haustür und den Fenstern hingen, würde sie zurückschneiden und an ein Rankgerüst binden.

Sie hörte Schritte draußen auf dem Kies, dann eine Männerstimme und Frances' Lachen. In diesem Moment meldete sich ihr Handy.

»Charlotte.« Fiona war dran, sie klang atemlos. »Ich weiß, ich habe gesagt, ich hätte alles im Griff, aber es gibt ein kleines Problem. Im Harbour Cottage hat es unter dem Spülbecken eine Überschwemmung gegeben, und der Mann vom Tourist Office kommt in einer guten halben Stunde, um die Fotos zu machen. Könntest du vielleicht doch irgendwie …?« Sie verstummte.

Charlotte seufzte. »Klar, das kriege ich hin.« Als sie die Treppe hinunterging, kam Frances gerade zur Tür herein, um sich zu verabschieden. Charlotte wünschte ihr eine gute Reise, sah von der Haustür aus zu, wie sie in den Range Rover stieg, und winkte dem davonfahrenden Wagen nach.

Nachdem sie sich um den Fotografen gekümmert hatte, wollte sie gerade das Büro wieder abschließen, als sie ihren Namen hörte.

»Charlotte!« Auf der anderen Straßenseite stand ihre Schwester Beth, Hand in Hand mit ihrem Partner Jack, einem hochgewachsenen, sportlichen Mann aus Glasgow. Die beiden strahlten sie an und kamen zu ihr herüber.

»Ach, ich bin froh, dass du es dir noch mal überlegt hast«, sagte Beth. »Ich glaube, Polly wird sich auch freuen. Da ist sie ja.«

Winkend kam Polly auf sie zugerannt. Und da fiel es Charlotte wieder ein: Sie hatten für letzte Woche ein gemeinsames Mittagessen im Applemore Hotel geplant, das dann aber auf heute verschoben, und jetzt dachten die anderen, sie wäre wegen des Essens gekommen. Sie würde einfach mitspielen und es irgendwie durchstehen.

»Toll!«, rief Polly. »Ich hab doch gewusst, dass du einem Lunch im Applemore Hotel nicht widerstehen kannst. Rilla und Lachlan sind schon da – er wechselt Kitty gerade die Windel. Sie ist praktisch explodiert.« Polly rümpfte in gespieltem Entsetzen die Nase.

»Ja, das kommt vor«, sagte Jack belustigt. »Zum Glück haben Edward und Lucy diese Phase hinter sich.«

»Da ist immer noch Zeit für ein Drittes.« Beth schwenkte seine Hand und sah ihn an. »Wie wär's? Jetzt, wo die Zwillinge in der Vorschule sind?«

»Nur über meine Leiche«, brummte Jack.

Beth kicherte los. »War doch nicht ernst gemeint. Keine Diskussion, ich bin damit durch. Neugeborene Zwillinge sind nicht witzig.«

Charlotte steckte den Schlüssel in die Tasche und fügte sich in ihr Schicksal. Dabei war ein Mittagessen mit der Familie wirklich keine Katastrophe, und schließlich hatte Frances ihr vorhin die Hausschlüssel übergeben, und die Sache war mehr oder weniger in trockenen Tüchern. Midsummer House gehörte jetzt ihr, jedenfalls beinahe. Da konnte sie sich den Luxus eines freien Nachmittags leisten.

»Ich freu mich so, dass du gekommen bist.« Polly schob die Hand unter Charlottes Arm und sah sie liebevoll an. Charlotte drückte leicht ihre Hand. Polly hatte es schon immer verstanden, sie zu besänftigen.

Irgendwann während des Essens kündigte ihr Handy mehrere Nachrichten von Frances an, aber Charlotte hatte so viele allerletzte Anweisungen von ihr erhalten, dass sie beschloss, sich irgendwann später damit zu befassen. Es gab nichts mehr, was Frances nicht schon fünftausend Mal gesagt hätte, und außerdem hatte Charlotte ihre kleine Nichte Kitty auf dem Schoß, die mit ihrem dunklen Haarflaum und den weisen grauen Augen das süßeste Baby der Welt war. Charlotte genoss es, einmal an nichts anderes zu denken. Und Rilla und Lachlan waren froh, dass sie ausnahmsweise einmal ungestört essen konnten. Charlotte ließ Kitty auf den Knien reiten und nahm sie dann mit an die Bar, wo Harry, der Hotelbesitzer, mit der Kleinen schäkerte. Dann spazierte sie mit Kitty nach draußen in den Sonnenschein und zeigte ihr den Hafen und die kreisenden Möwen über den Fischerbooten, die gerade anlegten. Kitty quietschte vor Vergnügen, strampelte mit den pummeligen Beinchen und griff sich eine Faustvoll von Charlottes Haar, sodass sie lachen musste. Es war ein wunderbarer Nachmittag.

Als Charlotte den ausgefahrenen Weg zum Midsummer House entlangholperte, war es fast fünf Uhr. Wie aus dem Nichts waren Wolken aufgezogen, der Himmel wurde immer dunkler, und jetzt platschten die ersten Regentropfen gegen die Windschutzscheibe. Sie schaltete die Scheibenwischer ein, woraufhin sie durch die schmutzigen Schlieren kaum noch etwas sehen konnte, und sie murmelte vor sich hin, dass es doch schön gewesen wäre, wenn sie nicht gleich am ersten Abend ihre Pflichten bei den Tieren im strömenden Regen erledigen müsste. Im Grunde jedoch konnte der Wolkenbruch ihre Stimmung nicht trüben. Sie ließ den Land Rover am Tor stehen und begann mit der Arbeit. Als Erstes kontrollierte sie, ob der Elektrozaun unter Strom stand und ob die großen Wassereimer für Blossom und Jo, die beiden Shetlandponys, noch voll waren. Die kleinen Ponys mussten ständig Diät halten, damit sie sich nicht überfraßen. Charlotte wusste aus ihrer Kindheit noch gut, wie gefährlich es sein konnte, wenn Pferde zu viel von dem köstlichen jungen Gras mit seinem hohen Zuckergehalt futterten. Blossom, die Zutraulichere der beiden, kam auf den winzigen, muschelähnlichen Hufen zu ihr herüber und suchte mit grabbelnden Lippen ihre Hosentaschen von außen nach Leckerlis ab. Charlotte zauste ihr den Stirnschopf und kraulte sie darunter, denn das liebte die kleine Stute. Vor lauter Wohlbehagen senkte sie den Kopf. Nun wurde Jo eifersüchtig und wollte auch gekrault werden. Sie kam angetrabt und kniff Blossom in die Kruppe. Blossom quiekte.

»Das reicht, ihr zwei.« Charlotte lachte. Sie tätschelte beide zum Abschied und ging durch das Paddock zu dem Gatter, das auf die Obstwiese führte. Geoffrey knabberte zufrieden an ein paar Disteln. Die beiden kleinen Schafe, die der seltenen, uralten Rasse der Soayschafe angehörten, grasten unter einem blühenden Apfelbaum. Etwas weiter entfernt wühlten zwei Minischweine, die einen eigenen Pferch hatten, in einem Schlammloch. Es war ein Bild ländlichen Glücks.

Summend kehrte Charlotte zu ihrem Wagen zurück. Nach dem reichlichen Mittagessen im Applemore Hotel war sie zwar immer noch pappsatt, trotzdem war sie kurz in den neuen Mini-Supermarkt im Dorf gegangen und hatte zur Feier ihres Einzugs eine Flasche Rotwein gekauft. Außerdem hatte sie sich ein neues Heft und neue bunte Stifte zugelegt, denn heute Abend wollte sie Pläne machen. Doch als sie sich mit ihren Einkäufen dem Haus zuwandte, stutzte sie. Eine helle Rauchfahne stieg aus dem Schornstein auf.

Sie trat einen Schritt zurück und betrachtete das Bild, das sich ihr bot. Es sah aus wie eine Kinderzeichnung, aber eins war klar: Sie hatte kein Feuer im Herd gemacht, bevor sie losgefahren war.

Neuntes Kapitel

Charlotte ging auf das Haus zu und versuchte sich einzureden, dass alles in Ordnung war. Sie legte die Hand auf den großen Messingknauf, drehte ihn und schob die Haustür auf. In Applemore schloss niemand sein Haus ab, daher hatte auch sie nicht abgeschlossen, als sie am Vormittag losgefahren war. Als Erstes fiel ihr der Geruch von Frances' Kräutertee auf, und sie blieb einen Moment in der Diele stehen und horchte. Vielleicht hatte sie sich die Rauchfahne nur eingebildet? Sie schüttelte sich, reckte die Schultern und betrat die Küche.

Am Aga stand mit dem Rücken zu ihr und einer Hand an einer Bratpfanne ein Mann. Überrascht fuhr Charlotte zurück.

Das Brutzeln in der Pfanne bewirkte wohl, dass er sie nicht gehört hatte. Erst als sie sich laut räusperte, drehte er sich um.

»Kann ich Ihnen helfen?«

»Ob *Sie* mir helfen können?«

Es dauerte nur einen Sekundenbruchteil, der aber eine Ewigkeit zu sein schien, bis beiden gleichzeitig klar wurde, wen sie jeweils vor sich hatten. Rob sah sie einen Moment lang stirnrunzelnd an, als könne er sie nicht ganz einordnen, doch dann lächelte er breit.

»Na, das ist ja eine Überraschung!«

»Ich –« Charlotte hatte es die Sprache verschlagen. Sie kniff die Augen fest zusammen und riss sie dann wieder auf, als erwarte sie, dass sie sich diese Begegnung nur eingebildet hatte. Aber nein. Hier in der Küche von Midsummer House stand in voller Lebensgröße und doppelt so attraktiv, wie sie ihn in Erinnerung hatte, der Mann aus Edinburgh – und sie hatte gedacht, sie würde ihn nie wiedersehen.

Jetzt kam er auf sie zu, mit breiten Schultern in seinem ausgeblichenen grauen T-Shirt und mit bloßen Füßen. Seine Jeans hatten über einem Knie einen Riss. Seine Arme und sein Gesicht waren tief gebräunt. Er blieb stehen und musterte sie langsam und gründlich. Charlotte wurde heiß unter seinem Blick, und ihr war, als würde etwas in ihr auflodern, als würde ihre Körpertemperatur um einige Grad steigen. Sie verschränkte die Arme und schloss den Mund, den sie vor Erstaunen geöffnet hatte.

»Ich –«, begann sie noch einmal. Dann schüttelte sie sich innerlich und machte einen dritten Versuch. »Was machst du denn hier?«

»Das könnte ich dich auch fragen.« Er wirkte belustigt, und ein Lächeln zuckte um seine Mundwinkel. »Wenn ich allerdings an unsere letzte Begegnung denke, würde ich mir wünschen, dass du dich ein bisschen mehr über unser Wiedersehen freust.«

»Ich hab zuerst gefragt.« Kaum war das heraus, da wurde Charlotte klar, dass sie wie eine Zehnjährige klang.

Er trat wieder an den Herd, griff nach einem Kochlöffel und drehte ihn zwischen den Fingern, dabei betrachtete er sie eine ganze Weile. Dann drehte er sich zu der brutzelnden Pfanne um, rührte darin, und wandte sich ihr wieder zu.

»Also gut. Dieses Haus gehört meiner Tante. Sie ist für ein paar Monate auf Reisen, und ich habe gesagt, ich würde hier –«

»Ja, ich weiß, dass sie eine Reise macht. Ich bin hier, weil ich in der Zeit das Haus hüte.«

»Du hütest das Haus?« Er rieb sich das Kinn. Die dunklen Stoppeln betonten seine markante Kieferpartie und die Wangenknochen, an die sie sich nach ihrer gemeinsamen Nacht viel zu häufig erinnert hatte, wenn sie nicht schlafen konnte.

Charlotte nickte kurz. »Die Tiere, das Haus, alles. Irgendwo scheint es da ein Missverständnis gegeben zu haben.«

Er stand da mit seinem typisch männlichen Selbstbewusstsein, immer noch lächelnd, als fände er die Situation ungeheuer lustig. »Charlotte«, sagte er mehr zu sich selbst. »Lottie – okay. Alles klar.«

»Ich heiße Charlotte«, korrigierte sie ihn.

»Du wirkst viel eher wie eine Lottie, wenn du mich fragst. Charlotte klingt ein bisschen zugeknöpft, findest du nicht?«

»Nein, überhaupt nicht«, sagte sie ärgerlich. Warum bloß ließ sie sich auf eine Diskussion über ihren Namen ein? Das stand nicht auf ihrem Programm für heute Abend, und sie bemühte sich, die Situation in den Griff zu kriegen.

»Okay, Lottie-Charlotte. Hör mal, das ist doch alles ganz super. Da wir das jetzt geklärt haben, lade ich dich zum Abendessen ein, sobald du nach den Tieren geguckt hast, was meinst du dazu?« Er zog eine Augenbraue hoch. »Wir könnten eine Flasche Rotwein dazu trinken – oder vielleicht lieber Champagner?«

Charlotte schüttelte den Kopf. Seine Selbstsicherheit war offenbar angeboren, nichts, was er morgens zusammen mit seinen Designerklamotten anzog. »Ich glaube, du hast das noch nicht ganz begriffen. Ich bin keine bessere Tierpflegerin, sondern ich wohne hier im Midsummer House, während Frances unterwegs ist.«

»Du wohnst hier?« Jetzt hob er beide Augenbrauen. Er drehte sich um, schob die Pfanne von der Kochplatte an die Seite des Aga, legte einen Deckel darauf und schüttelte langsam den Kopf. »Na, das könnte doch richtig nett werden.«

In Charlotte kämpften Sehnsucht und Empörung über diesen gutaussehenden Mann, der hier mit Fug und Recht und viel anmaßender, als gut für ihn war, mitten in der Küche stand, in der Küche des Hauses, auf das sie monatelang gewartet hatte.

»Das wird überhaupt nicht nett«, sagte sie scharf, »denn du musst hier verschwinden.«

»Das glaube ich nicht. Ich bin nämlich hier, weil auf dem Gelände einige Reparaturen anstehen.«

»Und ich bin hier, weil ich mich um das Haus und die Tiere kümmern werde.«

Er zuckte die Achseln und schien die ganze Sache immer noch komisch zu finden. »Du kannst dich so viel um die Tiere kümmern, wie du Lust hast, aber jetzt bin ich ja da, zum Haushüten wirst du also nicht mehr gebraucht.«

»So einfach ist das nicht.« Charlotte war ärgerlich, weil ihre erste Reaktion ein elementares, animalisches Verlangen nach ihm gewesen war. Aber jetzt legte sie innerlich einen Schalter um. Sie wurde zornig. »Ich habe mit Frances ausgemacht, dass ich die nächsten drei Monate, also während sie auf Reisen ist, hier wohne. Am besten fragst du sie selbst. Und danach verkauft sie das Haus. Und ich bin die Käuferin.«

»Ach tatsächlich?« Er wippte auf den Fersen, während er sie immer noch leicht amüsiert betrachtete. Wieder ärgerte sie sich über sich selbst, weil sie wie ein Kind klang, das sein Spielzeug zurückhaben will.

»Und du fragst meine Tante auch am besten selbst«, wiederholte er Charlottes Worte, »das Haus gehört ihr, und sie hat mich eingeladen, hier zu wohnen und die Zäune und das Stalldach zu reparieren und zahllose andere Arbeiten zu erledigen, die schon seit Jahren überfällig sind.«

»Das ist ja sehr nett von dir«, sagte Charlotte, »aber ich habe das alles schon eingeplant. Ich habe nämlich eine Ferienhausvermietung und Kontakt zu ausgezeichneten Handwerkern.«

»Das glaube ich gern.« Er verschränkte die Arme und lehnte sich an die Küchentheke. »Aber mal ehrlich, wenn du das Haus kaufen willst, dann wäre es doch ganz schön blöd von dir, mein Angebot abzulehnen – schließlich mache ich die ganzen Arbeiten umsonst.«

Charlotte presste die Lippen zusammen, senkte den Blick und überlegte. Er hatte recht. Und was sprach dagegen? Sie brauchte ja nichts mit ihm zu tun zu haben, und wenn er wirklich das Stalldach flicken und sich um all die Reparaturen kümmern wollte, die bereits auf ihrer To-do-Liste standen, warum denn nicht?

Sie blickte wieder auf. »Na, dann mal los.«

»Sehr gütig von dir.« Er grinste frech.

»Ich verstehe nicht, warum Frances mir gegenüber nichts davon erwähnt hat.«

Rob sah sie an und lachte. »Du kennst Frances einfach nicht so gut. Sie kann ganz schön raffiniert sein.«

»Willst du damit sagen, sie hat dieses … Zusammentreffen geplant?«

»Nein, ich glaube, sie hat eine Möglichkeit gesehen und sie beim Schopf gepackt. So war sie schon immer.«

Konnte es wirklich sein, dass Frances sie im letzten Moment und ohne jede Vorankündigung da reingeritten hatte? Charlotte kramte in ihrer Schultertasche nach dem Handy und ging die Nachrichten durch. Sie tippte aufs Display, kniff die Augen zusammen und scrollte zu den Nachrichten hinunter, die Frances ihr über Mittag geschickt hatte. Tatsächlich, Frances hatte ihr Robs Anwesenheit in Midsummer House ganz beiläufig mitgeteilt, als wäre es das Natürlichste auf der Welt, jemandem einen völlig fremden Menschen aufs Auge zu drücken.

»Sie schreibt, du würdest hier ein paar Dinge instand setzen«, sagte Charlotte.

»Ich dachte, das hätten wir schon geklärt.« Er schien die Situation immer noch höchst amüsant zu finden.

»Und sie schlägt vor, dass du das Gästezimmer über dem Wohnzimmer nimmst und dass ich im roten Zimmer im ersten Stock hinten am Flur schlafe.«

»Wenn du überhaupt schlafen willst.« Wieder grinste Rob. »Aber im Ernst, ich glaube, ihr ist ziemlich egal, wer wo schläft.«

Charlotte überlegte. Ihr Cottage war ab dem Wochenende vermietet, und das konnte sie nicht rückgängig machen, ohne dem Ruf von *Applemore Holiday Cottages* zu schaden. Klar, sie könnte bei Lachlan und Rilla im Applemore House unterkommen, aber der ganze Sinn dieser Unternehmung bestand ja gerade darin, dass sie sich von Gut Applemore unabhängig machte. Sie würde sich einfach mit der Situation abfinden müssen. Immerhin kannte sie ihren Mitbewohner – jedenfalls mehr oder weniger –, er war nicht einfach irgendein Fremder. Sie erinnerte sich, wie er am Abend der Preisverleihung gesagt hatte, falls sie eine Empfehlung haben wolle, könnten im Veranstaltungssaal viele Leute Auskunft über ihn geben.

»Also gut.« Sie hob trotzig das Kinn. »Aber wir brauchen ein paar Grundregeln.«

»Okay?«

»Ich mache eine Liste.« Sie würde sich das bis morgen früh überlegen, und es würde die Liste aller Listen werden. Sie würde diese Situation meistern, das stand fest.

»Du hast dich verändert«, sagte Rob schmunzelnd. »Ich muss sagen, dass ich Lottie viel witziger fand.«

»Lottie gibt es nicht«, sagte Charlotte wütend. »Ich heiße Charlotte Fraser. Ich lebe hier, ich habe eine Firma und einen guten Ruf. Und ich wäre dir dankbar, wenn du den nicht ankratzen würdest.«

Das schien ihn ein wenig zu ärgern. »Ich werde kein Wort sagen, was deinem Ruf schaden könnte«, erwiderte er kühl. »Mach dir deswegen keine Sorgen.«

»Schön.« Charlotte überkam ein merkwürdiges Gefühl. Hatte sie vielleicht gerade etwas zerstört, das noch gar nicht begonnen hatte?

»Schön«, wiederholte Rob. Er drehte sich um und widmete sich wieder der Pfanne auf dem Herd.

»Musst du nicht ein Reich regieren, oder wie hattest du das neulich ausgedrückt?«, fragte sie nach einem Moment.

»Eher nicht.« Er wandte sich ihr wieder zu und fuhr sich durchs Haar. Es war länger als bei ihrer Begegnung in Edinburgh und fiel ihm in wirren Locken in die Stirn. Ja, er war tatsächlich noch attraktiver, als sie ihn in Erinnerung hatte, und so braun, als hätte er wochenlang irgendwo am Strand gelegen.

»Ach so.« Sie würde kein Gespräch mit ihm beginnen. »Also, dann lasse ich dich jetzt weiter kochen. Ich gehe nach oben und packe aus.«

»Möchtest du denn nichts essen?«

Was er da auf dem Herd hatte, roch gut, aber Charlotte war nach dem Mittagessen im Applemore Hotel immer noch satt. »Danke, ich hab keinen Hunger.«

Außerdem, dachte sie, als sie den ersten Koffer öffnete, würde sie sich in Gefahr bringen, wenn sie noch mehr Zeit mit Rob verbrachte. Was ihr Kopf auch sagen mochte, dieser Mann war immer noch genauso unwiderstehlich wie an jenem kalten, verregneten Abend in Edinburgh. Nein, sie würde ihn von sich fernhalten. Aber sein Angebot, Reparaturen an den Gebäuden vorzunehmen, war nützlich, ganz egal, welchen seltsamen Grund er dafür haben mochte. Allerdings würde es mit Sicherheit das einzige Angebot von ihm bleiben, das sie annahm.

Zehntes Kapitel

Rob setzte sich an den großen Küchentisch. Vor ihm stand ein Teller Nudeln mit einer Tomaten-Basilikum-Soße. Der aufsteigende Duft ließ ihm das Wasser im Mund zusammenlaufen, aber obwohl er schon hungrig gewesen war, als er vor Stunden die Tomaten aufgesetzt hatte, um sie auf dem Aga köcheln zu lassen, konnte er an nichts anderes denken als an Lottie – nein, an Charlotte – oben in ihrem Zimmer. Als er sich nach ihrem Räuspern umgedreht hatte, hatte er ganz kurz an eine Halluzination geglaubt. Vielleicht hatte der Kräutertee, den Frances ihm zum Frühstück serviert hatte, ihm den Verstand verwirrt? Aber nein, gleich darauf war ihm klar, dass er hier in dieser Küche die Frau vor sich hatte, die ihm seit ihrem One-Night-Stand nicht mehr aus dem Kopf gegangen war. Sie war zwar weniger freundlich, aber in ihrer wütenden, ärgerlichen Art immer noch verstörend sexy gewesen.

In Südafrika, bei Meeresfrüchten und Sauvignon blanc im Strandrestaurant, bei Sonnenuntergängen, vom Wein gelösten Zungen und später am Abend abgelegten Hemmungen, hatte er versucht, sie aus seinen Gedanken zu vertreiben. Er hatte getanzt und getrunken und ab und zu die Nächte mit verschiedenen, aber mehr oder weniger identischen Beach Girls mit blonder Zottelmähne verbracht. Alle waren wirklich nett gewesen – aber keine hatte ihn so zum Lachen oder zum Nachdenken gebracht, wie es Lottie bei ihrem Gespräch an jenem Abend gelungen war. Doch es lag auf der Hand, dass sie seine Gefühle nicht erwiderte. Sie hatte vor ihm gestanden, das ungewöhnlich rotblonde Haar zu einer Art Pferdeschwanz hochgebunden, sodass einige lange Strähnen ihr Gesicht umrahmten, die Ärmel der weiten Leinenbluse aufgekrempelt, die langen Beine in dunklen Jeans. Er fand es witzig, dass sie in ihrem klassischen kleinen Schwarzen übermütig und kokett gewesen war, während sie in legeren Klamotten den Eindruck machte, dass mit ihr nicht gut Kirschen essen war. Rob schob die Gabel in seine Nudeln. Vielleicht musste sie eine Nacht gut schlafen, um sich ein bisschen zu entspannen. Er würde früh aufstehen, vielleicht Frühstück für sie machen, jedenfalls aber Kaffee kochen – den Kaffee, den er in Edinburgh nicht mit ihr hatte trinken können, weil sie in aller Herrgottsfrühe ins Hotel zurückgewollt hatte. Vielleicht konnten sie dann auf einer etwas freundlicheren Basis noch einmal von vorn anfangen.

Am nächsten Morgen wälzte er sich um halb acht aus dem Bett und begab sich in das große Badezimmer mit Blick auf die hügeligen Wiesen und das Meer dahinter. Das Fenster hatte weder einen Vorhang noch eine Jalousie. Weit draußen in der Ferne sah er im blassgoldenen Morgenlicht die violetten Berge auf den Inseln. Der Badezimmerspiegel war an den Rändern beschlagen – Rob sah noch einmal auf seine Uhr. Um diese Zeit konnte Charlotte doch noch nicht aus dem Haus sein? Er duschte rasch und lief nach unten in die Küche. Charlotte hatte offenbar richtig gearbeitet – der Tisch war abgeräumt und sauber geschrubbt, und das Durcheinander auf der Fensterbank über dem großen alten Spülstein war verschwunden. Wo sich vorher halbleere Spülmittelflaschen, abgenutzte Schwämme und Gläser und Töpfchen mit Frances' kuriosen Sammlungen ein

Stelldichein gegeben hatten, standen jetzt drei Tontöpfe mit Kräutern ordentlich in einer Reihe. Charlotte meinte es wirklich ernst, sie machte sich das Haus bereits zu eigen. Auf dem tadellos sauberen Küchentisch lag jetzt bloß ein Zettel, auf dem in ordentlicher schwarzer Schrift stand:

Ich schlage vor, dass wir uns heute Abend zu einer Besprechung über die Grundregeln zusammensetzen. Ich bin um fünf wieder da und füttere die Tiere, also wäre sechs Uhr vielleicht gut, falls du nichts anderes vorhast? – C.

Rob schmunzelte. Charlotte war die dominanteste Frau, die er je kennengelernt hatte. Ein Bild tauchte vor ihm auf, Charlotte in schwarzem Leder und eine Peitsche schwingend. Er musste grinsen. Okay, aber so würde er hier nichts geschafft kriegen. Die Situation war lächerlich absurd. Aber gut, wenn er kein Frühstück zu machen brauchte, um Charlotte zu beeindrucken, konnte er sich ja in Ruhe in der Gegend umsehen.

Als junge Teenager hatten Emily und er, wenn sie in den Ferien hier gewesen waren, Haus und Garten nur selten verlassen. Frances hatte ihn in die Imkerei eingeführt, und Emily hatte sich stundenlang mit den Shetties beschäftigt und ihre üppigen Mähnen und Schweife gebürstet, bis sie wie Seide glänzten. Rob stieß die Luft aus. Jetzt wieder hier zu sein erschien ihm wie ein emotionales Fitnesstraining, und er wusste nicht recht, ob es ihm gefiel. Er schüttelte den Kopf, um die Erinnerungen zu vertreiben, warf sein Handy auf den Beifahrersitz und fuhr los, um die Gegend zu erkunden.

Kurz darauf brauste er mit laut aufgedrehter Musik über ein stilles Sträßchen, als hinter einer hohen Hecke wie aus dem Nichts ein Traktor erschien. Leicht schwankend stoppte das Ungetüm, und Rob trat gleichzeitig kräftig auf die Bremse. Entschuldigend hob er die Hand und setzte auf der einspurigen Straße bis zu einer Ausweichstelle zurück. Der Traktorfahrer, ein junger Kerl in grünem Arbeitsoverall und mit rotem Haarschopf, warf ihm im Vorbeituckern einen verächtlichen Blick zu und machte eine Handbewegung, die eindeutig zeigte, was er von Stadtleuten in blitzsauberen Range Rovern hielt.

In etwas ruhigerem Tempo fuhr Rob weiter, bis ihn das Ortsschild von Applemore, Partnerdorf irgendeines Ortes in Frankreich, begrüßte. Er bremste und betrachtete die ersten hübschen Steinhäuser. Dann bog er nach links auf die Dorfstraße ab, die von weißgestrichenen Häusern und einigen Läden und Firmen gesäumt war. Auf der rechten Seite war ein kleiner Hafen und gegenüber lag das Applemore Hotel. Rob überlegte kurz und parkte dann auf einem Parkplatz am Wasser, neben einer kleinen Wiese und einem Picknicktisch mit Blick aufs Meer. Über ihm kreisten Möwen, und es roch schwach nach Ozon. Er erinnerte sich an Südafrika – der Unterschied zwischen dieser Küste hier und dem eindrucksvollen weiten Strand vor Kapstadt, wo der Indische Ozean und der Atlantik sich trafen, hätte nicht großer sein können. Aber hier war es auf andere Weise schön. Die Schottische See war heute glatt wie ein Mühlteich, und die Inseln in der Ferne hoben sich violett vom eisblauen Himmel ab. Gerade verließ ein Fischerboot den Hafen – ein schwacher Wind trug die Stimmen der Männer an Bord zu ihm herüber. Er überquerte die Dorfstraße und setzte sich an einen der vier Tische, die vor dem Hotel standen. Vielleicht konnte er hier etwas zu essen bekommen?

Gleich darauf erschien eine junge Frau mit pinkem Haar und brachte ihm eine Speisekarte.

»Tut mir leid, die Mittagskarte ist noch nicht fertig, Harry überlegt gerade noch, was es zum Lunch geben soll.«

»Kein Problem.« Rob überflog die Karte. »Ich nehme ein Bacon-Baguette und einen Latte macchiato.«

Er hatte keine großen Erwartungen – das Hotel sah ein bisschen altertümlich aus und schließlich war er hier am Arsch der Welt –, aber die Kellnerin brachte ihm ein frisches Sauerteig-Baguette, so wohlschmeckend und knusprig wie aus der besten Stadtbäckerei, und der Speck war salzigsüß und kross gebraten. Rob aß schweigend und beobachtete dabei die Vorübergehenden. Es war noch ein bisschen früh für Touristen, aber ab und zu kam eine Familie mit kleinen Kindern vorbei, und viele Wanderer mit derben Schuhen und in entsprechender Kleidung waren unterwegs. Die Regenmäntel hatten sie sich in der warmen Frühlingssonne um die Hüften gebunden.

»Kann ich Ihnen sonst noch etwas bringen?« Eine Männerstimme riss ihn aus seinen Gedanken. Neben ihm stand ein Typ mit hellem Haar und einem schneeweißen Geschirrtuch über der Schulter. Auf das schwarze Poloshirt waren die Worte *Applemore Hotel* aufgestickt.

»Ja, bitte noch einen Kaffee.«

»Eigentlich würde ich jetzt fragen, ob Ihnen das Baguette geschmeckt hat, aber ich hab gesehen, dass sie es regelrecht verschlungen haben, und das betrachte ich als Kompliment.«

»Es war wirklich gut. Sind Sie der Besitzer des Hotels?«

»Ja. Harry Robertson.« Er schüttelte Rob zur Begrüßung die Hand. »Und Sie sind auf der Durchreise?«

»Familienbesuch. Mehr oder weniger jedenfalls. Meine Tante wohnt hier in der Nähe, und auf ihrem Anwesen gibt es eine Menge Arbeit. Das Ganze ist ihr ein bisschen über den Kopf gewachsen.«

»Ist ja toll, dass Sie das übernehmen. Um diese alten Gebäude muss man sich ständig kümmern, das lerne ich auch gerade.«

»Haben Sie das Hotel erst kürzlich gekauft?«

Harry schüttelte den Kopf. »Ich bin hier aufgewachsen. Es gehörte meinen Eltern, aber sie sind jetzt im Ruhestand – sie sind in eine etwas zivilisiertere Gegend gezogen, haben sich in Auchterarder einen kleinen Bungalow gekauft. Seit sie mir nicht mehr dazwischenreden können, versuche ich, das Haus zu modernisieren, aber – na ja, Sie wissen schon. Zeit und Geld. Und von der alten Garde im Dorf ganz zu schweigen. Die kriegen jedesmal einen Nervenzusammenbruch, wenn ich versuche, etwas zu verändern.« Harry ließ sich auf einem Stuhl nieder.

»Ich kann mir vorstellen, dass die Leute in einem so abgelegenen Dorf wie Applemore etwas festgefahren sind.«

»Dabei sind sie schon aufgeschlossener als früher. Und es ist auch nicht alles schlecht – der Zusammenhalt im Dorf ist groß, und die Leute kümmern sich umeinander. Aber ich würde sagen, auf zwei Dorfbewohner, die Veränderungen positiv sehen und etwas bewegen wollen, kommt einer, der findet, alles sollte so bleiben, wie es immer schon war. Meine Freundin Polly hat jetzt gerade viel damit zu tun – sie hat ihren Hofladen auf Gut Applemore vergrößert und dort ein Café eröffnet, und jetzt hat sie noch weitere von den alten Wirtschaftsgebäuden renoviert. Aus der neuen Bäckerei dort stammt übrigens auch Ihr Sauerteig-Baguette.«

»Es war ausgezeichnet.«

Harry nickte. »Matt hat es gebacken. Er beliefert den Hofladen und auch ein paar Restaurants und Cafés in der Nähe. Und er gibt Kurse – toller Kerl.«

»Klingt so. Vielleicht mache ich auch einen Backkurs mit, während ich hier oben bin, und lerne, meine Baguettes selbst zu backen.«

»Bleiben Sie länger hier?«

»So lange wie nötig. Allerdings habe ich gerade ein kleines Problem in Gestalt einer ziemlich zickigen Frau. Sie ist überraschend im Haus meiner Tante aufgetaucht und hat mir eröffnet, dass es quasi ihr Haus ist, weil sie das Vorkaufsrecht hat.« Ihre gemeinsame Geschichte verschwieg er natürlich. »Aber ich denke, ich werde schon mit ihr klarkommen.«

Harry verschränkte die Arme und lehnte sich ein wenig zurück. »Diese zickige Frau«, sagte er mit leisem Lächeln, »ist nicht zufällig recht groß und hübsch?«

Rob versuchte, cool zu bleiben. »Doch, so könnte man sie wohl beschreiben.«

»Rotblondes Haar? Ziemlich –« er suchte kurz nach dem richtigen Wort, »durchsetzungsfähig?«

Rob prustete los. »Ja, das ist sie. Ich bin hergekommen, um eine Weile in Frieden zu leben, und ich vermute, sie wird tun, was sie kann, um mir einen Strich durch die Rechnung zu machen. Heute Abend habe ich« er malte mit der Hand Anführungszeichen in die Luft »eine Besprechung mit ihr.«

Harry zog die Augenbrauen hoch und brach in schallendes Gelächter aus. »Ich verwette mein Hotel darauf – das ist Charlotte Fraser.«

Rob nickte. »Sie haben von ihr gehört?«

»Von ihr gehört? Sie ist eine meiner ältesten Freundinnen.«

Rob schlug sich lachend mit der Hand an die Stirn. »Super. Jetzt werden Sie mich verpetzen und Charlotte erzählen, dass ich sie in aller Öffentlichkeit beleidigt habe.«

Harry schüttelte den Kopf. »Ganz bestimmt nicht. Ich liebe Charlotte heiß und innig – sie ist wie eine Schwester für mich –, aber mein Gott, wenn es mit ihr durchgeht, ist sie nicht zu bremsen.«

»Das erlebe ich gerade.« Rob unterdrückte eine Erinnerung an ihre gemeinsame Nacht, Lottie nackt in ein weißes Laken gehüllt, das offene Haar fiel ihr über die Schultern, und sie nippte an einem Glas Champagner. Die Geschäftsfrau, mit der er es jetzt zu tun hatte, war eine völlig andere Person.

Er fuhr zum Midsummer House zurück und verbrachte den größten Teil des Nachmittags damit, sich einen Überblick über die notwendigen Instandsetzungsarbeiten zu verschaffen. Eigentlich verhielt er sich genauso wie noch vor einigen Monaten. Bei schwierigen Geschäftsabschlüssen in der Firma oder in den wilden Nächten mit Kollegen und angeblichen Freunden hatte er sich auch Hals über Kopf in das Geschehen gestürzt und genau das verdrängt, was er jetzt auch verdrängte. Aber er nahm sich nicht die Zeit, darüber nachzudenken. Als er am späteren Nachmittag, nachdem er auf das Stalldach geklettert war, um sich anzusehen, wie er die fehlenden Dachziegel ersetzen könnte, in die Küche ging, vermied er es, das Foto von Emily und sich anzusehen. So war es leichter.

Beim Blick aus dem Küchenfenster sah er Charlottes Land Rover den Fahrweg entlangholpern und am Tor anhalten. Sie ging durch das Gatter auf die Weide, wo Geoffrey und die beiden Soayschafe grasten. Rob beobachtete, wie sie das Wasser kontrollierte, und bewunderte den Schwung ihrer Hüften in den schmal geschnittenen Jeans. Dann wandte er sich rasch vom Fenster ab, denn sie blickte zum Haus hinüber, und er wollte nicht, dass sie den Eindruck hatte, er würde ihr nachspionieren.

Eine gute halbe Stunde später kam Charlotte in die Küche marschiert und schüttelte ihr Haar, bevor sie es zu einem strengen Pferdeschwanz hochband. Offensichtlich meinte sie es ernst.

»Bereit?« Sie warf ihm einen finsteren Blick zu und presste die Lippen zusammen. Anscheinend hatte sie keine Ahnung, wie verführerisch sie aussah, wenn sie versuchte, auf Business umzuschalten. Sie ließ ihre braune Umhängetasche auf den Tisch fallen, kramte darin herum und förderte ein Heft mit Spiralbindung und einige farbige Fineliner zutage.

»Zu allen Schandtaten.« Rob lehnte sich gegen den Aga und sah zu, wie sie mit abgewinkelter linker Hand etwas oben auf die Seiten schrieb. Er fand es interessant, dass sie Linkshänderin war.

»Gut. Ich denke, als Erstes brauchen wir einen Benutzungsplan für die Küche und einen für's Bad. Und wenn du mir eine Liste von den Arbeiten gibst, die du hier planst, können wir einen Punkt nach dem anderen abhaken, und dann kannst du zu deinem Leben in Edinburgh zurückkehren.«

Rob wollte gerade erklären, dass er es nicht besonders eilig hatte, ohne Job in seinem Riesenhaus zu sitzen und Däumchen zu drehen, überlegte es sich dann aber anders und sah ihr einfach zu, wie sie wild drauflosschrieb. Ihr langer Pferdeschwanz fiel ihr über die Schulter, während sie sich über die Seiten beugte. Er brauchte seine ganze Selbstbeherrschung, um nicht neben sie zu treten und ihr einen Kuss auf den schlanken Hals zu drücken.

»Bist du damit einverstanden?« Sie blickte auf.

»Klar.« Er schüttelte sich innerlich. Reiß dich zusammen, Mann, befahl er sich.

»Gut. Also, weil du gestern Abend zuerst gegessen hast, nehme ich heute die erste Schicht in der Küche, und dann geht es immer abwechselnd weiter.«

»Okay. Und legen wir auch die Zeiten für's Badezimmer fest?«

»Hab ich doch schon gesagt, wir machen auch einen Plan für die Badbenutzung.«

»Und was ist, wenn ich mal muss und gerade deine Zeit ist?«

»Unten an der Hintertür ist auch noch eine Toilette.« Charlotte sah ihn genervt an.

»Das weiß ich doch.« Rob musste sich das Lachen verbeißen. »War bloß ein Scherz.«

»Ach so.« Sie hob den Kopf und betrachtete ihn mit völlig ausdruckslosem Gesicht. Er überlegte, ob sie sich gerade sehr anstrengte, um diese Pläne so furchtbar ernst zu nehmen, oder ob sie sich seit dem Abend der Preisverleihung völlig verändert hatte. Drängte es Lottie, ihr heimliches Alter Ego, nicht, aus diesem strengen Regelkorsett auszubrechen?

»Ich hänge die Pläne an die Wand«, sagte Charlotte gleich darauf, stand auf und strich sich Katzenhaare von den Jeans. Der rotweiße Kater schien seine Haare überall zu verstreuen. Jetzt lag er auf seinem Aussichtsplatz auf der Lehne des Sessels, der neben dem Aga stand, und beobachtete Charlotte und Rob mit seinen gelben Augen. Charlotte sah Rob vielsagend an und warf dann einen Blick auf den Küchenplan.

Rob brauchte ein bisschen, bis er kapierte, worauf sie hinauswollte.

»Ach so«, sagte er dann. »Jetzt ist ja deine Küchenzeit.«

»Wenn du nichts dagegen hast«, erwiderte sie steif.

»Überhaupt nichts.« Rob nahm sein Handy, kraulte den Kater kurz hinter den Ohren und trollte sich ins Wohnzimmer. Es war absolut lächerlich, aber aus irgendeinem Grund schienen diese Pläne Charlotte wichtig zu sein, also würde er einfach mitspielen. Allem Anschein nach blieb ihm auch kaum etwas anderes übrig.

Elftes Kapitel

Charlotte presste sich die Fäuste auf die Augen. Rob hatte ihren Arm gestreift, als er die Küche verließ, und wo er sie berührt hatte, hatte sich jedes einzelne Härchen aufgerichtet. Sie schüttelte sich. Es spielte überhaupt keine Rolle, dass er einfach hinreißend war, denn er stand zwischen ihr und Midsummer House, und sie durfte ihr Ziel nicht aus den Augen verlieren. Im Moment war Sicherheit ihr wichtiger als alles andere, und Midsummer House zu kaufen war der beste Weg, um sie zu erlangen und nicht mehr dem Risiko ausgesetzt zu sein, alles zu verlieren, falls auf Applemore irgendetwas schiefging. Sie warf einen Blick in die Tasche mit den Einkäufen aus dem Hofladen und holte eine der teuren Fertigmahlzeiten heraus, die Polly verkaufte. Wenn sie die Schale jetzt zum Aufwärmen in den Backofen schob, hatte sie eine halbe Stunde Zeit und konnte noch schnell in die Badewanne springen und sich nach diesem doch ziemlich stressigen Tag entspannen.

Charlotte ließ sich in den Schaum sinken, ignorierte das grässliche Rosa der Fliesen und schloss die Augen. Sie war in aller Herrgottsfrühe aufgestanden, um auf jeden Fall aus dem Haus zu sein, bevor Rob wach wurde, denn sie hatte ihm auf keinen Fall begegnen wollen, nur im Schlafanzug und mit einem Kaffee in der Hand. Also war sie so früh in das kleine Büro von *Applemore Holiday Cottages* gefahren, dass sie, als Fiona um neun erschien, schon den ganzen Papierkram für ihren Steuerberater erledigt hatte.

Fiona war polternd hereingekommen, mit ihrem Thermobecher Kaffee in der Hand, und hatte sie skeptisch angesehen.

»Hast du irgendwas genommen? Läuft da was, wovon ich nichts weiß?«

»Quatsch. Ich hab einfach gedacht, ich arbeite schon mal ein bisschen vor.«

»Verrätst du mir mal, was eigentlich los ist? Ich dachte, du würdest dich riesig freuen, wo Midsummer House doch jetzt in greifbarer Nähe ist.« Fiona hatte nicht lockergelassen.

Die Wärme des Badewassers machte Charlotte schläfrig, und sie döste ein. Es war wirklich ein langer Tag gewesen.

Momente später, wie ihr schien, wurde sie von einem wilden Getrommel an der Tür geweckt.

»Charlotte? Alles in Ordnung bei dir?«

Sie schoss so schnell hoch, dass das Wasser über den Wannenrand schwappte, dabei legte sie automatisch einen Arm über die Brust, als rechne sie damit, dass Rob hereinstürzen und sie nackt in der Wanne liegen sehen könnte. Nicht, dass er sie nicht schon nackt gesehen hätte – aber das war ja gerade das Problem. Sie schüttelte sich, um wach zu werden. »Ja. Alles gut. Wieso?«

Seiner Stimme war anzuhören, dass er sich wieder mal über sie amüsierte. »Ach, nichts. Mir ist bloß aufgefallen, dass jetzt meine Küchenzeit ist, aber als ich in die Küche kam, war von dir nichts zu sehen, und gegessen hast du offenbar auch noch nicht.«

»Vielleicht habe ich ja schon abgewaschen und meine Sachen weggeräumt.« Schon während sie das sagte, wurde Charlotte bewusst, wie albern es klang. Sie wickelte sich in ein Badetuch.

»Ja, das könnte tatsächlich sein«, hörte sie seine Stimme vor der Tür.

Sie stopfte das Handtuch gründlich um sich herum fest und öffnete die Tür. Rob stand mit einem so breiten Grinsen vor ihr, dass sie selbst ein Schmunzeln unterdrücken musste.

»Bin eingedöst, das ist alles.«

»Ich sollte auf dich aufpassen. Es sei denn, du willst ›in der Badewanne ertrinken‹ auf unseren Plan schreiben.«

»Ich glaube, das ist nicht nötig.« Sie hielt verzweifelt das Badetuch fest, das ihr genauso zu entgleiten drohte wie ihre Würde.

»Na gut. Willst du warten, bis ich meine vorgesehene Stunde gehabt habe, oder soll ich gnädig sein und dich in Frieden essen lassen?«

»Ich glaube, dafür ist es ein bisschen spät«, gestand Charlotte. »Mein Essen steht jetzt schon so lange im Backofen, es ist bestimmt verbrannt.«

Rob trat zurück, um sie vorbeizulassen. »Ich mache gerade ein Risotto – vielleicht kannst du es ertragen, mit mir zusammen zu essen?« Er kniff belustigt die Augen zusammen. »Ich meine, wir können ja in absolutem Schweigen essen, wenn du das möchtest. Oder aber wir schließen einen Waffenstillstand und fangen noch mal von vorne an.«

Charlotte sah ihn an. »Okay.«

»Darf ich das als Zusage betrachten?«

»Ich meine, ja bitte, das wäre schön.« Sie riss sich zusammen. Wo blieben denn ihre guten Manieren?

»Dann haben wir ein Date. Wir sehen uns, sobald du was Anständiges angezogen hast.«

Seine Worte klangen in keiner Weise anzüglich, sodass Charlotte nicht verstehen konnte, warum sie von Kopf bis Fuß knallrot wurde. Mit der Temperatur ihres Badewassers hatte das jedenfalls nichts mehr zu tun.

Als sie in die Küche kam, stand ihr Essen neben dem Aga.

»Du kannst es dir immer noch anders überlegen«, Rob deutete mit einer Kopfbewegung auf das schwarze, vulkanähnliche Gebilde in der Aluschale. »Ich hab gehört, dass Kohle gut für die Verdauung sein soll.«

»Das gilt nur für Hunde.«

Nero spürte, dass über ihn gesprochen wurde. Er blickte auf, und sein Schwanz klopfte träge auf den Boden.

»Ich glaube, das willst selbst du nicht mehr fressen«, sagte Rob zu ihm, nahm Charlottes verkohlte Fertigmahlzeit und ließ sie mit einem Klonk in den Mülleimer fallen. Er bückte sich, um Nero kurz zu kraulen, und griff dann nach einem Kochlöffel und rührte in dem großen Topf auf dem Herd.

»Das Schöne an Risotto ist, dass man immer einen guten Vorwand hat, um eine Flasche Wein aufzumachen«, sagte er. »Obwohl ich im Moment eigentlich gar keinen Vorwand brauche.« Er holte eine Flasche Weißwein aus dem Kühlschrank, öffnete sie und schenkte zwei Gläser voll. »Anscheinend gibt's bei Frances keine zwei gleichen Weingläser, und diese beiden hier sehen vorsintflutlich aus.«

Im Vergleich zu Robs eleganter Designerküche sah die gesamte Küche hier vorsintflutlich aus. Dennoch wirkte er recht zufrieden, summte vor sich hin, während er das Risotto rührte, schenkte Charlotte nach und wusch einen Strauß Rukola im Durchschlag in der Spüle. Charlotte hatte sich hingesetzt und das Kinn in die Hand gestützt. Sie bemühte sich sehr, sich auf die Kücheneinrichtung zu konzentrieren und zu überlegen, wie sie den Raum umgestalten würde, sobald er ihr gehörte. Das war überraschend schwer, weil der unkooperative Teil ihres Hirns immer wieder Erinnerungen an den Abend aufblitzen ließ, als Rob sie auf die marmorne Arbeitsplatte in seiner Küche gehoben hatte. Er hatte die Hände auf ihre Hüften gelegt, und als er sie an sich gezogen hatte, hatte sie ihm die Beine um den Leib geschlungen. Unter seinen Küssen war ihr schwindlig geworden … sie schüttelte den Kopf, stand auf, trat ans Fenster und blickte in den Garten hinaus.

»Fertig.« Sie drehte sich wieder um und sah zu, wie Rob die Teller füllte.

»Schmeckt wunderbar«, sagte sie kurz darauf.

»Danke.« Er musterte sie mit seinen dunklen Augen. »Aber das klingt, als wärst du erstaunt.«

»Ich hab nicht damit gerechnet, dass du kochen kannst.«

»Ich koche gern. Das war immer gut zum Abschalten, wenn ich aus dem Büro kam.«

Schweigend aßen sie weiter. Charlotte bemühte sich, geräuschlos zu kauen und zu schlucken, was gar nicht einfach war. Die ganze Situation war so verdammt peinlich.

»Und –«, begann Rob.

»Und –«, sagte Charlotte gleichzeitig.

Beide mussten lachen, und das löste die Anspannung ein wenig.

»Du zuerst.« Charlotte trank einen Schluck Wein. Nero tappte zu ihr herüber, legte ihr den Kopf aufs Bein und sah zu ihr auf, mit den Augen eines Hundes, der in seinem ganzen Leben noch nie etwas zu fressen bekommen hat. Sie versuchte, ihn zu ignorieren.

»Ich wollte fragen, ob du auch manchmal kochst«, sagte Rob.

Nero stieß einen tiefen Seufzer aus und tappte um den Tisch herum zu ihm. Rob beugte sich zu dem Hund und streichelte ihm die Ohren.

»Ja. Allerdings nicht so –« Sie deutete auf den Risottotopf. »Bei mir muss es schnell gehen und praktisch sein. Das hat Joan mir beigebracht, Joan war unsere Haushälterin. Wir sind ja auf Gut Applemore aufgewachsen.«

»Deine Eltern haben nicht selbst gekocht?«

»Meine Mutter war schon ausgezogen, und Dad war hoffnungslos.« Sie lächelte bei der Erinnerung daran, wie tollpatschig sich ihr handwerklich so geschickter Vater in der Küche benommen hatte. Wenn er für die Kinder Rühreier mit Speck machen wollte, hatte er es irgendwie geschafft, den Speck verbrennen zu lassen, während die Eier noch glibberig gewesen waren. »Joan hat uns die Grundlagen beigebracht. Wenn du eine schöne schottische Graupensuppe möchtest oder nach einer langen Nacht am Sonntagmorgen ein deftiges warmes Frühstück, dann mache ich das mit links. Aber Lachlan, mein älterer Bruder, kocht richtig gut. Früher habe ich gedacht, er würde das Kochen mal zum Beruf machen, aber dann hat er sich anders entschieden und eine Weile eine Brauerei betrieben. Jetzt brennt er zusammen mit seiner Freundin Gin. Die beiden wohnen im Gutshaus – im Applemore House –, zusammen mit ihrer kleinen Tochter Kitty. Das Gut liegt auf der anderen Seite des Dorfes.«

»Toll.« Rob nahm sich noch Risotto. »Dann seid ihr also zwei Geschwister?«

Charlotte schüttelte den Kopf. »Nein, wir sind vier. Polly ist die Jüngste, sie führt den Hofladen auf Applemore. Ihre Kochkünste sind allerdings eine Lachnummer.«

»Ah, ich verstehe. Der Hotelbesitzer hat heute Mittag von Gut Applemore erzählt. Da ist doch jetzt auch eine Bäckerei.«

»Ja, genau. Polly lockt immer neue kleine Betriebe auf den Hof, sie ist genial«, sagte Charlotte stolz. »Sie hat anfangs Tag und Nacht gearbeitet, um ihren Laden zum Laufen zu bringen.«

»Und du hast noch eine weitere Schwester?«

»Ja, Beth hat eine Gärtnerei.«

Rob legte den Kopf schräg. »Eine Gärtnerei? Auch auf dem Gut? Wie geht das denn?«

»Sie hat den alten Nutzgarten auf Applemore übernommen. Der Garten ist von einer hohen Mauer umgeben, wie das früher üblich war, und Beth musste erst mal den Urwald roden, der innerhalb der Mauern gewachsen war. Jetzt zieht sie das ganze Jahr über Pflanzen und Blumen und verkauft sie im Internet und an Geschäfte in der Umgebung.«

»Ganz schön beeindruckend. Klingt nach einer Menge Arbeit.«

»Ja, und außerdem hat sie Zwillinge, die sind vier, aber sie gehen jetzt schon in die Vorschule.«

Rob hob die Augenbrauen. »Wow.«

»Genau. Ach so, und im Sommer macht sie alle zwei Wochen einen Tag zum Selberpflücken. Da kommen dann Leute aus der Umgebung und pflücken ganze Arme voll Blumen.«

»Und du hast eine preisgekrönte Ferienhausvermietung.«

Charlotte wurde warm ums Herz, weil er tatsächlich noch wusste, was sie beruflich machte. Sie hatte sich mehrmals gefragt, ob ihr Gespräch an dem Abend irgendeinen Eindruck bei ihm hinterlassen hatte, und stellte jetzt fest, dass er ihr aufmerksam zugehört hatte.

»Na ja, das war ja bloß der zweite Preis«, wimmelte sie ab.

»Das ist ganz schön gut, würde ich sagen.« Rob griff nach der Weinflasche, ließ sie über Charlottes Glas schweben und blickte sie fragend an. Sie nickte, und während er ihr einschenkte, sprach er weiter: »Die Firma hält dich offenbar ordentlich auf Trab.«

»Ja. Ich kann praktisch ganzjährig vermieten, das ist prima. Aber die eigentliche Saison beginnt jetzt. Ich habe gerade ein paar neue Pods eingeweiht, sie stehen auf der Landzunge – am Wochenende kommen die ersten Gäste.«

»Pods klingt ein bisschen nach Weltraum.«

»Das sind diese kleinen Holzhütten mit den gebogenen Dächern.« Charlotte zückte ihr Handy, öffnete ihre Website und reichte es ihm. »So sehen sie aus.«

Rob betrachtete die Fotos. Die Pods hatten Blick auf die Küste und auf die Inseln, und auch den kleinen Hafen von Applemore konnte man von dort aus sehen. Er vergrößerte mit zwei Fingern eine Aufnahme, die einen holzgetäfelten Innenraum zeigte, mit einer niedlichen kleinen Küche und einem Holzofen.

»Cool. Und draußen mit Holz beheizte Badefässer – hat jede Hütte eins?«

»Nein, nur die beiden großen. Ich wollte den Gästen ein bisschen Luxus bieten, wenn sie das möchten. Aber das muss man sich leisten können. Die kleinen Pods haben keine Hot Tubs und sind billiger.«

»Sehr inklusiv gedacht«, sagte Rob und gab ihr das Handy zurück. »Für eine Unternehmerin ist das nicht gerade ein kapitalistisches Konzept.«

Charlotte verzog das Gesicht. »Wenn man auf einem Gut wie Applemore aufwächst, ist man sich sehr bewusst, dass nicht alle das haben, was man selbst hat.«

»Ja, ich kann mir vorstellen, dass man in einem Schloss wie in einer ganz anderen Welt lebt.«

Charlotte schüttelte den Kopf. »Andererseits war es bei uns immer kalt, es zog, und wir waren ständig pleite.«

»Im Ernst?«

»Ja.«

»Also, da raubst du mir eine weitere Illusion. Aber du hast trotzdem das Gefühl, dass du etwas zurückgeben solltest?«

»Du nicht?«

Rob kniff nachdenklich die Augen zusammen. »Ich glaube, darüber habe ich noch nie nachgedacht«, gab er zu.

»Logisch«, sagte Charlotte im Gedanken an sein großes Haus. »Vermutlich bist du mit Geld aufgewachsen? Oder willst du sagen, dass du dich von der Straße hochgearbeitet hast? Bis zum Self-made-Millionär?«

Er lächelte selbstironisch, stand auf, trug die Teller in den Spülstein und ließ kurz Wasser darüber laufen. Dann drehte er sich zu Charlotte um und lehnte sich dagegen.

»Ich will nicht lügen. Meine Eltern waren nicht gerade knapp bei Kasse.«

»Daher dein riesiges Haus? Oder hast du das von den Gewinnen deines Geschäftsimperiums gekauft? Was machst du eigentlich genau?«

»Momentan gar nichts.« Ein Schatten flog über sein Gesicht, und er rieb sich über die dunklen Kinnstoppeln.

»Auch mal schön«, sagte Charlotte.

»Allerdings unfreiwillig. Es ist eine lange Geschichte. Ich hab Mist gebaut, um es kurz zu machen. Bin ein Risiko eingegangen, die Sache war zwar theoretisch nicht illegal, aber eben auch nicht ganz legal.«

»Aha.« Sie verstand nur Bahnhof. »Und was ist aus dieser legal-illegalen Geschichte geworden?«

»Das wissen wir erst, wenn die Ermittlungen beendet sind. Bis dahin kann ich Däumchen drehen, deswegen bin ich hier oben gelandet. Ich dachte, unter diesen Umständen kann ich genausogut Frances helfen. Sie war gut zu uns, als wir Jugendliche waren.«

Charlotte fiel das *wir* auf. »Du hast noch gar nichts von deiner Familie erzählt.«

»Da gibt's nicht viel zu erzählen«, sagte er ausdruckslos. »Wir haben wenig miteinander zu tun.«

Er drehte sich wieder zur Spüle um. Charlotte hatte offenbar einen Nerv getroffen. Verlegen stand sie auf.

»Lass mich doch abwaschen«, sagte sie. »Du hast ja gekocht.«

»Alles gut.« Er nahm ihr die Weingläser ab. »Ich mach' das schon.«

Nero folgte ihr aus der Küche, und sie nahm ihn zu einem Abendspaziergang durch Hof und Garten von Midsummer House mit. Ein fast voller Mond leuchtete am samtschwarzen Himmel. Im blassen Licht sahen die Beete, auf denen Pflanzen und Blumen vom letzten Jahr jetzt anfingen zu sprießen sehr schön aus. Nero lief hierhin und dahin, hob das Bein und schnupperte unter den Büschen, während sie bis zum Ende der Auffahrt schlenderte, am Tor stehen blieb und auf die Fenster des Hauses zurückblickte, die warm und einladend leuchteten. Sie sah Rob, wie er in der Küche herumging und nach dem Essen aufräumte. Was immer in seiner Familie geschehen war, hatte offenbar eine Wunde hinterlassen, die immer noch schmerzte. Charlotte nahm sich vor, nicht mehr davon zu sprechen. Sie würden unter einem Dach leben müssen – und das würde wesentlich einfacher sein, wenn sie sich nicht auf die Nerven gingen, auch nicht unabsichtlich. Sie rief Nero zu sich und kehrte ins Haus zurück. Morgen wollte sie vorsichtiger sein.

Zwölftes Kapitel

»Kaffee?«

Charlotte hatte gerade heißes Wasser in die Stempelkanne gegossen, als Rob gähnend in der Küche erschien.

»Gerne.«

Ein Burgfriede war sicherlich besser als ihre Idee mit den Benutzungsplänen. Sie lächelte bei dem Gedanken daran, und im selben Moment trat Rob an die Wand, wo sie die Pläne aufgehängt hatte.

»Wollen wir die hier dann entsorgen?« Er grinste, als er die Blätter von der Wand nahm. »Das müssen die kurzlebigsten Benutzungspläne in der ganzen Weltgeschichte gewesen sein.«

»Sehr witzig.« Charlotte holte Milch und Becher und stellte sie geräuschvoll auf den Tisch.

»Landen alle deine Pläne im Papierkorb?« Rob streichelte Terence, den rotweißen Kater, der genießerisch das Kinn hob und ein leises Miau hören ließ.

Charlotte fixierte ihn mit ärgerlichem Blick. »Von mir aus können wir sie gern wieder aufhängen.«

»Kommt nicht infrage.« Rob grinste.

Charlotte bemühte sich, nicht hinzusehen, wie er da barfuß am Aga stand und seine Schultern sich unter dem leichten Stoff seines T-Shirts bewegten, während er Frühstück machte. Sonnenlicht strömte durchs Küchenfenster und beleuchtete die fedrigen Blätter der Kräuter in den Tontöpfen auf dem Fensterbrett über dem alten Spülstein. Charlotte versuchte, sich auf die E-Mails auf ihrem Handy zu konzentrieren. Sie musste sich immer wieder zusammenreißen, um nicht den Kontrast zwischen Robs ausgeblichenen Jeans, die ihm auf den Hüften hing, und dem Streifen brauner Haut zu bewundern, der zum Vorschein kam, als er sich zum Regal hochreckte, um einen Teller herunterzuholen.

Er drehte sich um, und sie senkte rasch den Blick und tippte irgendwelchen Unsinn auf ihr Display, denn ihre Wangen brannten, und er sollte ihr Erröten nicht sehen.

»Ich fange heute mit dem Dach vom Stall an, mal sehen, ob ich das flicken kann, bevor es anfängt zu regnen.« Er ließ Speck und Eier auf den Teller gleiten.

»Klingt nach einem guten Plan.« Charlotte holte ihr Notizheft hervor und schrieb ein paar Dinge auf, die sie nicht vergessen wollte. Ihr Magen knurrte. Normalerweise frühstückte sie nicht, sondern machte sich gleich nach dem Aufstehen an die Arbeit, aber heute war die Versuchung, noch zu bleiben, einfach zu groß.

»Und was hast du heute vor?« Er stellte den Teller auf den Tisch, setzte sich dahinter und sah dann auf. »Sorry, ich hätte dir auch etwas anbieten sollen. Möchtest du?«

Charlotte schüttelte den Kopf. »Ich muss rüber nach Applemore und in Beths Gärtnerei Blumen holen, heute ist Bettenwechsel.«

Er hielt sich die Hand vor den Mund, um sein Gähnen zu unterdrücken. »Entschuldige, ich konnte letzte Nacht nicht schlafen.«

»Ich auch nicht.« Sie verschwieg, dass der Grund dafür vor allem das Wissen war, dass nur wenige Meter von ihr entfernt

Rob im Bett lag, wahrscheinlich nackt. Das Bild seines geschmeidigen, muskulösen Körpers hatte sie schließlich in einen unruhigen Schlaf begleitet. So konnte es wirklich nicht weitergehen. Sie musste sich auf etwas anderes konzentrieren, und zwar ganz schnell.

In diesem Moment gab es draußen im Hof ein lautes Gepolter, und dann stürzte etwas krachend auf den Boden. Dem folgte empörtes Meckern und Hufgetrappel.

Erschrocken sahen sie sich an.

»Geoffrey?«

»Vermutlich.« Charlotte sprang auf und lief zur Tür. Rob folgte ihr. Beim Aufziehen der schweren Haustür trat sie einen Schritt zurück und stieß mit voller Wucht gegen ihn. Er griff nach ihrem Arm, um sie aufzufangen, und Charlotte sog scharf die Luft ein, als sie den Druck seiner Hand spürte.

»Sorry«, sagte er, denn sie entriss ihm den Arm, als wäre seine Hand glühend heiß. Das Herz klopfte ihr bis zum Hals. Seine Anziehungskraft war einfach unwiderstehlich.

Draußen im Hof sahen sie, was der Ziegenbock angerichtet hatte. Frances hatte Charlotte bereits gewarnt, dass er ein Meister im Ausreißen war, den man passenderweise Houdini hätte taufen sollen. Jetzt war es ihm irgendwie gelungen, aus dem Paddock auszubrechen und in den Hof zu gelangen, wo er offenbar mit schierer Willenskraft die Tür zur Futterkammer aufgestemmt hatte. Das Poltern und Krachen war entstanden, als er in seiner Ungeduld, an die Behälter für das Tierfutter heranzukommen, eine Schubkarre und diverse Gartengeräte umgestoßen hatte. Trotz des Lärms waren die beiden kleinen Schafe ihm gefolgt.

»Verdammte Ziege«, sagte Rob lachend. Er versuchte, sich von hinten an das gierige Tier heranzuschleichen, das ihn nicht zu bemerken schien. Die Schafe rannten weg, sausten durch eine Lücke in der Weißdornhecke und steuerten auf die mit Heidekraut bewachsenen Hügel vor dem Wald zu.

»Wenn sie da oben zwischen den Bäumen verschwinden, finden wir sie nie wieder.«

Nero war ihnen aus der Küche gefolgt, weil er hoffte, dass es in der ganzen Aufregung etwas zu fressen für ihn geben könnte, und jetzt stand er da, blickte von Charlotte zu Rob und wedelte leicht mit dem üppig behaarten Schwanz.

»Wenn du ein Hütehund wärst«, sagte Charlotte grimmig, »dann hättest du die beiden längst eingefangen.«

Geoffrey nutzte ihre Unaufmerksamkeit, um sich aus der Futterkammer zu verziehen und nach weiteren Abenteuern zu suchen. »Jetzt hab ich dich!« Robert machte einen Sprung und wollte ihn an seinem Lederhalsband packen, aber der Ziegenbock wich ihm geschickt aus. Das Glöckchen an seinem Halsband bimmelte lustig, als er über den Hof galoppierte und als Abschiedsgeschenk eine Spur aus Köteln zurückließ.

»Das lief ja prima«, sagte Rob trocken.

Charlotte sah auf die Uhr. »Ich hab noch eine halbe Stunde, sonst komme ich zu spät. Ich muss wohl über die Wiese laufen und versuchen, die Schafe oben am Pass abzufangen.«

»Ja, lauf du in die Richtung.« Rob zeigte auf die andere Seite der großen Obstwiese, wo eine deutlich sichtbare Lücke in der Hecke war.

»Alles gut, ich mach das schon«, sagte Charlotte. »Ist nicht dein Problem.«

»Das ist doch albern.« Rob grinste. »Die Chancen, dass du ganz allein zwei rebellische Schafe und diesen anarchischen Ziegenbock fängst, sind gleich null.«

»Okay.« Sie warf ihm einen dankbaren Blick zu und rannte in Richtung Wiese.

»Gerne.« Rob lachte und sprintete los. Aus dem Augenwinkel beobachtete Charlotte, wie er über die Wiese rannte, um den Schafen den Weg abzuschneiden. Die beiden staunten anscheinend fast genauso sehr wie Charlotte über die Geschwindigkeit, in der er mit seinen langen Beinen die Entfernung zu ihnen verkleinerte. Er überholte die Tiere und stellte sich mit ausgebreiteten Armen vor sie. Sie kehrten brav um und trippelten in die Richtung zurück, aus der sie gekommen waren. Charlotte erwartete sie schon, ebenfalls mit ausgebreiteten Armen, um sie in den Hof zurückzuscheuchen.

»Ich wusste gar nicht, dass du ein Schafflüsterer bist«, sagte sie, als es ihnen gelungen war, die Tiere in den Schafstall zu sperren. Zwei Paar große Augen sahen sie aus dem Dämmerlicht verwundert an.

»Ich bin eben ein Mann mit vielen Talenten.«

»Eindeutig.«

»Ich mache das schon mit den Tieren. Du hast doch gesagt, du musst los. Ich lasse die beiden jetzt hier im Stall und kümmere mich um die Hecken und die Zäune. Sieht aus, als wäre das dringender als die Reparaturen am Dach. Wenn da Lücken sind, haben wir bald keine Tiere mehr, die wir auf die Weide stellen können.«

Charlotte hätte am liebsten gar nichts mehr mit Tieren zu tun gehabt, egal mit welchen, abgesehen natürlich von Nero, der vergnügt im Hof herumstöberte. Sie hätte Rob vor Dankbarkeit umarmen mögen. Allerdings wäre das keine so gute Idee gewesen, dachte sie auf dem Weg zu ihrem Wagen.

»Wolltest du nicht schon vor acht hier sein?« Miranda, Beths rechte Hand, stand mit einer Hacke vor einem Beet. Wie immer war sie hippiemäßig gekleidet, sie trug ein gebatiktes T-Shirt und hatte die Haare mit einem lila Schal aus dem Gesicht gebunden.

»Ich freu mich auch, dich zu sehen!«, sagte Charlotte. Sie hatte die schwarzen Plastikeimer, in denen sie die Schnittblumen für die Ferienhäuser transportierte, schon in der Hand.

»Sehr witzig.« Miranda grinste. »Aber du bist doch sonst immer so pünktlich.«

»Es gab ein kleines Problem mit einer Ziege.«

»Was höre ich da?« Beth kam aus dem Gewächshaus, das an einer Seite der Gartenmauer stand. Sie lachte.

»Ja, und Schafe habe ich auch eingefangen.«

»Dann läuft dein Haushüten ganz gut? Du bereust es nicht?«

Charlotte schüttelte den Kopf. »Überhaupt nicht.«

Miranda zog die Handschuhe aus und schob sie in die Gesäßtasche ihrer Jeans. »Komm, ich helfe dir, die Blumen in den Wagen zu tragen. Bestimmt hast du's jetzt schrecklich eilig, weil du die Zeit aufholen musst.«

»Bloß kein Stress. Das wird sich alles regeln«, meinte Charlotte seelenruhig. »Fiona ist schon im Büro und kümmert sich um die Buchungen. Ich will nur die Blumen in die Cottages bringen, während die Reinigungskräfte den Bettenwechsel machen, und dann alle neuen Gäste begrüßen.«

Beth und Miranda tauschten rasch einen Blick, und Charlotte war klar, dass die beiden diese radikale Veränderung in ihrer Einstellung besprechen würden, sobald sie wieder weg war. Doch sie fand das Abenteuer vom Morgen so lustig, dass ihr diese Verzögerung in ihrem normalerweise so strengen Zeitplan nichts ausmachte. Schließlich würde niemand tot umfallen, wenn sie eine halbe Stunde später kam.

»Die sind wunderschön.«

»Ich hab ein paar von den neuen Papageientulpen hineingebunden«, sagte Beth, als sie die bunten Sträuße in Charlottes Eimer stellte. »Die sehen toll aus, findest du nicht?«

»Zauberhaft. Vielleicht könnte ich einen Strauß für den Küchentisch stibitzen, falls du einen übrig hast?«

Charlotte blickte über das lebhafte Grün auf den Beeten. In dieser Jahreszeit arbeitete ihre Schwester bis zum Umfallen, sie packte möglichst viel in die Stunden hinein, die ihre Kinder in der Vorschule verbrachten, und legte Vierzehn-Stunden-Schichten ein, wenn die Zwillinge bei ihrem Exmann und seiner neuen Frau waren. Die beiden hatten kürzlich ein Baby bekommen, und Edward und Lucy waren ein bisschen ärgerlich gewesen. Als Charlotte sie das letzte Mal gesehen hatte, hatten sie gemeint, Daddy sollte den kleinen Ben ins Babygeschäft zurückschicken, denn er sei ein Schreihals und würde oft entsetzlich stinken. Charlotte hatte sich kringelig gelacht. Sie hatte Beth, als diese noch alleinerziehende Mutter gewesen war und sowohl ihre Zwillinge versorgt, als auch in Vollzeitarbeit ihre Gärtnerei aufgebaut hatte, nach besten Kräften geholfen, daher hatte sie ein enges Verhältnis zu den Kleinen. Sie liebte die beiden Kinder heiß und innig, auch wenn sie frech waren – wahrscheinlich lag das daran, dass sie, wie Beth immer sagte, die Kinder am Ende des Tages wieder abgeben und in ihr perfekt aufgeräumtes kleines Cottage heimkehren konnte.

Es war ein merkwürdiges Gefühl, dass sie nachher schnell in ihr Cottage fahren würde, bloß um nachzusehen, ob Amy und Jen, die Reinigungskräfte, alles für die ersten Gäste vorbereitet hatten, und um einen Blumenstrauß hinzubringen. Es war nicht mehr ihr Zuhause.

»Charlotte?«

Beth gab ihr einen Stups in die Seite.

»Sorry, was ist denn?«

»Ich hab gesagt, du bist ganz woanders. Hast du vielleicht doch mehr von dem Kräutertee getrunken, den die verrückte Frances dir einflößen wollte?«

Charlotte prustete los. »Ganz bestimmt nicht. Ich hab heute bloß eine Menge auf dem Zettel, und gleich am frühen Morgen schon widerspenstige Schafe zu jagen, war zwar lustig, aber zeitraubend.«

»Wie geht's deinem Hausgast?«

»Gut. Er ist ganz nett.« Sie bemühte sich, unbeteiligt zu klingen.

»Ein Hausgast?«, wandte Miranda sich erstaunt an Beth.

»Hab ich dir das nicht erzählt? Charlotte hat ja diese verrückte Aufgabe übernommen, Midsummer House zu hüten, und im letzten Augenblick vor der Abfahrt hat Frances ihr eröffnet, dass ihr seltsamer Neffe kommen und ein paar Reparaturen am Haus machen würde.«

Das schien Miranda nicht weiter zu beeindrucken. »Die ganze Geschichte ist doch etwas komisch, Charlotte. Und wer kann wissen, ob sie dir das Haus überhaupt verkaufen will, wenn sie wieder hier ist? Und was machst du dann mit zwei Ausreißerschafen und einer Herde Ziegen, oder was Frances da im Wald alles an Viehzeug hält?«

»Ein Ziegenbock ist schon mehr als genug, vielen Dank«, sagte Charlotte schroff. »Und so merkwürdig Frances auch ist, ich habe überhaupt keine Zweifel, dass sie das Haus verkaufen wird. Es wird ihr zu viel – inzwischen habe ich es mir ja genau angesehen, und das ist völlig klar. Ich glaube, sie muss einfach ein paar Monate Abstand gewinnen und sich den Raum geben, das zu akzeptieren.«

»Und die Ziegen?« Beth sah Charlotte zweifelnd an. »Sorry, die Ziege. Singular.«

Charlotte zuckte die Achseln. »Bei Strathtorron ist ja dieser kleine Streichelzoo. Da kann ich die Tiere hinbringen.«

»Das ist ein bisschen grausam. Wenn sie nun geglaubt haben, sie würden ihren Lebensabend auf den sonnigen Wiesen von Midsummer House verbringen, mit Blick auf den Wald und die Berge?« Miranda grinste.

»Es sind doch Schafe.« Charlotte musste unfreiwillig lachen. »Ehrlich, ich glaube, denen ist egal, wo sie grasen – und wenn man bedenkt, wie fix sie heute Morgen Richtung Berge abgehauen sind – also, mir scheint, sie hängen nicht besonders an ihrer jetzigen Umgebung.«

»Wahrscheinlich hast du recht.« Beth griff nach einem Eimer, und gemeinsam trugen sie die Blumen durch die Pforte in der Mauer zum Land Rover, der draußen wartete.

»Klar habe ich recht.«

»Du sprichst wie eine echte große Schwester.« Beth hob den Eimer hinten in den Wagen.

»Sehr witzig.«

»Apropos Schwestern, fährst du noch bei Polly vorbei?«

»Jetzt nicht, aber nachher, wenn ich die Blumen verteilt habe. Warum?«

»Du könntest mir etwas abnehmen. Ich hab eine Menge Sträuße für sie gebunden, und ich hatte ihr gesagt ich würde sie ihr nachher bringen, aber ich muss mich wirklich um die Pfingstrosen hier kümmern, und ich hab noch tausend andere Dinge zu tun.«

»Das mache ich, klar. Hol die Sträuße her, auf dem Rücksitz ist ja auch noch Platz.«

»Du bist ein Schatz.« Beth warf Charlotte eine Kusshand zu und lief in den Garten zurück.

Dreizehntes Kapitel

Eins kam zum anderen, und als Charlotte zu Pollys Hofladen zurückfuhr, war einige Zeit vergangen. Auf dem Parkplatz war viel los, daher fuhr sie um die Gebäude herum und parkte den Land Rover neben einem alten Lieferwagen, der schon so lange dort stand, dass die Reifen platt waren. Als sie in den früheren Wirtschaftshof ging, fiel ihr Blick auf die damalige Milchkammer. Noch vor einigen Jahren waren diese alten Wirtschaftsgebäude völlig vernachlässigt gewesen, die Farbe war in langen Streifen von den Türen abgeblättert, und die Fenster waren vor Schmutz und Spinnweben blind gewesen. Im Pförtnerhaus gleich vorne an der Zufahrt hatte Rillas Vater gewohnt, und nach seiner Pensionierung hatte er viel in einer der alten Werkstätten herumgebastelt. Niemand aus der Familie hatte geahnt, welches Geheimnis er mit ins Grab genommen hatte.

Sie schüttelte die Grübeleien ab und wuchtete den Eimer mit den Blumensträußen aus dem Wagen. Es hatte keinen Sinn, sich in die alten Geschichten zu vertiefen, schließlich hatte sie noch eine ewig lange Liste abzuarbeiten.

Sie stieß die Tür zum Hofladen mit dem Rücken auf, um den Blumeneimer nicht absetzen zu müssen. Sogleich stiegen ihr das köstliche Aroma von frisch gemahlenem Kaffee und der Duft von Annas berühmten Schokobrownies in die Nase, die offenbar gerade aus dem Backofen gekommen waren. Anna, eine kleine, hübsche Frau mit dunkelbraunem Lockenkopf, saß an dem großen Holztisch und plauderte mit Gavin, einem der beiden Cafébetreiber. Er begrüßte Charlotte mit strahlendem Lächeln.

»Hallo, meine Schöne«, sagte er mit seinem walisischen Akzent. »Wie geht's?«

Sie stellte den Eimer neben der Tür ab. Dort arrangierte Polly auf einem Stapel Holzkisten die Blumen, die ihre Schwester alle paar Tage brachte.

»Nicht schlecht.« Sie lächelte Anna grüßend zu.

»Zeit für einen schnellen Kaffee?«

»Sehr gern.«

Charlotte setzte sich neben Anna.

»Schön, dass ich dich gerade treffe«, sagte sie. »Ich hab nämlich eine Idee. Glaubst du, du könntest mir Brownies für unsere Begrüßungspakete liefern?«

Anna zog nachdenklich die Augenbrauen zusammen. Ihre kleine Brownies-Bäckerei war von Anfang an ein Riesenerfolg gewesen, und die Leckereien waren weggegangen wie – ja, wie warme Semmeln. Anna verkaufte sie an verschiedene Cafés und Geschäfte in der Umgebung, so wie viele lokale Erzeuger es hier machten. Sie kannten sich alle gut, denn auf ihren Auslieferungsfahrten begegneten sie sich immer wieder. »An welchen Tag denkst du denn?«

»Bettenwechsel ist bei uns freitags, deswegen wäre wohl Freitagvormittag am besten. Oder halten die sich ein bisschen?« Charlotte blickte zu dem Tablett mit den Brownies hinüber. Außen waren sie rissig und knusprig, und das Innere sah köstlich weich aus. Ihr knurrte der Magen.

»Theoretisch ja.« Anna lachte. »Aber das kommt nicht oft vor, meistens werden sie gleich aufgegessen.«

»Dann könnte ich sie donnerstags abholen, wäre das einfacher für dich?«

»Das wäre gut. Melde dich noch mal per E-Mail, dann klären wir die Einzelheiten. Ich muss jetzt los – muss ein paar Dinge vom Großhändler holen. Ich sitze hier bloß noch, weil ich keine Lust auf die Fahrt habe.« Sie verzog das Gesicht und rutschte von ihrem Hocker herunter – sie war wirklich zierlich, kaum über eins fünfzig groß, ganz anders als die hochgewachsenen Fraser-Schwestern.

»Guten Morgen zusammen.« Ein großer Mann mit Bürstenschnitt kam herein, und Anna drehte sich um. Offenbar freute sie sich sehr, ihn zu sehen – es war Matt, der Bäcker, der kürzlich eins von den renovierten Wirtschaftsgebäuden übernommen hatte. Charlotte fiel auf, dass Anna eine zarte Röte in die Wangen stieg, als sie ihn begrüßte. Das machte sie noch hübscher.

»Ich will gerade zum Großhändler. Brauchst du auch irgendwas?«

Matt schüttelte den Kopf. »Nein danke, ich hab alles. Aber hiervon nehme ich einen.« Er nickte Gavin grüßend zu und deutete auf die Brownies. »Da kann ich einfach nicht widerstehen.«

»Von dir ist das echt ein Kompliment.« Anna lächelte, und auf ihren Wangen bildeten sich Grübchen.

Charlotte und Gavin wechselten einen Blick. Anna schien das Café nur sehr zögernd zu verlassen, und Charlotte wartete ab, bis Matt seinen Flat White bekommen hatte und wieder auf dem Weg in seine Bäckerei war. Dann stützte sie das Kinn in die Hand und sah Gavin an.

»Gibt's da was Neues?«

»Dir ist es also auch aufgefallen?« Gavin wirkte hocherfreut. Er legte beide Hände aufs Herz. »Ach, ich liebe ein bisschen Romantik, doch, unbedingt. Bei den beiden stimmt offensichtlich die Chemie, oder siehst du das anders?«

»Nein, ich glaube, da hast du recht. Und wie läuft das Geschäft?«

»Es ist der Wahnsinn. Ich sollte mich nicht beklagen, aber weil Tom mit seinem gebrochenen Knöchel immer noch ausfällt, bin ich fix und fertig.«

Er deutete mit dem Kopf in die Ecke, wo Tom, sein Partner, an einem kleinen runden Tisch saß. Sein Bein steckte in einem schützenden Stiefel, und er blickte hochkonzentriert auf den Bildschirm seines Laptops.

»Wie lange muss er das Ding denn noch tragen?«

»Noch drei Wochen.« Gavin zog eine Grimasse. »Das finde ich noch nicht mal so schlimm, aber er ist einfach furchtbar schlecht gelaunt und lässt das an mir aus. Ich schwöre, wenn ich mir den Knöchel gebrochen hätte, wäre ich ganz zufrieden, wenn ich mit den Hunden und einem Berg von Annas Brownies zu Hause sitzen und mir Nigel Slaters Kochshows in Endlosschleife angucken könnte. Aber nein, er will unbedingt jeden Tag hier sein.«

Tom spürte, dass über ihn gesprochen wurde, und blickte auf.

»Worum geht es da bei euch beiden?«

»Dein Liebster erzählt mir gerade, wie sehr er sich freut, dass er dich zur moralischen Unterstützung hier hat«, sagte Charlotte.

»Das will ich aber auch meinen.« Tom fixierte Gavin mit einem gespielt strengen Blick, und alle drei lachten.

»Darf ich mitlachen?«

Polly hatte einen ganzen Schwarm Kundinnen bedient und erschien jetzt an Charlottes Seite. Sie klaute sich ein Stück von deren Schokobrownie und kriegte dafür einen Klaps auf die Finger.

»Besorg dir selbst einen.«

»Ich verwandle mich noch in einen Brownie, wenn ich nicht aufpasse. Immer diese Köstlichkeiten in Reichweite zu haben ist lebensgefährlich.« Polly rückte einen kleinen Stapel Flyer zurecht, der neben der Kasse des Cafés auf der Theke lag. »Habt ihr schon gesehen, dass Matt einen Backkurs anbietet?«

»Ich hab's gehört. Er macht richtig gute Werbung. Da kommen bestimmt eine Menge Teilnehmer.«

»Der erste Termin ist anscheinend schon ausgebucht.«

Polly behielt die Kundinnen im Auge, um nicht zu verpassen, wenn sie Richtung Kasse gingen. »Danke, dass du die Blumen gebracht hast. Wann kommt denn unsere Einladung zu einer Führung durch das geheimnisvolle Haus im Tal?«

»Lasst mir noch ein bisschen Zeit«, sagte Charlotte, »ich muss mich erst eingewöhnen. Und außerdem muss ich diese Horde von ungebärdigen Tieren in den Griff kriegen. Ich verspreche, dass ich euch bald alle einlade.«

»Wie läuft es denn so?« Gavin trocknete Kaffeetassen ab. Tom, der den neuesten Klatsch nicht verpassen wollte, hatte sein Bein unter dem Tisch hervorgezogen und schwang sich jetzt auf seinen Krücken zur Theke hinüber, um nur ja alles mitzubekommen.

»Kannst du kurz an die Kasse gehen, Jenny?«, rief Polly einer Frau in einem blauweißen Ringelshirt zu. Sie räumte gerade ein Regal auf, nickte kurz, lächelte Charlotte zu und wischte sich dann die Hände an ihren dunkelblauen Jeans ab.

»Könnte besser sein«, räumte Charlotte ein.

»Inwiefern?« Polly verschränkte die Arme.

»Ich hatte alles geplant« – Tom, Gavin und Polly wechselten wissende Blicke –, »und dann hat Frances mir einen Strich durch die Rechnung gemacht.«

»Wie das?«, fragte Tom neugierig.

»Habt ihr das noch nicht gehört?«, mischte Polly sich ein. »Frances hat ihr ganz unerwartet einen Hausgast aufs Auge gedrückt. Ich hätte ja zu gern Mäuschen gespielt, als meine liebe Schwester neulich nach unserem Familienmittagessen ins Midsummer House kam und feststellte, dass die gruselige Frances ihren Neffen eingeladen hatte, im Tausch gegen ein paar Reparaturarbeiten im Haus zu wohnen. Und sie hatte Charlotte kein Wörtchen davon gesagt.«

»Das kann sie doch nicht machen«, sagte Gavin empört. »Ich meine, ihr hattet das doch alles abgesprochen, oder? Was ist, wenn dieser Unbekannte ein wahnsinniger Axtmörder ist?«

Charlotte hob die Hand an den Mund und unterdrückte ein Lächeln. Sie erinnerte sich nur zu gut an ihr Gespräch mit Rob an jenem Abend in Edinburgh, bevor sie mit zu ihm gefahren war.

»Er ist mit Sicherheit kein Axtmörder.«

»Na, das ist immerhin etwas. Trotzdem, das Letzte, was du jetzt gebrauchen kannst, ist irgendein Spinner, der sich an deinen Cornflakes bedient.«

Charlotte bemühte sich, ein möglichst neutrales Gesicht aufzusetzen. Das Letzte, was sie jetzt gebrauchen konnte, war, dass diese drei Klatschmäuler hier – die größten im ganzen Dorf – irgendwie den Eindruck bekamen, zwischen Rob und ihr könnte etwas gelaufen sein. »Es ist kein Problem, ehrlich. Ich sehe ihn ja so gut wie gar nicht.«

Vierzehntes Kapitel

Rob verfluchte unterdessen die Person, die bei der Einzäunung der Koppel einfach Mist gebaut hatte. Er hatte einen Hammer, eine Rolle Stacheldraht und alle Nägel, die er hatte finden können, zur Weide geschleppt und den ganzen Vormittag daran gearbeitet, den Zaun möglichst ausbruchssicher zu machen. Jetzt tat ihm der Rücken scheußlich weh, und er hatte einen Bärenhunger. Aber im Haus gab es nichts Vernünftiges zu essen.

Er beschloss, nach Applemore zu fahren, um im Hotel etwas zu essen. Unterwegs überlegte er, dass er die Gelegenheit nutzen und ein bisschen auf Erkundungstour gehen könnte. Vielleicht fand er den berühmten Hofladen auf Gut Applemore, dann wollte er mal sehen, ob es dort etwas Gutes zu essen gab. Während er durchs Dorf fuhr, bemerkte er, dass alle Autos mit einer ordentlichen Dreckschicht überzogen waren, sodass sein glänzender Range Rover auffiel wie ein bunter Hund. Vielleicht sollte er einen Eimer Matsch darüber werfen, um den Wagen ein bisschen der Umgebung anzupassen? Rob lachte in sich hinein bei diesem Gedanken.

Sein Handy klingelte. Er nahm den Anruf an, und Andys Stimme dröhnte durch den Wagen.

»Hallo, gibt's dich noch?«, sagte sein Freund fröhlich.

»Und selbst? Wie geht's?«

»Wie gehabt. Aber wie geht's denn dir da oben im eisigen Norden? Hast du dir schon einen Haggis gefangen?«

»Sehr witzig.« Rob bremste vor einem Zebrastreifen und beobachtete, wie eine Lehrerin eine Schar winziger Vorschulkinder über die Straße geleitete. Alle trugen Warnwesten über den roten Sweatshirts ihrer Schuluniformen. Den Schluss bildete eine weitere Lehrerin, die ihm ein Dankeschön zuwinkte, als die letzten Kinder sicher gegenüber auf dem Bürgersteig angelangt waren. Offenbar wollten sie zum Hafen hinuntergehen. »Nein, ich hab mir noch keinen Haggis gefangen. Und ich trage auch noch keinen Kilt und habe noch keine Hirsche geschossen.«

»Du hältst wohl nicht so viel von Highland-Klischees? Was machst du denn die ganze Zeit?«

»Also, heute Morgen habe ich erst einen ausgerissenen Ziegenbock eingefangen, und später hab ich mir dann mit dem Hammer den Daumen blau gekloppt, weil ich ganz allein einen halb verfallenen Zaun repariert habe.«

»Jetzt verstehe ich, warum du keine Lust hast, wieder hier zu arbeiten.« Andy prustete vor Lachen. »Wie lange musst du dich denn da noch abrackern?«

Rob überlegte kurz. Schon jetzt war ihm klar, dass er seinen Aufenthalt im Midsummer House mehr genoss, als er erwartet hatte – aber das lag wohl in erster Linie daran, dass er seinen Morgenkaffee mit einer hübschen Frau trank und sich darauf freute, wenn sie am Abend von der Arbeit kam. Vielleicht würden sie dann wieder zusammen essen? »Weiß noch nicht«, antwortete er knapp.

»Pass nur auf, dass du dich da oben nicht zu sehr ans Landleben gewöhnst«, sagte Andy. »Nicht dass ich dir einen Rettungstrupp schicken muss.«

»Keine Sorge«, sagte Rob mit Nachdruck. »Bevor du dich's versiehst, bin ich zurück und stifte wieder Chaos.«

Rob fuhr weiter durchs Dorf, vorbei an niedlichen weißgestrichenen Cottages mit Kübeln voll bunter Blumen vor den Türen, und dann auf einer kurvenreichen Straße einen Berg hinauf. Oben kam er zu einem großen hölzernen Wegweiser mit der Aufschrift »*Applemore House Hofladen und Naturcamping*«. Er bog ab und bewunderte die farbenprächtigen Rhododendren rechts und links und das schön asphaltierte Sträßchen, das genaue Gegenteil von der katastrophalen Zufahrt zum Midsummer House. Er folgte den Windungen bis zu einigen weißgestrichenen Wirtschaftsgebäuden, die um einen Hof herumstanden, und stellte seinen Wagen auf dem Parkplatz ab, wo schon sechs oder sieben Autos standen. Die ganze Anlage wirkte sehr gepflegt, und vor dem Hofladen standen große Steintröge mit blühenden Blumen. Hier hatte jemand offenbar viel Zeit investiert. Ein Handwerker auf einer Leiter bohrte Löcher in die weiße Mauer. Am Fuß der Leiter lehnte ein Schild mit der Aufschrift »Die Bäckerei«. Ein Mann in einem mehlbestäubten T-Shirt hielt die Leiter fest. Er musste etwa in Robs Alter sein, und jetzt drehte er sich um und nickte ihm grüßend zu.

Rob erwiderte den Gruß und betrat den Hofladen.

Er hatte nichts Bestimmtes erwartet – doch er kannte Charlottes Arbeitsethos, und so hätte es ihn wohl nicht überraschen sollen, dass der Laden ihrer Schwester stilvoll und einladend eingerichtet war und dass offenbar viel Energie und Liebe hineingesteckt worden war.

Gleich an der Tür stand ein Regal mit farbenprächtigen Blumensträußen. Sie waren in braunes Papier gehüllt und mit Schnur zusammengebunden. Bei näherem Hinsehen entdeckte Rob einen schwarzen Stempel auf dem Papier, »*Die kleine Gärt-*

nerei« stand da. Das war also die dritte Schwester. Die Frasers waren hier oben wirklich allgegenwärtig. Es war eine merkwürdige Vorstellung, dass die Geschwister in den Sommern, die er mit Emily in Midsummer House verbracht hatte, auch schon hier gelebt hatten, nur wenige Meilen entfernt. Wäre Emily noch am Leben gewesen, dann hätte sie Charlotte sicher gemocht.

»Hallo«, unterbrach eine fröhliche Stimme ihn in seinen Gedanken. Er blickte auf und schaute direkt ins Gesicht einer jungen Frau. Das musste Polly Fraser sein. Sie sah ihrer großen Schwester so ähnlich, dass er kurz verwirrt war. Das schien sie lustig zu finden, denn sie legte den Kopf schräg und betrachtete ihn mit ihren graublauen Augen. Er richtete sich auf.

»Hi.«

»Sagen Sie einfach Bescheid, wenn ich Ihnen helfen kann«, sagte sie. Dann ging sie auf die andere Seite des Ladens hinüber und nahm dabei einen leeren Korb mit, der neben der Theke stand. Ihr Haar hatte nicht das gleiche warme Erdbeerblond wie das ihrer Schwester, sondern war heller, und ihre Frisur hatte einen kecken Schwung, ganz anders als Charlottes strenger Pferdeschwanz.

Rob lächelte über ein Paar von Mitte zwanzig. Die beiden standen vor einem Regal mit Produkten von Künstlern aus der Region, und während die junge Frau kleine Holzfigürchen herausnahm, gab der Mann sich große Mühe, interessiert zu wirken. Er fing Robs Blick auf, verzog in gespielter Verzweiflung das Gesicht und wandte sich dann wieder seiner Freundin zu, die ihm gerade begeistert einen winzigen, handgeschnitzten Wolf zeigte.

»Was kann ich für Sie tun?« Der Mann hinter der Theke war gerade an der Kaffeemaschine beschäftigt und bat Rob, sich zu setzen. Rob hörte sofort, dass er aus Wales stammte.

»Ich nehme einen Bagel mit Speck, Tomate und Salat und einen Kaffee zum Mitnehmen«, sagte Rob, nachdem er die Speisekarte überflogen hatte.

»Die sind zum Niederknien«, sagte der Waliser kurz darauf, während er den Bagel einpackte. »Matt backt sie hier an Ort und Stelle, gleich da drüben. Es ist ein Wahnsinnsglück, dass wir ihn direkt vor der Tür haben.«

»Ja, der Besitzer vom Hotel unten im Dorf hat mir schon von ihm erzählt. Er hat gesagt, Matt wollte auch Kurse zum Backen mit Sauerteig anbieten?« Rob hielt bereits sein Handy an das Lesegerät und wartete auf den Piep, der verkündete, dass der Kauf abgeschlossen war.

»So, alles klar«, sagte der Waliser. »Lassen Sie's sich schmecken. Machen Sie hier Urlaub?«

»So ähnlich.«

»Und Sie wohnen im Applemore Hotel?«

Rob schüttelte den Kopf. »Nein, ich wohne – privat. Auf der anderen Seite des Dorfes, ein paar Meilen entfernt. Das Anwesen heißt Midsummer House.«

»Du lieber Himmel!« Mit einer dramatischen Geste wandte der Waliser sich an einen Mann, der mit einem Laptop in der Ecke am Tisch saß. Er hatte sein Bein, das in einem schützenden Stiefel steckte, in einem merkwürdigen Winkel ausgestreckt. »Tom, Charlottes Hausgast ist hier!«, rief er ihm von der Theke aus zu.

Rob zog überrascht die Augenbrauen hoch. Und schon war

der Stiefelträger ganz unerwartet aufgesprungen und humpelte erstaunlich flink an seinen Krücken durch das kleine Café. Er stellte sich vor Rob und musterte ihn freimütig von Kopf bis Fuß.

»Ich bin Gavin«, sagte der Waliser hinter der Theke, »und das ist mein Partner Tom. Charlotte, du Geheimniskrämerin«, ergänzte er wie zu sich selbst. Tom lachte leise.

»Schön, Sie kennenzulernen«, sagte Rob verwirrt.

»Sie müssen Charlotte erzählen, dass wir uns kennengelernt haben. Was für ein Zufall, sie war vorhin auch hier.«

»Ich sage es ihr.« Rob griff nach seinem Bagel und nach seinem Kaffee. »Und vielen Dank.« Er hob den Pappbecher zum Gruß und verließ den Hofladen mit dem Gefühl, die Pointe eines Witzes zu sein, den er nicht verstand.

Auf dem Rückweg zum Dorf hielt er an einem Aussichtspunkt an, setzte sich auf eine Bank, aß seinen Bagel, trank den Kaffee und blickte über den kleinen Hafen auf den Strand dahinter. Er hatte keine Ahnung, wie es gekommen war, aber irgendwie hatte er es geschafft, viel Wirbel zu machen, ohne das Geringste dazuzutun. Er freute sich, dass Charlotte am Abend nach Midsummer House zurückkommen würde, denn dann konnte er sie fragen, was hier eigentlich lief.

Durch den Bagel und einen überraschend guten Kaffee gestärkt – er hatte nicht erwartet, außerhalb der Großstadt einen anständigen Kaffee zu bekommen, aber Gavin war ein erstklassiger Barista –, fuhr er zurück, um die Reparatur des Zauns zu beenden. Geoffrey guckte aufmüpfig über die Stalltür, denn heute Morgen hatten sie ihn zu den beiden Schafen in den Stall gesperrt. Erst als Rob sich ganz sicher war, dass der Zaun keine

Lücken mehr hatte und das Gatter sicher schloss, öffnete er die Tür und scheuchte die Tiere mit ausgebreiteten Armen auf ihre Weide, wo sie sogleich zu grasen begannen. Anschließend beschloss er, mit dem Gemüsegarten weiterzumachen. Er wollte anfangen, die Beete umzugraben, nicht, weil sie auf der Liste mit nötigen Reparaturen gestanden hätten, sondern einfach, weil er sich das Vergnügen einer Arbeit mit sichtbarem Ergebnis leisten wollte. Als er Charlottes Land Rover den Weg hinaufbrummen hörte, hatte er bereits einiges geschafft. Befriedigt trat er einen Schritt zurück und betrachtete mit einem Fuß auf der Grabegabel das Ergebnis seiner Arbeit. Das hier war etwas ganz anderes als sein Großraumbüro, und er war überrascht, wie viel Spaß es ihm machte. Vielleicht war dieser Aufenthalt in Midsummer House doch genau das, was er brauchte.

Fünfzehntes Kapitel

In den nächsten Tagen wurde es zur Routine, dass Charlotte gleich nach dem Aufstehen Kaffeewasser aufsetzte und dann draußen nach den Tieren sah. Wenn sie zurückkam, hatte Rob eine Kanne Kaffee gemacht, und Charlotte setzte sich schnell zu ihm an den Küchentisch, um gemeinsam mit ihm eine Tasse zu trinken. Dann fuhr sie ins Dorf und kümmerte sich um den alltäglichen Kleinkram in ihrer Firma.

»Na, wie läuft's?« Fiona stellte einen Stapel Flechtkörbe auf den Tisch in dem kleinen Büro.

»Die Arbeit? Das Leben?« Charlotte tippte sich mit ihrem Stift an die Stirn, während sie weiter auf eine Tabelle starrte. Der Steuerberater wollte dringend ihre voraussichtlichen Zahlen für den Jahresabschluss haben, und sie musste alles in den rosigsten Farben darstellen, um ein möglichst hohes Darlehen für den Kauf von Midsummer House zu bekommen. Daher wollte sie sichergehen, dass sie keinen Penny Gewinn übersehen hatte.

»Eigentlich hab ich die Zahlen gemeint, aber noch mehr interessiert mich natürlich, wie es mit deinem geheimnisvollen Hausgast läuft.«

Fiona schraubte ihre Wasserflasche auf und trank einen Schluck, wobei sie Charlotte scharf ansah.

»Was guckst du denn so?«

»Wie gucke ich denn?«

»Du weißt genau, was ich meine. Du machst ein Gesicht, als wüsstest du etwas, was ich nicht weiß.«

Fiona fuhr sich durch ihr kurzes graues Haar und spitzte die Lippen. Dann sagte sie:

»Ich war gestern Nachmittag im Hofladen, und da hat Gavin mir eröffnet, dass dein Hausgast – ich zitiere – ›schwer in Ordnung‹ ist.«

Charlotte spürte, wie ihr Herz ein wenig schneller klopfte. Gleich als sie Rob zum ersten Mal im Midsummer House gesehen hatte, hatte sie entschieden, dass sie die Situation nur unter Kontrolle behalten konnte, wenn sie so tat, als hätte sie ihn erstens nicht gekannt und schon gar nicht eine Nacht mit ihm verbracht, und als sei sie zweitens völlig blind für seine Reize.

»Ach ja?«, sagte sie so gleichgültig, wie sie konnte, »ist mir gar nicht aufgefallen.«

Fiona schnaufte spöttisch. »Die Jungs im Café sind anscheinend hin und weg.«

»Vielleicht ist er eher ihr Typ als meiner.«

»Ja, möglich.« Fiona warf ihr einen Seitenblick zu. »Konzentriere dich nicht so sehr darauf, deinen Lebensunterhalt zu verdienen, dass du vergisst zu leben«, sagte sie nach einem Moment.

»Hast du wieder auf Instagram Kalendersprüche gelesen?«

»Sehr witzig.« Fiona kramte im Schrank herum, holte eine Schachtel mit kleinen, handgemachten Seifen heraus, die zum Willkommenspaket gehörten, und kippte sie in einen der Körbe.

»Ich hab keine Ahnung, wie Mel es mit dir aushält.«

»Ich bin die Lieblichkeit und das Licht, deshalb hält sie es mit mir aus.«

Charlotte verdrehte die Augen. »Du bist ein wandelndes Instagram-Klischee, so ist das nämlich.«

»Etwas ist bloß ein Klischee, weil es wahr ist«, sagte Fiona unbekümmert. Sie nahm den Korb und wandte sich zur Tür. »Ich bringe Amy die Seifen für den Bettenwechsel. Sie hat gesagt, es wären kaum noch welche da.«

Kopfschüttelnd sah Charlotte ihrer Freundin nach. Draußen wandte Fiona sich zum Fenster um und winkte zum Abschied. Dabei zog sie eine alberne Grimasse, streckte die Zunge heraus und rollte mit den Augen. Das Problem in einem Nest wie Applemore war, dass man nicht niesen konnte, ohne dass alle davon hörten und zehn Minuten später erzählten, man läge auf dem Sterbebett.

Eine Viertelstunde später, als Charlotte gerade eine E-Mail abschicken wollte, fiel der Strom aus. Sie sah im Sicherungskasten nach, legte den Schalter um, wo anscheinend die Sicherung rausgeflogen war, und probierte alles Mögliche aus. Nichts half. Sie zog die Stecker sämtlicher Geräte im Büro heraus, steckte dann einen nach dem anderen wieder ein und verfluchte die Technik, als die Sicherung erneut heraussprang. Die Elektrik im Büro war von Anfang an unzuverlässig gewesen, und Charlotte hatte es immer wieder aufgeschoben, Finn, den Elektriker, kommen zu lassen, denn sie hatte den Verdacht, dass alles neu verkabelt werden musste. Das kleine Büro hatte früher einmal als Außenstelle von Gut Applemore gedient, hier hatte der Gutsverwalter Miete und Pacht von Farmern und Landarbeitern entgegengenommen, damals, bevor die Familie Fraser große Teile der Ländereien verkaufen musste, um die Erbschaftssteuer bezahlen zu können. Dann hatte das Büro viele Jahre lang leergestanden und war vernachlässigt worden, bis Charlotte irgendwann beschlossen hatte, dass sie ihre Firma nicht mehr vom

Küchentisch aus leiten durfte, denn sie war so ein Arbeitstier, dass sie morgens um sechs schon im Bademantel mit einer Tasse Tee vor ihren E-Mails saß und abends nach dem Essen bei einem Glas Wein ihre Website aktualisierte. Jetzt schickte sie Finn eine WhatsApp, dass sie den Schlüssel zum Büro in der Tierarztpraxis hinterlegen und sich sehr freuen würde, wenn er sich die Elektrik schnell mal ansehen und hoffentlich auch schnell reparieren könnte. Sie suchte ihre Sachen zusammen, packte sie in den Land Rover und ging dann am Hafen entlang zur Praxis. Nero zockelte hinter ihr her.

»Hallo, mein Guter«, sagte Megan, die Helferin, zu Nero, als Charlotte mit ihm hereinkam. Sie deutete auf ein Schälchen mit Hundekeksen auf ihrem Schreibtisch. »Darf er einen?«

»Er würde alle verschlingen, wenn du ihn lassen würdest«, sagte Charlotte mit einem Nicken. »Kann ich diesen Schlüssel bei dir lassen? Die Elektrik im Büro macht Probleme, und ich hab so viel zu tun, dass ich nicht warten kann, bis Finn kommt.«

»Klar, lass ihn hier.« Megan nahm den Schlüssel entgegen und legte ihn in eine Schublade. »Ich wollte dir heute sowieso eine Mail schreiben. Es ist Zeit für Neros alljährliche Spritzen. Wollen wir jetzt gleich einen Termin machen?«

Damit konnte sie wieder etwas auf ihrer To-do-Liste abhaken, dachte Charlotte, als sie mit Nero zum Midsummer House zurückfuhr. Es kam ihr immer noch merkwürdig vor, nicht zu ihrem kleinen Cottage aus dem Dorf hinauszufahren, sondern in die Gegenrichtung zu Frances' Anwesen.

Das Wetter hatte sich gehalten, obwohl der Wetterbericht etwas anderes vorhergesagt hatte, und sie ließ das Fenster herunter, um frische Luft zu schöpfen. Trotz der Arbeit, die auf sie wartete, fuhr sie in gemütlichem Tempo und bewunderte das üppige Grün der Hecken und den Wiesenkerbel, dessen Dolden wie weißer Schaum den Fahrweg zu ihrem jetzigen Zuhause säumten. Jimmy junior, der achtzehnjährige Sohn von Jimmy senior, tuckerte in einem funkelnagelneuen Massey Ferguson, der sein ganzer Stolz war, über seine Wiese. Im Anhänger standen schwarzweiße Kälber, anscheinend brachte er sie auf eine neue Weide. Als Charlotte anhielt, um das Tor zu öffnen, winkte er ihr aus der Traktorkabine zu.

Von Robs Range Rover war nichts zu sehen. Das versetzte Charlotte einen kleinen Stich, aber sie schalt sich innerlich wegen dieses albernen Anflugs von Enttäuschung. Sie stellte den Laptop auf den Küchentisch und machte sich an die Arbeit. Wenn sie fertig war, versprach sie sich, würde sie sich eine Stunde frei nehmen, um das Haus einmal gründlich zu inspizieren und sich zu überlegen, was nötig war, damit man es an Feriengäste vermieten konnte. Jetzt jedoch musste sie unbedingt die Zahlen rüberschicken, bevor der Steuerberater ihr aufs Dach stieg.

Sie war so in ihre Berechnungen versunken, dass sie den Range Rover nicht hörte und bei Neros Begrüßungsgebell vor Schreck fast vom Stuhl fiel.

Als Rob in die Küche kam, hatte sie sich einigermaßen wieder gefasst. »Ich war völlig in die Arbeit vertieft«, sagte sie, als er sie begrüßte.

Er blickte auf den Laptop. »Arbeitest du häufig zu Hause?«

Charlotte schüttelte den Kopf. »Nein, aber im Büro haben wir gerade ein Problem. Sorry, ich will dir nicht im Weg sein.«

Rob lachte. »Das hab ich doch gar nicht gesagt.«

»Nein, aber …« Charlotte verstummte. Im gleichen Haus zu

leben wie jemand, den sie schlicht umwerfend fand, dabei aber so zu tun, als wäre das nicht der Fall, und ihn sogar zum Ausziehen zu bewegen, damit sie das Haus kaufen konnte, war ... kompliziert. Es half auch nicht gerade, dass er jetzt vor ihr stand und in seinem blauen Sweatshirt, den ausgeblichenen Jeans und den schmutzigen Arbeitsstiefeln einfach verdammt gut aussah. Und seine gebräunten, muskulösen Arme ... Sie zwang sich, wieder auf den Bildschirm zu sehen, und versuchte, sich zu konzentrieren.

»Hab dir was mitgebracht. Du hast doch gesagt, die magst du so gern, und ich war sowieso im Dorf, deshalb –« Er öffnete eine wohlbekannte braune Papiertüte und hielt sie Charlotte hin. Der Duft von Annas traumhaften Brownies mit weißer Schokolade und Himbeeren stieg ihr in die Nase.

»Für mich?« Überrascht griff Charlotte zu.

»Ja. Aber jetzt lasse ich dich lieber weiterarbeiten. Bis nachher.« Er wandte sich ab und ging wieder nach draußen.

Aus dem Augenwinkel beobachtete Charlotte, wie er mit dem Werkzeuggürtel um die Hüften hin und her ging und dann auf eine Leiter stieg, die am Stall lehnte. Offenbar wollte er die Regenrinne wieder befestigen, die sich dort gelöst hatte.

Endlich – eine Stunde später als geplant – war sie fertig und hatte alle Zahlen abgeschickt. Sie stand auf und streckte sich. Der Küchenstuhl war nicht so bequem wie ihr Schreibtischsessel im Büro.

Rob stand auf der Leiter und streckte sich, um oben am Dach etwas festzuhalten. Charlotte seufzte. Es wäre so einfach gewesen, ihrem Verlangen nach diesem Mann nachzugeben – wobei sie allerdings nicht sicher war, ob es ihm genauso ging wie ihr.

Seit dem Abend, an dem er Risotto für sie gekocht hatte, war er jederzeit hilfsbereit und freundlich gewesen, dabei aber auf Distanz geblieben.

Sie beschloss, sich mit der Stunde Freizeit zu belohnen, die sie sich versprochen hatte, und nahm ihren nagelneuen Schreibblock und einen Stift aus ihrer Tasche. Es war ja gut und schön, sich von einem atemberaubenden Mann, der auf ihrem Grundstück herumwanderte, ablenken zu lassen, aber sie musste sich wieder auf ihr Vorhaben konzentrieren. Wie ein Laserstrahl musste sie sich ganz auf ihr Ziel ausrichten – wenn sie ihre Trümpfe klug ausspielte, konnte Midsummer House nächstes Jahr um diese Zeit das Aushängeschild ihrer Firma sein und für weiteres Wachstum sorgen.

Sie machte rasch eine Skizze, um sich besser an ihre Ideen erinnern zu können, wenn sie später mit ihrem Lieblings-Bauunternehmer sprechen würde. Das Wohnhaus stand mitten im Garten und sah aus wie eine Kinderzeichnung von einem perfekten Haus. Der Eingang lag in der Mitte, und rechts und links davon befanden sich symmetrisch angeordnet jeweils vier große Fenster. Die Küche war sehr geräumig und hatte auf zwei Seiten Fenster. Der große alte Aga, die stabilen Eichenschränke und die Arbeitsflächen aus Holz waren schön, ja, aber das alles musste weg – die Feriengäste wollten immer das Gleiche. Die Unterkünfte mussten zwar toll aussehen, aber praktisch und modern siegte stets über urig und altmodisch. Doch, auch der Aga, der sie an ihre Kindheit erinnerte, würde gehen müssen. Für jeden Gast, der die traditionelle Ausstrahlung eines riesigen gusseisernen Herdes liebte, gab es einen anderen, der eine hochmoderne Kochinsel mit selbstreinigendem Backofen verlangte.

Aber vielleicht würde sie den Aga doch stehenlassen und als Kompromiss auch noch eine Kochinsel einbauen? Charlotte notierte sich, dass sie einmal bei der Konkurrenz vorbeischauen und sich ansehen wollte, wie die anderen solche großen alten Küchen einrichteten. Mit einem befriedigten Seufzer ging sie nach oben, um sich einmal gründlich die Schlafzimmer anzusehen.

Es waren sechs große Zimmer, alle mit hohen Decken und schönen originalen Elementen aus dem Entstehungsjahr. Doch von den Stuckrosetten an den Decken hingen altmodische Lampen herab, die natürlich durch etwas Geschmackvolleres ersetzt werden mussten, und die scheußlichen Blümchentapeten musste man herunterreißen und für die Wände ein neutrales Farbschema aussuchen. Dafür, dass Frances eine große Sammlerin gewesen war, waren die Räume im Obergeschoss erstaunlich leer. Wenn erst mal die scheußlichen alten Möbel entfernt, die Teppichböden herausgerissen und die Fußbodendielen abgeschliffen und lackiert waren – Charlotte hob eine Ecke des Teppichbodens an und überzeugte sich davon, dass die Dielen in gutem Zustand waren –, würden die Zimmer super aussehen. Allerdings musste sie sich überlegen, wie und wo sie die Bäder dazu einbauen wollte. Sie verzog das Gesicht und kratzte sich mit dem Stift den Kopf. Dazu würde sie wahrscheinlich eine Baugenehmigung brauchen – sie machte sich wieder eine Notiz –, aber das war nicht zu ändern. Und wo sie gerade daran dachte – sie öffnete die Tür zu dem großen Badezimmer mit der abstoßenden rosa Einrichtung –, das würde man komplett entkernen müssen. Während sie über die Galerie ging, ließ sie die Hand über das seidige Holz des Geländers gleiten. Es war interessant, sich vorzustellen, wie viele Hände im Laufe der Jahre darübergestrichen und es abgenutzt hatten. Charlotte fühlte sich ein wenig an Applemore erinnert, bloß dass dieses Haus hier viel kleiner war. Zum Glück bedeutete das auch, dass die Renovierung deutlich weniger aufwändig sein würde – Lachlan und Rilla hatten einen großen Teil des Geldes, das er aus dem Verkauf seiner Brauerei erhalten hatte, in das alte Gemäuer gesteckt. Anfangs hatte ihr Bruder eine Hassliebe zu ihrem Elternhaus gehabt. Der Gedanke, es zu übernehmen, hatte ihn eher abgeschreckt, aber dann war Rilla wieder in seinem Leben aufgetaucht, und alles hatte sich verändert. Charlotte schüttelte sich – schließlich wollte sie ihre Freizeit nicht mit Tagträumereien vergeuden. Wenn sie nicht aufpasste, würde sie ihre freie Stunde überziehen, und darunter würde dann die Arbeit am späteren Nachmittag leiden. Sie warf einen Blick in die Abstellkammer und musste lächeln. Der kleine Raum war mit Gerümpel vollgestopft. In diesem Kabuff also hatte Frances alles aufbewahrt, was ihr in den anderen Räumen überflüssig erschienen war. Hier standen Kisten aufeinandergestapelt, und unter fadenscheinigen, bodenlangen Blümchenvorhängen lugte ein rosaweißes Stoffkaninchen hervor. Charlotte hob es auf, wischte die Spinnweben ab und setzte es auf eine Kommode. Dabei fiel ihr ein in Leder gebundenes Fotoalbum auf, das aus einer Schublade herausguckte. Sie zog es ganz heraus, legte es vorsichtig neben das Kaninchen und schlug es auf.

Sechzehntes Kapitel

Wäre Rob nicht in Gedanken so sehr mit der Situation mit Charlotte beschäftigt gewesen, dann hätte er sich vielleicht klargemacht, dass man sich besser nicht direkt unter eine verstopfte Regenrinne stellt, wenn man sie gerade repariert. Aber er hatte nicht damit gerechnet, dass sich während seiner Arbeit aus irgendeinem Grund noch weitere Befestigungen lösen würden, sodass das ganze Teil sich auf einmal neigte, mit einem Ächzen absackte und ihn, bevor er aus dem Weg springen konnte, von Kopf bis Fuß mit einem stinkenden Schlamm aus modernden Blättern bedeckte.

Er riss sich das patschnasse Sweatshirt vom Leib, warf es ins Gras und lief ins Haus. Die Haustür war angelehnt, und Nero lag am Fuß der Treppe, sah zu ihm hoch und wedelte träge mit dem Schwanz.

»Ich würde jetzt nicht an mir schnuppern«, sagte Rob, als der Hund sich erhob. »Ich rieche, als hätte ich einen Monat in der Kanalisation gelegen.«

Zum Glück arbeitete Charlotte sicherlich hochkonzentriert in der Küche, sodass sie ihn nicht hören würde, und seinen Geruch würde sie erst recht nicht bemerken. Er ging nach oben, zog sich ganz aus, warf seine Klamotten vor seinem Zimmer auf einen Haufen und war schon auf dem Weg ins Bad, als er ein Geräusch hörte. Instinktiv drehte er sich um.

»Oh.« Blitzschnell versuchte er, mit beiden Händen ein Feigenblatt nachzubilden.

Charlottes Mund bildete ein perfektes O, bevor sie sich eine Hand vor die Augen schlug. »Du meine Güte, tut mir furchtbar leid«, rief sie und zog sich in den kleinen Raum zurück, aus dem sie so unvermutet aufgetaucht war.

»Ich hab nicht –« Rob stand da wie angewurzelt und fand keine Worte.

»Das sehe ich.« Charlotte fing an zu kichern.

»Ich wollte bloß – ich wollte gerade duschen.«

»Hab ich mir irgendwie gedacht.« Sie musterte ihn. »Du hast da irgendwas in den Haaren – sind das Blätter?«

»Lange Geschichte.« Rob verzog das Gesicht. »Jedenfalls ...«, fuhr er fort, denn ihm war nur allzu bewusst, dass er splitterfasernackt vor ihr stand.

»Ja. Tut mir leid. Ich lass dich jetzt duschen gehen.« Charlotte klang, als würde sie einen geschäftlichen Anruf beenden. Sie zog die Tür zu der Kammer hinter sich zu, und Rob flitzte ins Badezimmer.

Als er zehn Minuten später in die Küche kam, stand Charlotte am Küchentisch und beugte sich über ein großes altes Fotoalbum, das aufgeschlagen vor ihr lag. Sie hatte das Haar zu einem niedlichen, etwas strubbligen Knoten aufgesteckt, und einige Strähnen umrahmten ihr Gesicht. Ihr T-Shirt ging nur bis zur Taille, und die Jeans betonten ihren runden Po. In diesen Sachen sah sie viel aufregender aus als in dem schwarzen Kleid und den Highheels, die sie an jenem Abend in Edinburgh getragen hatte.

»Ich hab dieses Album in der Abstellkammer gefunden, und da dachte ich, du freust dich vielleicht darüber.«

»Ja, ich hatte mich schon gefragt, warum du in dem Kabuff

herumkramst. Ich dachte, du sitzt hier in der Küche und arbeitest.« Er stellte sich neben sie und bemerkte erst jetzt das Stoffkaninchen, das neben dem Album saß. Rob hob es hoch, betrachtete es von allen Seiten und setzte es dann neben den Krug mit dem Blumenstrauß, den Charlotte mitgebracht hatte.

»Ich hatte gerade ein Päuschen gemacht.« Sie richtete sich auf, und ihre Augen funkelten vor Vergnügen. »Hab ja nicht geahnt, dass du als Nackedei durchs Haus laufen wolltest.«

»Wollte ich auch nicht.« Rob blickte auf die Fotos hinunter.

»Ich konnte nicht widerstehen.«

»Das ist Frances als junge Frau.« Er deutete auf eine schicke Frau mit einem riesigen Schlapphut und Sonnenbrille. »Ich erinnere mich an das Foto, das stand immer auf dem Kaminsims hier im Wohnzimmer.«

»Ich kann mir gar nicht vorstellen, wie sie damals war.« Charlotte strich langsam mit dem Finger darüber, als könne sie einen Eindruck von der jungen Frau auf dem Foto ertasten.

»Eigentlich habe ich sie gar nicht so gut gekannt. Sie ist ja die Halbschwester meiner Mutter und einige Jahre älter als sie. Die beiden waren sich nicht sehr nah. Ehrlich gesagt, meine Mutter hat gar keine engen Beziehungen.«

Charlotte sah ihn fragend an.

»Bloß zu meinem Vater. Die beiden sind immer sehr für sich geblieben, da kam keiner ran. Ich glaube, das ist auch der Grund, warum sie uns in Internate gesteckt haben, sobald das möglich war.«

»Aua.« Charlotte schüttelte sich. »Das war vermutlich gar nicht schön.«

Rob zuckte die Achseln. »Es war nicht schlimmer und nicht

besser als zu Hause. Meine Eltern sind viel gereist, deswegen wurden wir zu Hause von Kindermädchen versorgt, oder wir kamen zu irgendwelchen Verwandten. Ich kannte eigentlich gar nichts anderes.«

Charlotte blätterte um. Weitere Fotos, von denen eine jüngere, lebhafte Frances ihnen entgegensah.

»Familien sind ein bisschen – na ja, ich finde, jede ist auf ihre Art seltsam. Meinst du nicht?«

»Da hast du wohl recht.« Rob runzelte die Stirn und überlegte. »Und warum bist du ausgerechnet jetzt hierher ins Midsummer House gekommen?«

»Das weiß ich selbst nicht genau.« In den letzten Tagen hatte er bei seinen Arbeiten draußen viel darüber nachgedacht. »Frances war immer gut zu uns, wenn wir in den Ferien hier waren. Ich glaube, Midsummer House gehört zu den wenigen Orten, an denen ich das Gefühl hatte –«, er suchte nach dem richtigen Wort –, »verwurzelt zu sein? Weißt du, was ich meine? Es war ein bisschen wie ein Zuhause, auch wenn wir nur ein paar Mal hier gewesen sind.«

Charlotte nickte. »Ich glaube, mit dem Zuhause ist es kompliziert.« Sie schloss das Album und sah ihn an.

Frances' alte Kuckucksuhr surrte und klickte, und dann schlug sie die volle Stunde, und der Kuckuck schoss aus seinem Türchen und rief. Rob fühlte sich an Emily erinnert, denn die Uhr hatte sie immer fasziniert. Er griff wieder nach dem Kaninchen. Emily hatte es geliebt. Sie hatte es aus einem Schrank gerettet und immer damit geschlafen, wenn sie im Midsummer House gewesen waren. Wenigstens ein kleiner Trost, dachte er, als er es in den Händen drehte.

»Ich glaube, als ich mit Frances gesprochen habe, wurde mir klar, dass ich vielleicht etwas wiedergutmachen könnte.«

»Wiedergutmachen?«

»Na ja, vielleicht eher anders machen? Die ganzen letzten Jahre, seit meinem Schulabschluss, habe ich mich nur um mich selbst gekümmert. Und da dachte ich, jetzt könnte ein guter Zeitpunkt sein, um mal etwas für jemand anders zu tun. Ich bin ja zurzeit nicht gebunden.«

»Aber deine Arbeit? Machst du gerade ein Sabbatjahr oder so was?«

Rob verzog das Gesicht. »Ja, etwas in der Art.«

»Das klingt interessant.« Sie sah mit ihren blauen Augen zu ihm hoch.

»Es ist erstaunlich öde. Ich hatte dir ja schon erzählt, dass ich in meiner Firma auf Risiko gespielt habe und dass das schiefgegangen ist. Wenn du Psychologin wärst, würdest du jetzt vermutlich sagen, dass ich einen Weg aus meinem Job heraus gesucht habe.«

Charlotte betrachtete ihn einen Moment lang, bevor sie antwortete. »Ich würde mir da kein Urteil erlauben«, sagte sie sanft.

»Und warum hängst du so an diesem Haus?« Er wechselte das Thema, aber Charlottes Antwort schien ihn ehrlich zu interessieren.

»Es soll ein Aushängeschild für mein Unternehmen werden, sozusagen das Flaggschiff. Ein Haus wie dieses hier – das könnte superschön werden. Und es wäre das erste Haus, das wirklich mir gehört und nicht mit Gut Applemore verbunden ist. Wahrscheinlich kannst du das nicht nachvollziehen, du hast ja dieses Riesenhaus in Edinburgh.«

»Das klingt nach großen Zielen.«

Charlotte nickte. »Ich glaube, für mich ist Sicherheit wichtig. Und ich möchte etwas Eigenes auf die Beine stellen, nicht immer am Schürzenzipfel von Applemore hängen. Und warum sollte eine Frau nicht ihre Firma vergrößern wollen? Bei einem Mann würde doch niemand was dagegen sagen, oder?«

»Stimmt.« Rob blickte auf das Fotoalbum. Die Aufnahmen erzählten Geschichten, die nur Frances kannte. Sie hatte nie geheiratet, nie Kinder gehabt. Vielleicht plante Charlotte ihr Leben genauso? »Na schön.« Er richtete sich auf und strich sich das noch feuchte Haar aus der Stirn. »Ich gehe mal wieder und versuche, die Regenrinne zu reparieren, der ich vorhin den Rest gegeben habe. Hoffentlich schaffe ich das noch, bevor das Wetter umschlägt. Nachher soll es ordentlich gießen.«

Merkwürdig, dachte Rob kurz darauf, während er die Regenrinne festschraubte, wie ehrgeizig und zielstrebig Charlotte war – sie konzentrierte sich so sehr darauf, zu beweisen, dass sie mehr war als bloß eine der Frasers von Applemore. Aber darin schienen die Schwestern sich ähnlich zu sein – Beth mit ihrer erfolgreichen Gärtnerei und Polly mit dem Hofladen, der ständig expandierte. Und hier war er selbst – jahrelang hatte er sich in der Firma abgerackert, hatte seine Freizeit in vollen Zügen genossen und sich nie gebunden. Und was hatte er jetzt vorzuweisen? Sicher, er hatte mehr Geld auf der Bank, als er ausgeben konnte, dafür hatten große Bonuszahlungen und Provisionen gesorgt, aber weiter gab es in seinem Leben nichts. Was würde Emily wohl dazu sagen, wenn sie noch am Leben wäre?

Siebzehntes Kapitel

Charlotte klappte den Laptop zu und legte sich die Hände ans Gesicht, denn sie spürte wieder, wie ihre Wangen brannten. Aber das Bild von Rob – von dem nackten Mann, der mit den Händen seine Blöße bedeckte und dabei schief grinste – schien sich in die Innenseite ihrer Augenlider eingebrannt zu haben. Sie schüttelte den Kopf. Hör auf damit, sagte sie sich. Er ist hier, weil er seiner alten Tante einen Gefallen tun will, und anschließend verschwindet er wieder aus deinem Leben.

Als sie von ihren ehrgeizigen Plänen gesprochen hatte, hatte er die Flucht ergriffen – merkwürdig, sie hatte die Erfahrung gemacht, dass Männer bei diesem Thema meistens so reagierten. Für sich selbst fanden sie es völlig in Ordnung, die Karriereleiter zu erklimmen und etwas aus ihrem Leben zu machen, aber anscheinend ängstigte die Typen nichts mehr als eine Frau, die nach Erfolg strebte. Das war einer der Gründe, warum sie das Dating komplett aufgegeben hatte. Sie hatte zwar einige kurze Beziehungen mit Männern aus der Umgebung gehabt, aber die suchten einfach eine nette Ehefrau, die mit einem Häuschen und einer Schar niedlicher Kinder glücklich sein und nur allzu gern Kuchen für das Dorffest backen würde und jeden Abend um sechs das Essen auf dem Tisch hätte. Charlotte schnitt ein Gesicht. Das war sie nicht und würde sie auch nie werden. Als junges Mädchen hatte sie schon beschlossen, dass sie genügend eigenes Geld haben würde, um sich alles leisten zu können, was ihr in ihrer Kindheit gefehlt hatte: schöne Kleidung, ein Haus, das weder feucht noch im Winter eiskalt war, und genügend Geld auf der Bank. Beth ging es ähnlich, das wusste Charlotte – als Kind hatte sie möglichst viel Zeit bei ihrer besten Freundin verbracht, weil sie deren winziges, aber warmes und gemütliches Zuhause liebte. Nur Polly schien die Nachteile von Applemore nicht zu sehen – sie liebte das Gut, wohnte jetzt in dem kleinen Pförtnerhaus, führte den Hofladen und hatte damit alles, was ihr wichtig war, direkt vor der Tür.

Rob war zum Anbeißen, da führte kein Weg dran vorbei, aber Charlotte war sich sicher, dass er einfach ein weiterer Mann war, der etwas suchte, was sie niemals sein würde. Sie musste ihre Ziele im Auge behalten. Midsummer House würde ihr gehören, wenn sie fokussiert und beharrlich blieb.

Nach diesem Nachmittag hielt sie sich ein paar Tage von ihm fern. An den nächsten Abenden besuchte sie erst Beth und Jack, die kürzlich zusammengezogen waren. Sie wohnten jetzt frisch verliebt in Beths gemütlichem Farmhaus auf dem Hügel auf der anderen Seite des Dorfes, nicht weit von Applemore House entfernt. Beth war so sehr mit ihrer Arbeit und den Zwillingen beschäftigt, dass sie keine Fragen zu Rob stellte, was Charlotte erleichterte. Nach dem Essen half sie ihrer Schwester, Edward und Lucy zu baden, und dann las sie den beiden Gutenachtgeschichten vor. Nach Schaumbad duftend, kuschelten die Zwillinge sich in ihren niedlichen Schlafanzügen an sie und lauschten hingerissen. Als sie eingeschlafen waren, ging Charlotte nach unten. Jack telefonierte gerade über FaceTime mit seiner Tochter – sie lebte bei ihrer Mutter in Paris, verbrachte die Ferien aber hier bei ihrem Vater. Beth lag mit geschlossenen Augen auf dem Sofa. Jack legte den Zeigefinger auf die Lippen, und Charlotte wurde klar, dass ihre Schwester nach einem anstrengenden Arbeitstag in der Gärtnerei eingeschlafen war.

»Ich finde allein raus«, sagte sie leise und winkte Jack von der Wohnzimmertür zu. »Sag ihr, ich rufe sie morgen an.«

Vorläufig funktionierte die Elektrik im Büro wieder – auch wenn Finn sie eindringlich ermahnt hatte, dass sie, wie sie vermutet hatte, alle Stromleitungen erneuern lassen musste –, und so verabredete sie sich für den nächsten Abend mit Polly zum Essen im Hotel. Harry hatte kürzlich die Speisekarte geändert, denn er hatte einen neuen Koch, der hervorragend Meeresfrüchte zubereitete, und die Schwestern hatten nur einen Tisch bekommen, weil sie gebettelt und ihn zum Lachen gebracht hatten.

»Für euch zwei bin ich jetzt viel zu beschäftigt und zu bedeutend«, sagte er, und dann bat er Phoebe, die stundenweise hinter der Theke arbeitete, einen kleinen Tisch an der Seite für sie einzudecken.

»Du musst anbauen«, sagte Polly mit einem Blick auf das brechend volle Restaurant.

»Ich muss vieles.« Harry wischte den Zapfhahn mit einem Tuch ab und reichte Murdo, einem der Stammgäste, ein schäumendes Bier. Murdo schlürfte genüsslich.

»Nicht schlecht.«

»Ich richte ihm aus, dass du das gesagt hast.« Harry schmunzelte.

»Aber er soll sich bloß nichts darauf einbilden.« Murdo lachte. »Greta ist in der Ginbrennerei sowieso schon seine beste

Kundin. Wenn Lachlan dahinterkommt, dass ich jetzt auch noch ein Fan von seinem Bier bin, wird er größenwahnsinnig.«

»Wer wird größenwahnsinnig?«

Charlotte hörte die Stimme ihres Bruders und drehte sich um. Lachlan begrüßte sie mit einem Grinsen.

»Ich hab gerade zu Harry gesagt, ich will nicht, dass du hochnäsig wirst, wo du jetzt wieder mit dem Bierbrauen angefangen hast.« Murdo lachte in sich hinein.

»Das ist ziemlich unwahrscheinlich«, sagte Lachlan mit einem Blick auf Murdos Glas. »Jedenfalls, solange ich keinen Schlaf kriege, weil das Baby zahnt und ich gleichzeitig zwei Firmen leiten muss. Aber sag mal, was hältst du von dem neuen Bier?«

Murdo trank noch einen Schluck und wischte sich dann mit dem Handrücken Schaum vom Schnurrbart. »Doch, lässt sich trinken. Gut gemacht, mein Junge.«

»Aus deinem Mund ist das ein großes Lob.«

»Der Tisch ist fertig.« Phoebe kam wieder zu ihnen herüber. Sie hatte sich die Haare kanariengelb gefärbt, nur die Spitzen ihres Ponys leuchteten Orange. »Oh, hi, Lachlan. Was macht eure Kitty?«

»Krach«, sagte Lachlan mit einem Augenzwinkern. »Ich hab sie zu Hause bei Rilla gelassen und bin mit der Aufgabe, ein Takeaway zu holen, geflohen. Ist es fertig, Harry?«

»Fast. Noch zwei Minuten.«

»Wann kriegen wir denn eine Einladung zum Besuch des geheimnisvollen Midsummer House?« Lachlan rieb sich beim Sprechen die Augen und schnitt Grimassen, wohl um sein erschöpftes Junger-Vater-Gesicht zu beleben. »Oh Mann, ich bin total kaputt.«

»Das ist gerade etwas kompliziert«, antwortete Charlotte.

Lachlan hob fragend die Augenbrauen.

»Damit meint sie, sie möchte nicht, dass wir ihren heißen Hausgast zu sehen kriegen.« Polly kicherte. Sie griff nach den Getränken, die sie bestellt hatte, ging zu ihrem Tisch und überließ Charlotte das Erklären.

»Da komme ich nicht mit.« Lachlan gähnte. »Was läuft hier gerade?«

»Nur ein Witzchen von Polly, du kennst sie ja. Lange Geschichte – Frances hat mir unerwartet ein kleines Hindernis vor die Nase gesetzt, und zwar in Gestalt ihres Neffen.«

»Ach so, und Polly macht wie üblich ein Drama daraus?« Lachlan nickte. Mittlerweile waren sie alle erwachsen, aber es war interessant, wie klar umrissen ihre Rollen in der Familie weiterhin waren. Polly wehrte sich ständig dagegen, nur als das lustige, klatschsüchtige Baby der Familie angesehen zu werden, ganz egal, wie hart sie arbeitete.

»Du weißt doch, wie das ist, sie ist im Hofladen den ganzen Tag über mit Gavin und Tom zusammen – und die drei verpassen keine einzige Silbe vom Dorfgeflüster. Jetzt finden sie es gerade besonders spannend, denn neulich ist Frances' Neffe im Hofladen aufgetaucht.« Wenn sie distanziert blieb und seinen Namen nicht nannte, würde hoffentlich bei allen der Eindruck entstehen, dass er ihr nichts bedeutete.

Im nächsten Moment jedoch musste sie sich etwas einfallen lassen. Lachlans Essen zum Mitnehmen kam gut verpackt aus der Küche, und sie winkte ihm gerade zum Abschied, als Rob hereinkam.

»'n Abend«, sagte Harry mit einem Nicken. Lachlan blieb

stehen. Charlotte biss die Zähne zusammen. Das konnte peinlich werden! Polly drüben an ihrem Tisch täuschte gar nicht erst Desinteresse vor, sondern richtete sich auf wie ein Erdmännchen. Charlotte warf ihr einen scharfen Blick zu, und die Schwester formte mit den Lippen ein unschuldiges »Was ist denn?«. Dass die Geschwister alle am gleichen Ort lebten, war manchmal eher ein Fluch als ein Segen.

Charlotte atmete tief durch und machte sich auf alles gefasst. Rob begrüßte sie.

»Was möchtest du?«, fragte Harry Rob und warf Charlotte einen merkwürdigen Blick zu. Charlotte, die Harry nur allzu gut kannte, sah kurz zu Boden und entschied sich dann, dass es am einfachsten war, den Stier bei den Hörnern zu packen und es hinter sich zu bringen.

»Rob, das ist mein Bruder Lachlan. Lachlan, das ist Frances' Neffe, er wohnt für ein paar Tage im Midsummer House, weil da verschiedene Reparaturen nötig sind.«

»Schön, dass wir uns kennenlernen.« Lachlan nahm das Essenspaket in eine Armbeuge und streckte Rob die Hand hin. »Ich würde ja gern noch bleiben und mit dir reden, aber wenn ich mit kaltem Essen nach Hause komme, wird meine Liebste nicht begeistert sein. Außerdem besteht die Chance, dass unser Baby schläft und wir gemeinsam eine ganze Mahlzeit zu uns nehmen können, statt in Schichten zu essen.«

»Also, du beschreibst eure Situation so drastisch«, sagte Harry zu Lachlan, »man könnte dich glatt vor eine Klasse mit Teenagern stellen, als Warnung davor, sich fortzupflanzen.«

»Überlegt euch das gut, Kinder«, sagte Lachlan trocken. Er hob die Hand zum Abschied und verschwand.

»Nur ein paar Tage?« Harry blickte von Charlotte zu Rob. »Mir war gar nicht klar, dass du nicht hierbleiben willst.«

Rob sah Charlotte fragend an. »Mir auch nicht.«

»Ich –«, begann sie zu erklären, »sorry, aber –«

»Ihr zwei müsst euch besser absprechen«, sagte Murdo schmunzelnd. »Ihr wisst doch, wie das hier läuft. Wenn du neuerdings in wilder Ehe lebst, Charlotte, dann weiß das innerhalb von fünf Sekunden das ganze Dorf, ist dir das nicht klar?«

Charlotte lachte über seine veraltete Ausdrucksweise. »Nein, Murdo, wir haben nichts miteinander, und wenn ich demnächst höre, dass da diesbezüglich Gerüchte im Umlauf sind, weiß ich, wer sie in die Welt gesetzt hat.«

Rob schien ihr Gespräch sehr komisch zu finden. Er nahm die Speisekarte zur Hand.

»Ach, tut mir leid, wir sind total ausgebucht. Es sei denn, du möchtest an der Theke essen«, sagte Harry, der das bemerkt hatte. »Oder du könntest dich natürlich auch zu Charlotte und Polly an das Tischchen da drüben setzen.«

Charlotte riss kurz die Augen auf, um dem nichtsahnenden Harry zu übermitteln, dass sie ein Dinner zu dritt alles andere als ideal fand.

»Nein, natürlich nicht, ich esse an der Theke«, sagte Rob kopfschüttelnd.

»Setz dich gerne zu uns«, sagte Charlotte in der Hoffnung, dass er ihre Einladung nicht annehmen würde. Polly hatte unheimlich gute Antennen, wenn es um Herzensangelegenheiten ging, und außerdem wollte Charlotte auf keinen Fall die Gerüchteküche des Dorfes anheizen. Murdos Frau Greta organisierte in Applemore vom Sommerfest über die monatlichen

Versammlungen des Dorfverschönerungsvereins bis hin zum Quiz sämtliche Aktivitäten, und sie würde ihren Mann sicherlich über seinen abendlichen Besuch im Pub ausquetschen, wenn er nach Hause kam. Charlotte hoffte bloß, dass Murdo sich noch ein weiteres Bier genehmigen und alles vergessen würde, was er gehört und gesehen hatte.

Polly saß an dem kleinen Tisch, hatte das Kinn in die Hand gestützt und sah erwartungsvoll zu Charlotte hinüber.

»Also?« Sie setzte sich zu Polly, griff nach einem Bierdeckel und ließ ihn auf dem Tisch kreiseln.

»Deine Spielerei zeigt, dass du aufgeregt bist.«

»Ich bin nicht aufgeregt.« Charlotte war es unangenehm, dass sie mit dem Rücken zu Rob saß, während Polly ihn direkt ansah. Jetzt winkte sie ihm zu.

»Polly«, zischte Charlotte. Ihre Schwester sah sie mit unschuldiger Miene an.

»Charlotte?«

»Was machst du denn da?«

»Ich?« Polly zuckte leicht mit den Schultern. »Ich winke deinem Hausgast zu.«

»Rob ist nicht mein Hausgast. Wir haben nichts miteinander zu tun.«

Charlotte nippte an ihrem Getränk, verschluckte sich dabei und musste husten, bis ihr die Tränen kamen. Polly machte währenddessen ein äußerst geduldiges Gesicht, so als hätte sie nichts anderes zu tun, als die Antwort ihrer Schwester abzuwarten.

»Außerdem reist er wahrscheinlich bald ab«, fügte Charlotte hinzu, nachdem sie sich beruhigt hatte.

»Und das soll ich dir glauben? Als der Mann neulich in den Hofladen kam, hab ich bloß gedacht, wow, der helle Wahnsinn. Er hat sich im Café was zu essen bestellt, und Tom und Gavin konnten es kaum erwarten, mir zu erzählen, dass dieser attraktive Typ niemand anders war als dein komischer Besuch.«

»Er ist nicht mein –«, setzte Charlotte an.

»Ja, ja.« Polly hob die Hand. »Semantik. Egal. Kein Wunder, dass du bisher so diskret warst. Du wohnst also mit ihm zusammen, und jetzt willst du mir weismachen, dir wäre nicht aufgefallen, wie gut er aussieht? Nicht zu fassen. Manchmal bringst du mich wirklich zum Verzweifeln.«

»Er ist eher nicht mein Typ.« Charlotte zuckte mit der Schulter.

»Quatsch.« Polly kippte ihren Drink hinunter. »Ich gehe jetzt rüber und begrüße ihn.«

»Das tust du nicht.« Charlotte warf ihr einen warnenden Blick zu, und in diesem Moment trat Phoebe an den Tisch.

»Seid ihr schon so weit? Möchtet ihr bestellen?«

»Ja, bitte«, sagte Charlotte rasch. »Ich nehme noch eine Cola light, und für Polly auch noch mal das Gleiche. Und zum Essen für mich Hummer und Pommes. Und für dich, Polly?«

Polly öffnete den Mund, schloss ihn wieder, warf Charlotte einen bösen Blick zu und sagte dann: »Für mich bitte auch, Phoebe.«

»Kommt sofort«, sagte Phoebe fröhlich.

»Du bist so eine verdammte Spaßbremse«, murmelte Polly.

»Und du bist ein übergriffiger Albtraum.«

*

»So was Blödes«, sagte Charlotte am nächsten Morgen, als Rob in die Küche kam.

»Dir ebenfalls einen schönen guten Morgen.« Er ging zum Aga und schnitt ein paar Scheiben von dem Sauerteigbrot ab, das er im Hofladen gekauft hatte. »Für dich auch?«

»Ja, bitte.«

Er packte die Scheiben auf das Toastgitter, legte es auf die Kochplatte des Aga, schloss den Deckel und wandte sich dann Charlotte zu. »Was ist denn los?«

»Ich muss heute zu einer Besprechung ins Dorf. Normalerweise würde ich Nero mit ins Büro nehmen und ihn da einfach bei Fiona lassen, aber sie muss heute Vormittag zum Zahnarzt, und ich will ihn nicht im Auto lassen, weil ich vielleicht länger weg bin. Heute soll es heiß werden.«

»Und wenn ich ihn so lange nehme?« Rob hob den Deckel und drehte die Toastscheiben um.

Charlotte sah zu Nero hinüber, der auf seinem gewohnten Platz auf der Matte vor dem Aga lag und wie ein Schwamm die Hitze aufsaugte. Hunde waren ja angeblich gute Menschenkenner, und Nero hatte Rob sofort sympathisch gefunden.

»Wenn dir das wirklich nichts ausmacht – es würde mir das Leben sehr erleichtern.«

»Ist völlig in Ordnung. Ich muss noch mal Nägel und so was besorgen. Und bei mir mitzufahren ist kein Problem für ihn?«

»Er liebt Autofahren. Allerdings wird dein blitzblanker Wagen danach nicht mehr ganz so edel aussehen.«

Rob zuckte die Achseln. »Ist mir so was von egal. Wir beiden Kerle machen heute einen schönen Ausflug.«

Achtzehntes Kapitel

»Also nur wir zwei, mein Freund«, sagte Rob und pfiff nach Nero. Er hatte eine Liste geschrieben – und dabei in sich hineingelacht. Charlotte färbte auf ihn ab. Er öffnete die Autotür, und Nero sprang auf den Beifahrersitz. Rob fuhr durch das Tor, sprang aus dem Wagen und wollte es wieder schließen. Doch als er es anhob, um es zuzuschieben, ächzte und knackte es, die oberste Strebe splitterte, und das ganze Ding drohte auseinanderzubrechen.

Während er noch ratlos dastand, hörte er das Dröhnen eines Quadmotors. Er drehte sich um. Es war der junge Farmer, dem er bei seiner Ankunft begegnet war und der ihm klargemacht hatte, dass er sein Verhalten auf der einspurigen Straße reichlich unangemessen fand. Seitdem hatte Rob ihn mehrmals gesehen, wenn er auf den Feldern um Midsummer House herum arbeitete, und jetzt wappnete er sich gegen einen Hagel von nicht besonders schmeichelhaften Worten über Städter, die nicht mal ein Tor schließen konnten. Der Motor wurde abgestellt, und der junge Quadfahrer musterte ihn. Neben ihm saß mit hängender Zunge ein schwarzweißer Hütehund.

»Das sieht nicht gut aus, was?«

»Es hat jedenfalls bessere Tage gesehen.« Rob hielt immer noch das Tor fest und überlegte, wie er es notdürftig flicken könnte.

»Ich hab hier hinten drin Ballenband, damit können wir es provisorisch reparieren.«

»Super!«, sagte Rob überrascht. »Danke, das hilft mir sehr.«

Gemeinsam umwickelten sie die Strebe an der Bruchstelle mit dem dicken Plastikband, sodass das Tor wieder einigermaßen stabil und vor allem ziegensicher war. Der junge Mann stemmte die Hände in die Hüften, als sie ihr Werk betrachteten. Sein Gesicht wirkte viel älter.

»So geht es erst mal«, sagte er. »Übrigens, ich bin Jimmy. Genauer gesagt Jimmy junior. Mein Dad heißt auch Jimmy.«

»Rob.« Er streckte ihm die Hand hin, und Jimmy schüttelte sie kräftig.

»Hab dich an dem Zaun auf der anderen Seite von der Obstwiese arbeiten sehen. Ist ganz ordentlich geworden«, bemerkte Jimmy.

Rob nickte dankbar. Er hatte den Eindruck, dass das ein großes Lob war.

»Und ich sehe, dass dein schickes Auto inzwischen auch ein paar Dreckspritzer abgekriegt hat. Sieht nicht mehr so aus, als würde es hier nicht hingehören. Anfangs hat man sich ja gefragt, was der Wagen hier soll.« Er trat an den Range Rover und schaute durchs Beifahrerfenster. Nero sah ihn an. »Cremefarbenes Leder. Cool.«

»Nicht sehr praktisch fürs Landleben«, räumte Rob ein.

»Nee, aber ich hätte trotzdem nichts dagegen, so einen zu fahren.« Jimmy nickte kurz. »Irgendwann vielleicht. Bis dahin muss ich noch ein paar mehr Kühe verkaufen.«

Rob grinste. Er freute sich maßlos über dieses Zeichen der Anerkennung von dem jungen Farmer. Schon seltsam, dass ihm so kleine Dinge jetzt wichtiger waren als die Millionen-Deals, die er früher in der Firma abgeschlossen hatte.

Auf dem Rückweg vom Baumarkt hielt Rob im Dorf an. Nero hatte sich den ganzen Vormittag engelhaft benommen, aber jetzt streckte er den Kopf aus dem Fenster, und ohne ersichtlichen Grund bellte er aufgeregt. Rob genoss es, dass er tun und lassen konnte, was er wollte, und so beschloss er, richtig zu parken und mit Nero einen Rundgang durchs Dorf zu machen. Er schlenderte ein Stück die Dorfstraße entlang und guckte gerade in das Schaufenster des kleinen Buchladens, als Nero ihm die Leine aus der Hand riss und auf eine ältere Frau mit kurzem, rotgefärbtem Haar zuraste. Rob sprintete hinter ihm her, aber Nero hatte sich schon auf die Hinterbeine gestellt, der Frau die großen Pfoten auf die Schultern gelegt und versuchte gerade, ihr die Nase abzulecken, wobei er ihre überdimensionale Brille verschob. Rob packte die Leine und zerrte daran, bis Nero wieder auf allen vier Pfoten stand. »Tut mir furchtbar leid«, sagte er, aber die Frau schien sich köstlich zu amüsieren.

»Keine Sorge«, sagte sie kichernd und zauste Neros goldene Löwenmähne. »Nero und ich sind alte Freunde.«

Rob stieß einen Seufzer der Erleichterung aus. »Da bin ich aber froh. Wenn Sie keine Hundefreundin wären, hätte das ein Schock für Sie sein können.«

»Ich bin Joan«, sagte die Frau. »Wie gesagt, diese kleine Fellnase und ich, wir kennen uns schon lange.«

Als *klein* würde ich ihn ja nicht gerade bezeichnen, dachte Rob. Nero war einer der größten Golden Retriever, die er je gesehen hatte.

»Ich war dabei, als Charlotte ihn aus dem Tierheim geholt hat. Damals sah er nicht so proper aus. Wissen Sie, nicht jeder würde einen älteren Hund nehmen. Charlotte ist ein gutes Mädel.«

»Das stimmt.« Rob fragte sich, wer diese Frau sein könnte.

»Ich bin eine Freundin der Familie«, fuhr Joan fort, »ich war bei den Frasers Haushälterin, als die Kinder klein waren. Aber das ist schon lange her, zwei haben ja jetzt selbst schon Kinder. Damals war ihre Mutter nicht mehr da und konnte sich nicht mehr um sie kümmern, deshalb – ja, ich betrachte mich gern ein wenig als Mutterersatz für die Geschwister.«

»Charlotte hat mir erzählt, dass Sie wie eine Mutter für sie waren.« Jetzt erinnerte Rob sich.

»Wie auch immer, mir scheint, alles ist im Wandel. Ich hab Verwandte unten im Süden besucht und komme wieder und sehe, dass Charlotte sich in meiner Abwesenheit einen gutaussehenden Hundesitter geangelt hat.« Joan warf ihm einen verschmitzten Blick zu und fing an zu lachen.

»Ich bin kein Hundesitter«, sagte Rob.

»War auch nicht ernst gemeint. Ich hab eben Greta im Minimarkt getroffen, und sie hat mir erzählt, dass Sie Frances' Neffe sind. Wie ich höre, wohnen Sie jetzt mit Charlotte zusammen.«

»Charlotte hat gesagt, dass Klatsch und Tratsch sich hier im Dorf rasend schnell verbreiten.« Rob hoffte, dass Joan einen Scherz gemacht hatte.

Joan sah ihn mit einem Augenzwinkern an. »Ich mache doch bloß Spaß. Gehen Sie in diese Richtung?«

Rob nickte. Er mochte Joan und ihren etwas trockenen Humor. »Sie auch?«

»Ja.« Sie lächelte zufrieden. »Es wird meinem Ruf nicht schaden, wenn ich am Arm eines so gutaussehenden jungen

Mannes gesehen werde. Allerdings wird George vermutlich etwas dazu zu sagen haben, wenn er nachher aus Aberdeen kommt.«

Rob ging langsam weiter, denn Joan musste zwei Schritte machen, während er mit seinen langen Beinen bloß einen brauchte. »Und was führt Sie nach Applemore?«

Joan war so freundlich, und sie stellte ihre Fragen so behutsam, dass Rob ihr nichts verschwieg. Bevor er sich's versah, hatte er ihr die ganze Geschichte erzählt – von seinem Ärger in der Firma und dass er freigestellt worden war, von seinem erfolglosen Versuch, sich in Südafrika zu vergessen, und – das überraschte ihn am meisten – von Emilys tödlicher Krankheit.

»Es ging so schnell.« Er verzog das Gesicht, als er sich erinnerte, wie er ins Büro seines Hausvaters gerufen wurde und sich setzen sollte. Als die Schulsekretärin ein Tablett mit Tee und Keksen brachte, was normalerweise den angesehensten Eltern oder anderen Gästen vorbehalten war, hatte er geahnt, dass etwas nicht stimmte.

»Als ich dann saß, hat der Hausvater gesagt, sie hätten bei Emily – na ja, ein kleines Problem festgestellt. Aber es war kein kleines Problem, es war Leukämie. Sie kam zur Behandlung in die Klinik, aber da wurde schnell klar, dass man nichts mehr für sie tun konnte.«

»Und Sie konnten nicht hinfahren und sie besuchen?« Joan schüttelte den Kopf. »Das ist furchtbar schade.«

»Ich glaube, meine Eltern hielten es für das Beste, ganz normal weiterzuleben. Das hätte vielleicht funktioniert, wenn wir als Familie enger verbunden gewesen wären, aber meine Eltern – ach, sie haben uns Kinder immer auf Abstand gehalten.«

»Und bevor das passiert ist, haben Sie mit Ihrer Schwester die Sommer hier in Applemore verbracht?«

Rob nickte. »Unsere Ferien im Midsummer House kamen einer normalen, sorglosen Kindheit am nächsten. Daher bin ich auch seitdem nicht mehr hier gewesen – ich hab es nicht über mich gebracht, die Orte wiederzusehen, an denen wir in dem Sommer vor Emilys Tod zusammen waren.«

»Und Sie hatten in dem Sommer keine Ahnung, dass es Ihrer Schwester nicht gutging?«

»Ich hab es erst im Nachhinein begriffen. Emily war oft müde. Vorher war sie eine Frühaufsteherin gewesen, und in dem Sommer kam sie manchmal erst gegen Mittag aus dem Bett. Aber Frances sah das ganz entspannt. Sie sagte, wir könnten tun und lassen, was wir wollten, denn das dürften wir sonst ja nie.«

»Ich vermute, sie hat sich mit Ihrer Mutter nicht so gut verstanden?«

»Die beiden sind immer höflich miteinander umgegangen, aber sie waren sich nie richtig nah. Meine Eltern haben eigentlich gar keine engen Beziehungen. Sie treten immer nur zusammen auf. Eigentlich wäre ich danach gern wieder hergekommen, aber es hätte mich nur an meinen Verlust erinnert.«

»Und nach dem Sommer ist Ihre Schwester wieder in die Schule gegangen, und Sie haben sie nicht wiedergesehen?«

Rob schüttelte den Kopf. »Die Eltern haben eine Behandlung ausprobiert, die ein Vermögen gekostet hat – dazu sind sie mit Emily nach Kansas geflogen, sie wollten einfach alles versuchen.«

»Ihre Eltern haben sich auf ihre eigene Weise um Ihre Schwester gekümmert«, sagte Joan nachdenklich.

»Sie wollten das Problem mit Geld lösen, das haben sie immer so gemacht«, sagte Rob. Es klang bitter, aber er konnte seine Gefühle nicht verbergen. »Jedenfalls nahmen sie Emily anschließend mit nach Hause, und ich wollte übers Wochenende hinfahren und sie sehen, aber bevor ich ankam, ist sie gestorben. Unerwartet schnell. Die Eltern glauben, dass die Behandlung ihr eher geschadet als genützt hat.«

»Du Armer«, sagte Joan und drückte ihm den Arm. »Es ist doch in Ordnung, wenn wir uns duzen? Du gehörst ja quasi zu uns …« Sie standen auf dem Gras, das am anderen Ende des Dorfes den Sandstrand säumte. Rob schluckte. Dann sah er Joan an und nickte wortlos. »Es hat dich sicher viel Mut gekostet, wieder herzukommen.«

Er machte eine wegwerfende Geste. »Ich hatte das Gefühl, dass ich es Frances schuldig bin. Sie brauchte Hilfe bei einer finanziellen Frage, es ging um Investitionen und so. Und ich dachte, jetzt ist es Zeit, dass ich mich dieser Geschichte stelle und meinen Frieden mit Midsummer House mache. Aber als ich hier ankam, war Frances unversehens alt geworden.«

»Sie ist seit jeher eine Eigenbrötlerin gewesen. Ich weiß, dass Jimmy sich um den Zustand des Hauses Gedanken gemacht hat.«

»Er hat mir heute Morgen geholfen, das Tor zu reparieren.« Rob lächelte bei der Erinnerung daran, dass Jimmy junior ihm nach seiner anfänglichen Abneigung sozusagen den Ritterschlag erteilt hatte.

»Ich glaube, er hatte schon immer eine Schwäche für Frances.«

Verwirrt sah Rob sie an. »Sie meinen – du meinst den alten Jimmy, oder?«

Joan gluckste. »So alt nun auch wieder nicht, vielen Dank. Er ist gut zehn Jahre jünger als ich. Aber ja, ich meine den Vater vom jungen Jimmy. Er hat sein Bestes getan, hat ab und zu mal etwas repariert, wenn Frances es nicht gesehen hat, aber du kennst Frances ja – sie ist ein seltsamer alter Vogel. Wie man hört, war sie immer beleidigt, wenn er versuchte, etwas für sie zu tun.«

»Es gibt wirklich eine Menge zu tun, bis das Haus wieder in Schuss ist.«

»Und du bist der Mann, der das in Angriff nimmt?«

Rob überlegte einen Moment. »Ja, schon möglich. Ich habe keine anderen Verpflichtungen.«

»Und Charlotte wohnt inzwischen auch im Midsummer House? Ich habe das alles verpasst, weil ich unterwegs war, und jetzt komme ich zurück und kapiere überhaupt nicht mehr, was hier vor sich geht.«

»Frances hat entschieden, dass das Haus für sie zu viel Arbeit ist, und dann haben die zwei diesen Plan ausgeheckt. Charlotte soll das Haus und die Tiere hüten, während Frances auf Abenteuerreise ist. Ich glaube, in Wirklichkeit braucht sie bloß ein bisschen Raum, um sich an den Gedanken zu gewöhnen, dass sie sich von dem Haus trennen wird.«

»Und wie geht es ihr unterwegs?«

»Oh, sie genießt das Leben in vollen Zügen. Neulich hat sie mich über FaceTime aus Italien angerufen. Sie hat da ein paar andere alleinreisende Frauen kennengelernt, und sie planen gerade eine Weinprobe in der Toskana.«

»Dann sehnt sie sich nicht mehr nach den Highlands?«

»Überhaupt nicht. Ich wäre nicht überrascht, wenn sie den

Papierkram einfach vom Ausland aus regelt und dann loszieht und Trekking in den Anden macht oder irgend so was Abgefahrenes.« Rob grinste bei der Vorstellung. Frances hatte so lebhaft geklungen, und von der italienischen Sonne gebräunt, hatte sie zehn Jahre jünger ausgesehen.

»Und die Tiere?«

Er schüttelte den Kopf. »Seltsam, die Tiere sind bei ihr anscheinend aus den Augen, aus dem Sinn.«

»Frances war schon immer ziemlich speziell«, sagte Joan sanft.

»So kann man es auch ausdrücken.«

»Ich glaube, sie tut das Richtige. Ich habe zwar durchaus nichts gegen eine nette Kreuzfahrt, aber vielleicht sollte ich einen Schritt weitergehen und ein geriatrisches Auslandsjahr machen.« Joan schnaufte vor Vergnügen über ihren eigenen Witz. Nach einer Weile beruhigte sie sich und tätschelte Rob den Arm. »Jedenfalls, ich finde, du hast das richtig gemacht. Manchmal muss man einen Schritt zurückgehen, um weiterzukommen, wenn du verstehst, was ich meine.«

Rob beobachtete Nero, der sich einen Weg durch die Felsbrocken nach unten gesucht hatte und jetzt zielstrebig auf dem weißen Sandstrand entlangtrabte. Er überlegte.

»Ja, das verstehe ich sehr gut«, sagte er dann.

»Und jetzt kannst du viel freier und unbeschwerter in die Zukunft gehen.«

»Ja, das stimmt wohl.« Auf einmal war Rob verlegen, denn ihm wurde bewusst, dass er einem wildfremden Menschen sein Herz ausgeschüttet hatte. Außerdem kannte Joan Charlotte so gut wie niemand sonst, abgesehen natürlich von ihren Geschwistern. »Aber du sagst Charlotte nichts von unserem Gespräch, oder?«

Joan schüttelte den Kopf. »Kein Sterbenswörtchen. Versprochen.« Wieder drückte sie ihm den Arm, und Rob registrierte erstaunt, dass er einen Moment lang ihre Hand umklammerte.

»Danke. Das weiß ich wirklich zu schätzen.«

»Keine Ursache, Rob«, sagte sie sanft. »Gern geschehen.«

Neunzehntes Kapitel

Charlotte fuhr erst am späten Nachmittag nach Hause. Sie war froh, dass sie Nero nicht mitgenommen hatte, denn die Besprechung war nicht so schnell über die Bühne gegangen wie erhofft, sondern hatte sich immer weiter hingezogen. Ein diensteifriger Mensch vom Tourismusverband hatte nicht nur Protokoll geführt, sondern auch darauf bestanden, dass sie die verschiedenen, endlos langweiligen Risiko-Nutzen-Analysen und die Vorfälle, aus denen man möglicherweise lernen konnte, lang und breit durchgingen. Als es ihr langweilig wurde, im Kopf Bullshit-Bingo zu spielen, hatte sie nur noch aus dem Fenster geguckt. Das Ganze erinnerte sie an die Schule, an die Drei-Stunden-Blöcke Physikunterricht freitags nachmittags. Schließlich jedoch waren sie entlassen worden, und Charlotte war mit einem tiefen Seufzer der Erleichterung zu ihrem Wagen gegangen. Weil Rob so nett gewesen war, den ganzen Tag auf den Hund aufzupassen, wollte sie sich revanchieren und etwas Leckeres zum Abendessen besorgen. Genau, und sie würde sogar ein paar Flaschen Wein kaufen. Auf dem Heimweg hielt sie an einem Hofladen. Sie lächelte bei dem Gedanken an Pollys empörtes Gesicht, falls sie erfahren sollte, dass die Schwester der Konkurrenz die Taschen gefüllt hatte, und suchte köstlich aussehendes Rindfleisch in Rotweinsoße und Kartoffelgratin aus. Beides konnte sie im Aga aufwärmen, während sie duschte und sich ein bisschen zurechtmachte. Sie holperte den Fahrweg zum Midsummer House hinunter und war überrascht, dass Robs

Wagen nicht neben der Auffahrt parkte. Dann kämpfte sie mit dem Tor, das mit ungefähr fünfzehn Metern leuchtend orangem Ballenband umwickelt war. Sie kümmerte sich um die Tiere, füllte in der Futterkammer einen Eimer mit Schafpellets und ging damit ins Paddock, wo sie den Eimer schüttelte, sodass es laut rasselte. Der Ziegenbock und die beiden Ausreißerschafe kamen angerannt, und sie öffnete das hintere Gatter und lockte die drei auf die große Weide mit den Obstbäumen. »Da könnt ihr heute Nacht bleiben«, sagte sie und schloss das Gatter wieder.

Dann ging sie zu den Ponys, steckte den Elektrozaun um, sodass die beiden einen schmalen Streifen frisches Gras bekamen, und gab den beiden Minischweinen in ihrem Pferch am Rand der Obstwiese Futter und Wasser. Sie kratzte ihnen die borstigen kleinen Rücken, sodass die Tiere vor Wonne prusteten. Jenseits des Gemüsegartens scharrten die Hühner in der Erde und gackerten zufrieden. Charlotte musste zugeben, dass sie es trotz ihrer anfänglichen Bedenken jetzt richtig genoss, die Tiere zu betreuen. Es war schön, den Tag so abzuschließen. Vielleicht würde sie die Tiere doch behalten, wenn sie Midsummer House kaufte – sie konnten bei der Vermietung ein schönes Extra sein. Jedenfalls wollte sie darüber nachdenken.

Summend ging sie ins Haus. Sie duschte und schrubbte den penetranten Geruch des jungen Mannes ab, der in der Besprechung neben ihr gesessen und mindestens drei Axe-Bodysprays versprüht hatte, bevor er am Morgen aus dem Haus gegangen war. Sie trocknete sich ab und wischte ein Stück des beschlagenen Spiegels frei. Als sie ihr Spiegelbild betrachtete, entschied sie, dass es nicht schaden konnte, ein wenig Makeup aufzulegen – sodass sie nicht aufgebrezelt, sondern einfach frisch und natürlich wirkte. Sie trug ein wenig getönte Feuchtigkeitscreme auf, verrieb einen Hauch Rouge auf den Wangen und zog mit einem grauen Kajalstift Lidstriche, die sie vorsichtig verwischte. Da, das sollte reichen. Sie kämmte sich und ging in ihr Schlafzimmer, um sich anzuziehen und die Haare trockenzuföhnen.

Eine halbe Stunde später ging sie nach unten und sah aus dem Fenster. Von Robs großem schwarzem Wagen war noch nichts zu sehen.

Sie checkte ihr Handy.

Hab Nero bei mir, stand da, *es wird später.*

Immerhin würde Nero nach all den Abenteuern ordentlich müde sein. Charlotte schob das Essen in den Backofen und schenkte sich ein Glas Rotwein ein. Den brauchte sie nach diesem Tag.

Zwanzigstes Kapitel

Nachdem Rob Joan sein Herz ausgeschüttet hatte, was für ihn ganz untypisch war, fühlte er sich einigermaßen seltsam. Er beschloss, dass ein schnelles Bier im Applemore Hotel und vielleicht auch ein Happen zu essen die Lösung war.

»Noch mal hallo«, sagte Harry. Er war schicker angezogen als sonst, statt des üblichen Poloshirts mit dem Hotel-Logo trug er ein graues Oberhemd, das er in die Jeans gesteckt hatte. »Du siehst aus, als könntest du was zu trinken gebrauchen. Und ich sehe, dass du einen neuen Freund hast?«

»Ein Bier wäre toll, danke. Und ja, ich wollte Charlotte einen Gefallen tun, sie hatte den ganzen Tag eine Besprechung.«

»Ach ja?« Harry nickte. »Klingt nach häuslicher Gemeinschaft. Du bist jetzt also richtig im Midsummer House eingezogen?«

»Überhaupt nicht.« Hätte Rob sich nach dem Gespräch mit Joan nicht so entblößt gefühlt, dann hätte Harrys Bemerkung ihn nicht gewurmt, aber so ... »Ich würde das für jeden tun«, erklärte er.

Im Restaurant war es ruhiger als bei seinem letzten Besuch. Rob setzte sich an einen kleinen runden Tisch am Fenster mit Blick auf die Bucht. Das erste Bier schmeckte ihm so gut, dass er sich ein zweites bestellte.

»Zu Fuß hast du's dann aber ziemlich weit nach Hause«, sagte Harry. Er wischte den Tisch ab, stellte Rob das neue Bier hin und griff nach dem leeren Glas.

»Stimmt.« Rob überlegte. »Aber manchmal braucht man einfach ein paar Drinks, um den Kopf klarzukriegen. Weißt du, was ich meine?«

Harry nickte. »Ja. Wenn dir nach Gesellschaft ist – ich bin in einer halben Stunde frei. Nach dem Tag heute wird es mir guttun, meine Sorgen zu ertränken.«

»Was war denn heute?«

»Ich hatte ein Gespräch wegen der Finanzen. Ist nicht gut gelaufen. Aber deswegen hab ich noch dieses Hemd an.« Harry deutete auf seine Kleidung.

»Ich kann doch ein Taxi rufen und meinen Wagen dann morgen früh abholen, oder?«

Harry prustete los. »So was gibt's hier nicht. Na ja, früher hat Ted Mackay für die alten Damen Taxi gespielt, die in der Stadt einkaufen wollten, aber er hat sich schon lange zur Ruhe gesetzt.«

Rob seufzte. »Dann sollte ich mir das wohl aus dem Kopf schlagen.«

»Aber«, sagte Harry, »du kannst dir hier ein Zimmer nehmen. Ich hatte diese Woche mehrere Stornierungen. Zum Freundschaftspreis, wie wäre das?«

Zwei Stunden später gingen sie von Bier zu Whisky über, und Harry war so weit, dass er Rob seine Sorgen um die Zukunft des Hotels gestand.

»Ich mache die Arbeit hier wirklich gern«, sagte er, als er mit zwei Gläsern und einer Flasche Single Malt von der Bar zurückkam. »Und ich hätte so viele Ideen für diesen alten Kasten. Aber einmal muss ich mit dem Widerstand im Dorf klarkommen, und zum andern muss ich irgendwie Geld auftreiben. In der derzeitigen Situation ist die Bank nicht scharf darauf, mir was zu leihen.«

Rob lehnte sich zurück, faltete die Hände hinter dem Kopf und betrachtete Harry nachdenklich.

»Und was würdest du machen, wenn du genügend Geld hättest?«

»Komm, ich zeig's dir.« Harry stand auf. »Lass unseren Whisky stehen, wir kommen gleich wieder«, rief er Phoebe hinter der Theke zu.

Er führte Rob in sein kleines Büro, wo er frei sprechen konnte. »Das Restaurant ist in dunklen Tönen gehalten, so wie es früher üblich war. Es muss unbedingt renoviert werden, und auch die Möbel – na ja, funktional ist die beste Beschreibung dafür. Und du siehst ja«, fuhr Harry fort, »wir sind trotzdem auch mitten in der Woche gut besucht. Die Leute kommen von überall her, wir haben einfach einen guten Ruf, und jetzt wollen sie natürlich probieren, was der neue Küchenchef kocht. Seine Spezialität sind Meeresfrüchte, und ich befürchte, dass irgendein angesehenes Restaurant ihn abwerben könnte.«

»Das hier ist doch ein angesehenes Restaurant.« Erstens hatte Rob schon mehrmals hier gegessen, und zweitens wusste er, dass Restaurantbesucher schnell untreu wurden – sie kämen nicht in Scharen her, wenn es ihnen im Applemore Hotel nicht schmecken würde. Richtig war allerdings, dass die Räume nach einer Modernisierung tausendmal besser aussehen würden. Das Haus besaß großes Potenzial.

»Ich würde gern die ganze vordere Mauer wegnehmen und durch Glas ersetzen, damit noch mehr Tische Blick auf die

Bucht haben. Aber ich hab keine Ahnung, was die Leute im Dorf dazu sagen würden. Bei jeder kleinen Veränderung hier läuft die alte Garde Sturm.«

»Ich hätte gedacht, sie freuen sich, wenn das Dorf sich weiterentwickelt.«

»Ich glaube, vielen gefällt es einfach so, wie es ist, und sie wollen nicht, dass es sich zu schnell verändert. Aber im Moment sind das sowieso bloß theoretische Überlegungen, denn ich hab kein Geld für größere Veränderungen.«

»Und wie sieht's mit den Zimmern aus?«

»Oh Mann«, Harry fuhr sich durchs Haar. »Das gesamte Obergeschoss schreit nach einer gründlichen Auffrischung – das wirst du sehen, wenn du nachher hochgehst.«

Als sie an der Rezeption vorbei zurück in den Gastraum gingen, fiel Rob auf, dass auch hier eine Modernisierung fällig war – das dunkle Holz und der Teppichboden mit dem Schottenkaro stammten eindeutig aus dem letzten Jahrhundert. Nachdem sie sich wieder gesetzt hatten, schenkte Harry ihm Whisky nach.

»Und was hast du jetzt vor?«, fragte er Rob.

»Nicht viel.« Rob kratzte sich das Kinn und beobachtete Nero. Der Hund hatte es sich gemütlich gemacht, er lag lang ausgestreckt neben der Theke auf dem Teppich und bettelte um Pommes. Ein junges Paar an einem Tisch in der Nähe amüsierte sich über den Hund.

»Hast du mal überlegt, dich anderswo nach einer Finanzierung umzusehen?«

Harry verzog das Gesicht. »Da bin ich skeptisch. Ich will nicht, dass irgendein anonymer Geschäftsmann aus dem Süden hier Geld reinsteckt. Es ist so schon schwierig genug, mit den Dorfbewohnern klarzukommen.«

Rob kam eine Idee.

»Und wenn jemand als Privatmann hier investieren würde?«

»Daran habe ich auch schon gedacht«, räumte Harry zögernd ein.

»Hast du einen Businessplan?«

»Klar.« Harry nickte. »Auf meinem Laptop. Ich hatte ihn zu der Besprechung heute mit, hat mir aber wenig genützt.«

»Zeig mal her.«

Routiniert ging Rob die Zahlen durch. Man brauchte kein Genie zu sein, um zu erkennen, dass dieser Betrieb viel mehr einnehmen konnte als bisher und dass es außerdem Potenzial für eine Erweiterung gab.

»Hast du mal an so etwas wie einen Seafood-Imbiss gedacht? Vielleicht sogar als Foodtruck? Nachdem ich Frances zum Flughafen gebracht hatte, hab ich mir in der Nähe von Inverness von so einem Imbiss was zu essen geholt, und der Laden brummte. Ewig lange Schlangen, dabei haben sie anständige Preise genommen. Du brauchst bloß einen Schuppen oder einen Wagen und jemanden, der das managt. Meeresfrüchte habt ihr hier ja vor der Tür.«

»Keine schlechte Idee.« Harry kratzte sich an der Nase. »Mit den Mietern von Charlottes Ferienhäusern und den Leuten, die zum Naturcamping nach Applemore kommen, hätten wir garantiert schon eine Menge Gäste.«

»Und dann sozusagen die Laufkundschaft, die Touristen, die auf der North Coast 500 unterwegs sind. Ich weiß, dass Applemore nicht direkt an der Route liegt, aber wenn die Leute erst mal wissen, dass hier vorzügliche Meeresfrüchte angeboten werden, machen sie bestimmt gern einen kleinen Umweg.«

Harry schenkte Rob und sich noch einen Whisky ein. Der Alkohol löste den beiden Männern die Zungen, und vor lauter Begeisterung fingen sie an, wild zu gestikulieren.

»Weißt du, was mir schon immer sehr gefallen hat?« Rob staunte selbst über seine Idee. »Das sind diese kleinen Gastropubs, die gutes Essen servieren und außerdem ein paar Zimmer haben. So was könntest du auch auf die Beine stellen. Kauf dir doch irgendwo auf dem Land ein exklusives kleines Restaurant.«

»Meinst du nicht, dass Applemore für eine Gastrokneipe ein bisschen zu abgelegen wäre?« Harry war skeptisch.

Rob machte Platz, denn Phoebe brachte das Essen, das sie bestellt hatten, weil es etwas von dem Whisky aufsaugen sollte.

»Du hast alle erdenklichen Möglichkeiten«, Rob spießte ein paar Pommes auf die Gabel und tauchte sie in die hausgemachte Mayonnaise. »Wow, ist das lecker.«

»Die Möglichkeiten hätte ich nur«, sagte Harry mit einem Blick auf die Meeresfrüchteplatte, »wenn ich Geld hätte, um sie zu verwirklichen. Und das habe ich leider nicht.«

»Und wenn du es hättest?«

»Klar, das wäre der Wahnsinn. Aber falls du nicht irgendwas weißt, was ich nicht weiß, oder draußen neben dem Picknicktisch ein Geldbaum wächst, werde ich niemals das Geld dafür haben.«

»Und da liegst du falsch«, sagte Rob. Seine anfängliche Idee war zu einem Plan geworden.

»Aha?«

»Wie wär's, wenn ich mitmache?«

»Als Investor?« Harry richtete sich kerzengerade auf und sah Rob an. Auf einmal war er ganz ernst.

Rob zuckte die Achseln. »Lange Geschichte. Ich hab Geld auf der Bank – und mehr, als ein Mensch allein verbrauchen kann.«

»Charlotte hat gesagt, du machst irgendwas mit Finanzen?«

»Bin Börsenhändler. Üppige Bonuszahlungen. Außerdem hab ich –« Er verzog den Mund. Wie konnte er es ausdrücken, ohne wie ein Fiesling zu klingen? »– also, sagen wir mal, meine Eltern hatten die Angewohnheit, Geld zu verteilen, wenn andere Eltern ihren Kindern Zuwendung und Zeit schenkten.«

»Autsch.« Harry zog eine Grimasse.

»Mmm.« Rob zuckte mit der Schulter. Er hatte es ja nicht anders gekannt. Das Geld aus dem Treuhandfonds, den er zu seinem einundzwanzigsten Geburtstag bekommen hatte, lag seit fünfzehn Jahren auf der Bank und tat nichts anderes, als sich zu vermehren. Und er hatte Vertrauen zu Harry gefasst. Wenn er es hier einsetzte, war es sinnvoll verwendet. »Also, wenn du dir das überlegen möchtest, ich hätte Interesse.«

»Das brauche ich mir nicht zu überlegen«, sagte Harry begeistert. »Da bin ich sofort dabei, ganz im Ernst!«

Rob grinste und hob sein Glas. Das war ja einfach gewesen. »Dann lass uns darauf anstoßen.«

Als sie mit Planen und Whiskytrinken fertig waren, hatte das Restaurant längst geschlossen. Rob ließ sich in das Hotelbett plumpsen und hatte gerade noch genug Zeit, um zu bemerken, dass hier unbedingt eine neue – und bequemere – Matratze nötig war, dann schnarchte er schon.

Am nächsten Morgen wurde er wach, weil Nero ihm die Nase ableckte und ihn anstupste. Der Hund war ihm nach oben gefolgt und hatte wie ein schweres Gewicht am Fußende des Bettes geschlafen.

»Igitt.« Rob stöhnte. »Du willst sicher raus und pinkeln.«

Nero sprang vom Bett und trottete zur Tür.

Einundzwanzigstes Kapitel

Am nächsten Morgen saß Charlotte am Gartentisch und arbeitete, als ein verkaterter, ziemlich zerknautschter Rob mit Nero auf den Fersen erschien. Der Hund trottete zu ihr herüber und ließ sich mit einem tiefen Seufzer unter die Eberesche fallen.

»Eigentlich müsste ich dich fragen, wo zum Teufel du mit meinem Hund gewesen bist, aber ich vermute mal, dass ihr beiden Rumtreiber bis in die Puppen mit Harry gebechert habt.«

Rob stöhnte. »Als Gastwirt müsste er eigentlich wissen, dass nicht jeder so viel Whisky verträgt wie er.«

»Typisch Harry.« Charlotte musste unwillkürlich lächeln.

»Aber woher weißt du denn, dass ich –« Rob unterbrach sich mitten im Satz. »Aha, das Dorfklatsch-Netzwerk.«

Charlotte nickte. »Fionas Schwester war mit ihrem neuen Freund essen, und da hat sie Harry und dich gesehen, ihr wart ganz in euer Gespräch vertieft, und eine halbe Flasche Whisky hattet ihr schon intus. Das hat sie Fiona erzählt, und Fiona hat mir gesimst, ob ich wüsste, dass mein Hund sich mit euch beiden im Pub einen netten Abend macht.«

»Dann stimmt es also wirklich. Hier ist man ständig unter Aufsicht.«

»Mehr oder weniger. Aber es klingt, als wäre es ein schöner Abend gewesen?«

»Sehr schön.« Rob gähnte herzhaft. »Ich will dir gern alles berichten, aber vorher muss ich noch ein Stündchen pennen, sonst kippe ich aus den Latschen.«

»Da ich jetzt weiß, dass mein Hund heil wieder zu Hause ist«, sagte Charlotte spitz, »muss ich ins Dorf.« Der vergangene Abend hatte sie rechtzeitig daran erinnert, dass sie ihre Beziehung zu Rob auf einer zwar herzlichen, aber rein freundschaftlichen Basis halten musste, daher fragte sie höflich: »Normalerweise würde ich dich um so etwas nicht bitten, aber Blossom sah heute Morgen aus, als wäre sie nicht ganz fit. Könntest du nachher mal nach ihr sehen und mir Bescheid geben, wie es ihr geht?«

»Klaro.« Rob nickte und ging ins Haus.

Charlotte fuhr ins Dorf. Vor ihrem Büro stand ein Lastwagen mit Warnblinklicht, daher fuhr sie weiter und parkte vor dem Minimarkt.

»Das ist ja eine schöne Überraschung!«, sagte Joan, die gerade mit gefüllten Einkaufstaschen den Laden verließ.

»Joan!«, rief Charlotte, und die beiden Frauen umarmten sich. »Ich dachte, du würdest erst Ende der Woche zurückkommen?«

»Ja, aber das Dorf lässt mich einfach nicht los. Ich wollte Greta einen Gefallen tun. Sie fährt doch mit Murdo in Urlaub, und ich hatte ihr versprochen, mich um ihre Katze zu kümmern.«

Joan sah gut aus. Ihr Haar schimmerte dunkelrot, und die fetzige Brille war neu.

»Warum hast du mich denn nicht angerufen? Ich hätte dir das abnehmen können.«

»Ich vermute, du hast mit dem vielen Viehzeug da bei Frances schon genug zu tun.« Joan sah sie vielsagend an. »Und dazu hast du ja auch noch einen menschlichen Gast.«

Charlotte lachte. Gab es in diesem Dorf eigentlich so etwas wie Privatsphäre? Bestimmt hatte Greta Joan am Telefon sämtliche Neuigkeiten erzählt.

»Ich hab immer genug Zeit, um dir zu helfen, das weißt du doch.«

»Du hast mehr als genug auf dem Zettel, du Arbeitstier. Aber du siehst gut aus, meine Liebe. Die offenen Haare stehen dir, das gefällt mir.«

Charlotte strich sich übers Haar. Sie hatte es heute Morgen gebürstet und dann nicht, wie sonst, zum praktischen Pferdeschwanz hochgebunden, sondern es fiel ihr offen über die Schultern.

»Ich würde sagen, das Leben im Midsummer House bekommt dir gut.« Joan kicherte schelmisch. »Na ja, jedenfalls bekommt etwas daran dir gut.«

»Pscht.« Charlotte lachte wieder. »Sonst verpetze ich dich bei Polly, weil du bei der Konkurrenz eingekauft hast.«

»Wehe dir.« Joan drohte ihr mit dem Zeigefinger.

»Unsinn, das tue ich natürlich nicht.«

»So, ich mache mich lieber wieder auf den Weg.« Joan nahm ihre Einkaufstasche hoch. »Ich komme bald mal zu einer Tasse Tee vorbei, dann musst du mir alles berichten. Beth und Rilla haben beide so viel zu tun, dass ich nie auf dem neuesten Stand bin. Da muss ich mich bei dir und bei Polly erkundigen.«

»Das ist schön.« Charlotte drückte Joan ein Küsschen auf die weiche Wange. Sie roch nach der Gesichtscreme, die Joan seit jeher benutzt hatte, und der Duft erinnerte Charlotte an ihre Kindheit und ließ wie immer ein Kaleidoskop von Bildern aus ihren jungen Jahren aufsteigen.

»Überarbeite dich nicht. Arbeit ist nur das halbe Leben, das weißt du doch«, sagte Joan mit einem vielsagenden Blick.

»Nein, da passe ich schon auf.« Charlotte sah der davoneilenden Joan nach. Die ältere Freundin wirkte ein wenig merkwürdig, als wüsste sie etwas, womit sie nicht herausrückte. Oder vielleicht machte sie sich auch einfach Sorgen um die Geschwister? Joan betrachtete sie immer noch als Kinder und hütete sie wie eine Glucke. Allerdings fand Charlotte, dass sie mit ihrem Einzug in Midsummer House bereits kürzergetreten war, hatte sie doch Fiona mehr oder weniger die Leitung der Firma überlassen. Normalerweise hätte sie darauf bestanden, selbst alles bis ins Kleinste zu kontrollieren.

Ihrem Versprechen getreu ließ Charlotte es an diesem Tag mit der Arbeit langsam angehen. Die Sonne schien durchs Bürofenster und erfüllte den Raum mit sanftem gelbem Licht, und alle paar Minuten spazierte draußen jemand vorbei, Touristen, die Eis schleckten, Mütter und Kinder auf dem Nachhauseweg von einem Vormittag im Kindergarten. Schließlich klappte sie den Laptop so heftig zu, sodass Fiona erschrocken zusammenzuckte.

»Ja, sag mal!«

»Sorry.« Charlotte stand auf. »Ich hab genug für heute. Wollen wir uns zu einem späten Mittagessen in den Pub verdrücken?«

»Hab dich lieb«, sagte Fiona. Sie brauchte keine zwei Sekunden, um von ihrem Schreibtisch aufzuspringen und zur Tür zu flitzen. »Das ist die beste Idee, die du die ganze Woche lang hattest.«

»Wir können es ja als Arbeitsessen deklarieren. Ich möchte dir von meinen Plänen für das Haus erzählen.«

»Abgemacht.«

Sie schlossen das Büro ab und spazierten die Straße hinunter zum Hotel. Die Tische draußen waren alle besetzt, daher ging Charlotte hinein.

Harry stand hinter der Theke und trank ein Pint Limonade. Charlotte sah ihn schmunzelnd an. »Na, was macht dein Kopf?«

»Ich bin zu alt, um Whisky zu trinken, wenn ich am nächsten Tag arbeiten muss«, stöhnte er.

»Klingt, als hättet ihr zwei euch ordentlich die Kante gegeben.«

»Wir hatten etwas zu feiern.«

»Tatsächlich?«

»Ich kann jetzt nicht darüber sprechen, aber ich bin verdammt froh, dass dein Rob gestern Abend hier reingeschneit ist.«

»Er ist nicht mein Rob«, protestierte Charlotte. Sie fühlte sich immer noch ein wenig gedemütigt, weil er sie am vergangenen Abend versetzt hatte ... obwohl sie der einzige Mensch war, der wusste, dass sie für Rob und sich ein schönes Abendessen mit Rotwein geplant hatte, nagte das immer noch an ihr. »Außerdem glaube ich, dass er ganz bald wieder nach Edinburgh verschwinden wird.«

»Das glaube ich kaum«, sagte Harry. Er nahm dem Koch ein Päckchen frisch ausgedruckter Speisekarten ab und stapelte sie seitlich auf der Theke. »Nein, ich bin sogar ziemlich sicher, dass er noch viel Zeit hier in den Highlands verbringen wird.«

Charlotte hatte ein merkwürdig flaues Gefühl in der Magengrube. Ihr war sehr schnell klar gewesen, dass Rob sich trotz seiner gegenteiligen Versicherungen im Midsummer House sehr wohl fühlte und bisher offenbar keine Lust hatte, nach Edinburgh zurückzukehren.

Fiona kam kurz herein, um zu sagen, dass sie draußen einen Tisch ergattert hatte. Als Charlotte mit den Getränken kam, sah die Freundin sie mit schief gelegtem Kopf an.

»Alles klar? Du siehst aus, als hättest du gerade erfahren, dass du dir die Gewinnzahlen für die nächste Ziehung notiert hattest, ohne dir einen Lottoschein zu kaufen.«

Charlotte zuckte die Achseln. »Alles okay, bloß – ich hasse diese Warterei.«

»Auf Midsummer House?«

»Genau.« Sie fummelte an einem Holzsplitter am Tischrand herum und zupfte daran, bis er sich abziehen ließ. Dann drehte sie ihn zwischen den Fingern. »Ich bin einfach so auf das Haus fixiert. Das klingt wahrscheinlich blöd.« Sie brach das Stückchen Holz in der Mitte durch. »Ich weiß ja, ich habe großes Glück, dass ich überhaupt in dieser Lage bin.«

Fiona presste die Lippen zusammen und blickte nachdenklich aufs Wasser.

»Das stimmt, ja«, sagte sie dann. »Aber das heißt nicht, dass du dir nicht etwas wünschen darfst. Und ich verstehe vollkommen, dass die Situation für dich heikel ist. Wenn du möchtest, dass ich dir das psychologisch analysiere, kann ich gern –« Sie verschränkte die Arme und blickte Charlotte fragend an.

»Bitte nicht«, sagte Charlotte lachend.

Zweiundzwanzigstes Kapitel

Rob verstand nicht viel von Shetlandponys, aber es war offensichtlich, dass Blossom nicht so frech war wie sonst. Nachdem er drei Stunden auf dem Sofa gepennt hatte, war er zu den Tieren hinausgegangen, hatte den Hühnern zugeschaut und sich überzeugt, dass Geoffrey nicht wieder getürmt war. Blossom stand mit hängendem Kopf in einer Ecke der Ponyweide. Rob stellte sich ans Gatter und beobachtete sie. Ab und zu hob sie ein Hinterbein und trat sich gegen den Bauch, als würde sie dort etwas quälen. Dabei schlug sie heftig mit dem Schweif. Er schwang sich über das Gatter und ging auf sie zu, dabei sprach er leise mit ihr, um sie nicht zu erschrecken.

»Hallo, meine Kleine«, sagte er und kniete sich neben sie. Er zauste ihr den Schopf und hob ihn an, um ihre Augen besser sehen zu können. Sie funkelten nicht so übermütig wie gewohnt. Er streichelte den kräftigen Hals der kleinen Stute. Ihr Fell war ein bisschen feucht, so als hätte sie geschwitzt. Konnten Pferde sich erkälten? Er hatte keine Ahnung. Jo, das andere Pony, knabberte an dem kurzgefressenen Gras vor dem Elektrozaun und sah ihn misstrauisch an. Blossom war immer die zutraulichere von den beiden gewesen, aber jetzt reagierte sie kaum.

»Ich komme in einer halben Stunde wieder und sehe nach dir.« Rob streichelte ihr den Rücken. Sie nickte ganz leicht, als würde sie ihm antworten.

Als er das nächste Mal nach der Ponystute guckte, wirkte sie etwas lebhafter. Zufrieden, dass ihr Zustand sich gebessert hatte, brach Rob zu einem Spaziergang auf, um den Kopf freizukriegen. Er wanderte durch den Wald und freute sich an den Sonnenflecken auf dem Boden, den spätblühenden Rhododendren, die zwischen den Bäumen für Farbtupfer sorgten, und dem Frieden. Nach einer Weile führte der Weg aus dem Schatten des Waldes auf einen mit Felsbrocken übersäten Hang hinaus, der zum türkisfarbenen Meer hin abfiel.

Rob hatte sich gerade auf einen Felsblock gesetzt, als das Handy in seiner Tasche summte.

»Na, gibt's dich noch?«

»Andy!«

»Was läuft denn so bei dir?«

»Nicht viel.« Rob blickte über den Sandstrand auf das Meer hinaus. Ein kleiner Schwarm Austernfischer flog über ihn hinweg, und die Vögel riefen ihr *kiwiep, kiwiep*, an das er sich in den Wochen, seit er im Midsummer House eingezogen war, schon so gewöhnt hatte.

»Du musst dich doch zu Tode langweilen. Wann kannst du deinen familiären Verpflichtungen denn wieder entkommen?«

»Ist schon okay.« Rob wurde bewusst, dass er null Ahnung hatte, wie er das Leben hier oben beschreiben sollte. »Ich bin ziemlich beschäftigt.«

»Ich kann mir gar nicht vorstellen, dass du dir die Hände schmutzig machst.« Andy kicherte. »Du bist doch durch und durch ein Stadtmensch.«

»Du würdest staunen«, sagte Rob.

Andy plapperte noch eine Weile über Neuigkeiten aus der Firma und informierte ihn über frisch abgeschlossene Verträge und das Privatleben der Kollegen. Als eine Pause entstand, wurde Rob bewusst, dass er kaum noch zugehört, sondern über die Neugestaltung des Hotels nachgedacht und sich gefragt hatte, wie es Blossom mittlerweile ging.

»Tut mir leid, Andy«, schwindelte er, »ich glaube, hier war gerade kein Empfang. Ich rufe dich zurück, wenn ich wieder im Haus bin. Hier draußen ist das grenzwertig.«

»Kein Problem«, sagte Andy fröhlich. »Mach's gut.«

Es war merkwürdig, dachte Rob auf dem Rückweg zum Midsummer House, wie weit entfernt sein Leben in der Stadt zu sein schien. Vielleicht lebte er sich tatsächlich hier in den Highlands ein? Bei diesem Gedanken musste er schmunzeln, und auf einmal hatte er ein Bild von Emily im Kopf. Er vermutete, dass sie sich darüber gefreut hätte.

Als er über die Mauer am Ende der Obstwiese kletterte, entdeckte er Charlottes Land Rover hinter seinem Wagen, und gleich darauf sah er sie über den Hof gehen. Die Ponystute trappelte am Führstrick hinter ihr her.

»Ihr geht's nicht gut«, sagte Charlotte, als er näher kam. Sie kniete sich neben Blossom, legte eine Hand auf den Rücken des Ponys und wirkte besorgt. Stirnrunzelnd schob sie die Hand unter Blossoms Mähne.

»Ja, das hab ich vorhin auch gedacht.« Rob hob den buschigen Schopf der kleinen Stute und streichelte ihr die Stirn. »Ich hatte vor, dich anzurufen, aber erst wollte ich noch einmal nach Blossom sehen. Zwischenzeitlich war sie wieder etwas munterer, deswegen dachte ich, sie hat vielleicht bloß etwas Falsches gefressen.«

Charlotte sah zu ihm hoch. »Das kann sein. Aber sie ist nicht von der Ponyweide abgehauen, oder?«

»Nein, und sie hat auch kein zusätzliches Gras gefressen.« Sowohl Frances als auch Charlotte hatten ihm eingetrichtert, dass es für die gefräßigen kleinen Shettys lebenswichtig war, nicht an das üppige Gras heranzukommen, das gleich hinter der doppelten Reihe Elektrodraht wartete. Rob dachte daran, dass Andy ihn gefragt hatte, was er in diesen Tagen so treibe, und während er über den Hof ging, um einen Eimer Wasser zu holen, schüttelte er den Kopf.

»Hier«, sagte er, als er zurückkam. »Vielleicht braucht sie etwas zu trinken?«

Blossom tauchte die Nase in den Eimer, zog dann aber den Kopf fort, als wäre allein die Vorstellung, Wasser zu trinken, unerträglich für sie. So wie für mich, dachte er, als ich nach dem Whisky so verkatert war.

Charlotte stand auf, zog ihr Handy aus der Tasche und scrollte ihre Kontakte durch.

»Könnte sein, dass es eine Kolik ist. Ich rufe die Tierärztin an.« Sie drückte einen Knopf, und gleich darauf hatte sie der Helferin rasch und präzise die Einzelheiten geschildert.

»Sie kommt auf dem Heimweg hier vorbei.«

Blossom stand jetzt geduldig neben ihnen. Ihre Augen waren etwas glasig, als dämmere sie vor sich hin. Dann schwang sie plötzlich den Kopf herum, gegen ihre Flanke, als wolle sie eine Pferdebremse vertreiben. Charlotte spitzte besorgt die Lippen.

»Was passiert denn, wenn ein Pferd eine Kolik kriegt? Ist das einfach wie Bauchweh?«

Charlotte nickte. »Aber es kann auch gefährlich werden. Wir dürfen sie jetzt nicht allein lassen, jedenfalls nicht, bis die Tierärztin kommt. Ich bleibe bei ihr, keine Sorge. Schließlich soll ich mich hier um die Tiere kümmern.«

»Das ist doch albern. Ich mache mir auch Gedanken um Blossom. Bleib du hier draußen, ich koche uns Kaffee.«

»Danke.«

Kurz darauf kam Rob zurück. Charlotte hatte Blossom in den kleinen Stall geführt. Jetzt saß sie auf einem Strohballen und hielt den Führstrick, der am Halfter des Ponys befestigt war, in der Hand.

»Hier, bitte schön.«

Sie sah dankbar zu Rob hoch, als er ihr den Becher reichte, und rutschte dann ein Stückchen zur Seite, um ihm auf dem Strohballen Platz zu machen. Er setzte sich neben sie und sah zu, wie sie mit geschlossenen Augen trank. Ihre Wimpern bezauberten ihn, es waren die schönsten Wimpern, die er je gesehen hatte. Als sie ihn dabei ertappte, dass er sie beobachtete, legte sie den Kopf schräg und lächelte schwach.

»Was ist?«

»Ich denke gerade, dass du nach der Arbeit erschöpft sein musst. Du gönnst dir nie eine Pause.«

»Müßiggang ist aller Laster Anfang, heißt es doch, oder?« Sie trank noch einen Schluck Kaffee. »Der tut gut.«

»Befürchtest du etwa, dass du Dummheiten machen könntest, wenn du nicht arbeitest?«

»Vielleicht.« Charlotte ließ den Führstrick los und umfasste den Kaffeebecher mit beiden Händen. »Aber ernsthaft, ich hab einfach so viel zu tun. Irgendwas wartet immer, Social Media, Instandhaltungsarbeiten, Albtraumgäste …«

»Hast du denn keine Hilfe?«

»Doch. Da ist einmal Fiona, sie ist im Grunde meine rechte Hand, und manchmal hilft auch ihre Freundin Mel aus. Und ich habe die Reinigungskräfte und einen Gärtner, der auch viele andere Arbeiten übernimmt.«

»Aber im Herzen bist du ein Kontrollfreak.« Rob schmunzelte. Er wusste nicht, wie sie das aufnehmen würde, aber Charlotte senkte nur ein wenig den Kopf und lächelte selbstironisch.

»Das hast du also bemerkt.« Sie zog die Nase kraus und verdrehte die Augen zum Himmel.

»Ich kenne niemanden, der so viele Listen schreibt wie du.«

»Ich mag Listen«, protestierte sie. »Ich könnte sogar so weit gehen zu sagen, dass ich Listen liebe.«

»Und das ist dein voller Ernst, ich weiß.« Rob stieß sie mit der Schulter an. »Vermutlich gibt es ein Programm zur Entwöhnung von Listen, zwölf Schritte für anonyme Listenschreiber. Ich google gleich mal.«

Er tat so, als wollte er sein Handy zücken.

»Sehr witzig.«

Sie schwiegen eine Weile, tranken Kaffee und beobachteten Blossom. Sie beschnupperte das Stroh auf dem Stallboden, und dann sah es kurz so aus, als wolle sie in den Vorderbeinen einknicken.

»Oh nein, nicht hinlegen.« Charlotte sprang vom Strohballen auf und zog am Führstrick, sodass Blossom den Kopf heben musste. Dann ging sie rasch ein paar Schritte, und dem Pony blieb nichts anderes übrig, als ihr zu folgen.

»Was ist denn?«

»Wenn sie sich wälzt, kann das richtig gefährlich werden.

Ich weiß nicht viel über Koliken, aber ich hab das als Mädchen mal in einem Pferdebuch gelesen.«

»Merkwürdig.«

»Ich glaube, dann können ihre Gedärme sich verdrehen oder so. Und das wollen wir auf keinen Fall. Hoffentlich kommt die Tierärztin bald.«

»Ich halte mal nach ihr Ausschau.«

Aber es dauerte noch eine halbe Stunde, bis sie einen Motor brummen hörten. Rob übernahm den Führstrick, und Charlotte verließ den Stall, um der Tierärztin das Tor zu öffnen. Kurz darauf kam sie mit einer rothaarigen, sommersprossigen Frau in schmutzigen Jeans zurück. Sie begrüßte Rob mit einem fröhlichen Lächeln. »Ich bin Thea.«

»Hallo«, sagte sie dann und kniete sich neben Blossom. »Tut mir leid, ich wurde unterwegs von einer kalbenden Kuh aufgehalten. Jetzt lass dich mal anschauen.«

Sie prüfte die Farbe von Blossoms Zahnfleisch, hörte mit dem Stethoskop ihr Herz ab und zählte ihre Atemzüge. Rob warf Charlotte einen Blick zu, und sie zog anerkennend die Augenbrauen hoch.

»Sorry, mein Pferdchen«, sagte die Tierärztin, als sie Blossoms runden Bauch abtastete. Dann steckte sie sich wieder das Stethoskop in die Ohren. Mit hochkonzentriertem Gesicht hörte sie an vier Stellen den Ponybauch ab. »Jetzt will ich noch ihre Temperatur messen«, sagte sie dann.

Rob machte große Augen, als die Tierärztin mit dem Fieberthermometer in der Hand Blossoms Schweif anhob. Wollte sie es der kleinen Stute tatsächlich da hinten hineinschieben?

»Was denn?«, flüsterte Charlotte belustigt.

»Nichts«, gab er genauso leise zurück, nickte aber in Richtung der Tierärztin, die das Thermometer gerade wieder aus dem Hintern der offenbar ganz gelassenen Ponystute herauszog.

»Nicht schlimm«, sagte sie dann, während sie ihre Einmalhandschuhe auszog. »Ich denke, ihr habt das früh genug erkannt. Die Nacht kann noch ein bisschen unangenehm werden, aber dann müsste Blossom wieder fit sein. Ich gebe ihr ein krampflösendes Medikament und ein Schmerzmittel, das sollte reichen.«

»Ganz herzlichen Dank, Thea«, stieß Charlotte hervor. Sie war offenbar viel nervöser gewesen, als sie zugeben mochte. Rob beobachtete, wie sie aufstand und die Ponystute am Halfter hielt, während die Tierärztin ihr die Spritzen gab. Blossom schien die Pikser gar nicht zu bemerken. Vielleicht war sie genauso erleichtert wie Charlotte. Ihre flauschigen schwarzen Ohren spielten, während sie den Menschen zuhörte.

»Brauchen wir sonst noch etwas?«, fragte Rob, als die Tierärztin ihre Instrumente reinigte und wieder einpackte.

»Behaltet sie einfach über Nacht im Auge.« Thea schloss ihren Koffer.

Charlotte konnte wieder lächeln. »Mir war nicht klar, dass du heute kommen würdest, ich hatte mit Fiona gerechnet.« Sie streckte sich, stemmte die Hände auf die Hüften und bog den Rücken durch.

»Das höre ich schon die ganze Woche, von allen. Ich weiß nicht so recht, wie ich es auffassen soll.« Thea grinste.

»Ich glaube, wir sind einfach gewohnt, dass Fiona die einzige Tierärztin in Applemore ist. Ich wusste nicht, dass sie diese Woche Urlaub macht.«

Thea schüttelte den Kopf. »Nein, sie ist nicht im Urlaub, sie wollte ihre Stunden reduzieren. Deswegen arbeite ich jetzt Vollzeit in der Praxis. Mich wundert, dass ihr das noch nicht gehört habt, solche Neuigkeiten verbreiten sich in Applemore doch wie der Blitz. Das war fast das Erste, was Fiona mir beim Vorstellungsgespräch gesagt hat.«

»Das wundert mich auch«, räumte Charlotte ein. »Normalerweise kann man hier nicht mal niesen, ohne dass alle es sofort erfahren.«

»Das kann ich bezeugen.« Rob lachte. »Bei mir ist es gestern Abend im Pub sehr spät geworden, aber noch bevor ich wieder zu Hause war, wusste sie über alles Bescheid.« Charlotte verdrehte die Augen zum Himmel, lachte aber über seine Stichelei.

»Na, so ist das eben, wenn man verheiratet ist.« Thea nahm ihren Koffer, tätschelte Blossom ein letztes Mal den Hals und schickte sich zum Gehen an.

Charlotte warf Rob einen erschrockenen Blick zu. »Nein, nein, wir sind nicht verheiratet«, versuchte sie hastig zu erklären. Sie drückte ihm den Strick in die Hand und folgte Thea aus dem Stall. Rob musste sich ein Grinsen verkneifen. Charlotte war es so wichtig gewesen, dass niemand von ihrer ersten Begegnung Wind bekam, und jetzt hielt die neue Tierärztin sie sogar für verheiratet. Das würde im Dorf sofort die Runde machen.

»Oh, tut mir leid, dass ich das gesagt habe«, hörte er Thea draußen im Hof erwidern. »Ist ja überhaupt nicht zeitgemäß, dass ich automatisch annehme, ein Paar müsste heutzutage verheiratet sein.«

Dreiundzwanzigstes Kapitel

Als Thea losgefahren war, schob Charlotte das Tor zu und sorgte dafür, dass es fest geschlossen war. Sie hoffte, sie hatte der Tierärztin klarmachen können, dass Rob und sie nicht nur nicht verheiratet, sondern überhaupt in keiner Weise verbandelt waren. Allerdings hatte sie ihr so heftig widersprochen, dass sie befürchtete, Thea könnte sie jetzt erst recht als Paar ansehen. Bestimmt würde sie neugierige Blicke ernten, wenn sie nächste Woche mit Nero zum Impfen in die Praxis kam. Sie ging ins Haus, um nach dem Hund zu sehen, und schob den Wasserkessel auf die Kochplatte des Aga. Es würde eine lange Nacht werden, und sie wollte sich den ersten Koffeinstoß verpassen. Sie nahm das Leinentuch vom Sauerteigbrot und schnitt ein paar Scheiben ab. Während das Kaffeewasser heiß wurde, machte sie Toast und bestrich die Scheiben dick mit Butter und Honig.

Als sie mit zwei Kaffeebechern und dem Brot in den Stall zurückkehrte, schien Rob sich immer noch zu amüsieren. Er nahm ihr einen Becher ab, rutschte ein wenig auf dem Strohballen und klopfte auf den Platz neben sich. Rob hatte den Führstrick aus der Hand gelegt und streichelte dem kleinen Pferd die Stirn. Neben dem großen Mann sah sie winzig klein aus. Sie hatte die Augen halb geschlossen und wirkte ruhig und friedlich. Aber sie war eindeutig nicht sie selbst, sonst hätte sie sofort versucht, sich das Brot zu schnappen, das Charlotte Rob jetzt reichte.

»Danke, mein Eheweib.« Rob schlürfte von seinem Kaffee.

»Sehr witzig.«

»Ich komme nicht umhin zu bemerken, dass ich über das auffällige Fehlen meiner warmen Pantoffeln und der Pfeife am Kamin enttäuscht bin. Ich weiß nicht, ob du deine Rolle ernst genug nimmst.«

»Du hast exakt null Chancen, dass das jemals passieren wird.« Charlotte musste lachen. »Wie auch immer«, sagte sie dann, »Thea hat mir noch genaue Anweisungen für die Nacht gegeben. Jemand muss bei Blossom bleiben. Offenbar befürchtet man heute nicht mehr so sehr, dass die Tiere sich hinlegen könnten, aber Thea meint, die nächsten zwölf Stunden sind entscheidend. Deswegen hole ich mir jetzt eine Decke und mache es mir hier bequem.«

Rob schüttelte den Kopf. »Das tust du nicht«, sagte er mit dem Mund voll Brot. »Ich bleibe wach, dann kannst du schlafen. Ist in Ordnung für mich, ich muss ja morgen nicht zur Arbeit und kann ausschlafen.«

Aber Charlotte ließ nicht mit sich reden. Sie hatte Frances versprochen, auf die Tiere aufzupassen, und falls sie schon am ersten Hindernis scheitern würde, könnte die alte Dame das als Vorwand nutzen, um es sich mit dem Hausverkauf anders zu überlegen.

»Kommt nicht in Frage. Ich mach das schon.«

Rob stieß ein halb ärgerliches, halb frustriertes Brummen aus. »Schön, wenn du stur sein willst, halten wir eben beide Wache.«

Charlotte spürte, wie ihr Herz bei der Aussicht, eine Nacht mit ihm zu verbringen, ganz ungehorsam einen Satz machte.

Doch dann wurde ihr klar, dass er vermutlich meinte, sie könnten sich abwechseln. »In Schichten?«

Er schüttelte den Kopf. »Wenn einer von uns einschlafen würde, würde ich mir das nie verzeihen.«

»Du alter Softie.«

»Pscht.« Er lächelte. »Ich hole uns gleich ein paar Decken. Du kannst mir ja deine Lebensgeschichte erzählen, um mich wach zu halten.«

Irgendwo muhte eine Kuh nach ihrem Kalb, und gleich darauf ertönte ein Muhen als Antwort und löste eine ganze Kakophonie aus. Minutenlang erfüllten die Rufe von Jimmy seniors Rindern die Luft, dann war es so plötzlich, wie der Lärm begonnen hatte, wieder still.

Rob bestand darauf, die Runde über den Hof und die Weide zu machen, während Charlotte bei Blossom blieb. Er sah nach den anderen Tieren, fütterte sie und sperrte die Hühner in ihrem Gehege ein, wo sie in den letzten Strahlen der Abendsonne baden konnten.

»Meinst du, wir könnten Blossom mit nach draußen nehmen, damit sie ein bisschen Gras fressen kann?«, fragte er, als er wiederkam.

»Ich wüsste nicht, was dagegen sprechen sollte.« Sie verließen den kleinen Stall. Die Sonne stand tief über den Bergen, und der Hof war in goldenes Licht getaucht. Doch es dauerte kaum zehn Sekunden, bis beide anfingen, um sich zu schlagen.

»Jetzt ist mir klar, was dagegen spricht.« Rob nahm Charlotte an der Hand und zog sie in den Stall zurück. Blossom folgte ihnen missmutig. »Ich hatte vergessen, wie gierig die Gnitzen abends um diese Zeit sind.«

Charlotte spürte noch den Druck seiner Hand. Sie rieb sich das Gesicht, dankbar, dass sie schnell genug geflüchtet waren und die Gnitzen, diese winzigen, blutgierigen Mücken, sie nicht totgestochen hatten.

»Zum Glück haben sie offenbar noch nicht spitzgekriegt, dass wir hier drin sind.«

Er schüttelte das Stroh auf dem Stallboden auf, sodass Blossom ein weiches Bett hatte, falls sie sich hinlegen wollte. Dann holte er einen weiteren Ballen aus dem kleinen Schuppen, schüttelte ihn ebenfalls auf und breitete eine alte Pferdedecke auf dem Strohhaufen aus. Während Charlotte ihm dabei zusah, staunte sie über seine Verwandlung – in wenigen Wochen war aus dem Typ im Maßanzug ein Mann geworden, der sich in zerrissenen Jeans, einem alten T-Shirt und Arbeitsstiefeln sichtlich wohl fühlte.

»Du passt richtig gut hierhin«, sagte sie und setzte sich auf die Decke auf dem Strohhaufen. Es war überraschend bequem.

»Du meinst, obwohl ich ein arroganter Börsenmakler aus der Stadt bin, der nur Designeranzüge trägt?«

»Das hab ich nicht gesagt.«

»War auch nicht nötig.«

Rob setzte sich neben sie, und während er sprach, zerzupfte er Strohhalme. »Als wir Kinder waren, war ich gern hier draußen.«

»Mich hat Midsummer House damals fasziniert. Alle sagten, da würde es spuken, und Frances wäre eine Hexe.«

»Das wundert mich nicht.« Rob verzog das Gesicht. »Bei den vielen seltsamen Teemischungen in ihrer Küche …«

»Von den Kräutern, die sie im Gewächshaus zieht, ganz zu schweigen.« Charlotte kicherte.

»Genau. Ich bin nicht sicher, ob die alle legal sind.«

»Sag so was nicht, sonst steht gleich Dave vor der Tür, das ist unser Polizeiobermeister, und will eine Hausdurchsuchung machen.« Sie beobachtete Blossom, die jetzt frei herumwandern durfte, weil man nicht mehr verhindern musste, dass sie sich hinlegte. Die kleine Stute durchwühlte mit der Nase das Stroh und suchte offenbar etwas Leckeres zu fressen. Das musste ein gutes Zeichen sein. Charlotte setzte sich etwas anders hin und stieß dabei gegen Robs Bein. »'tschuldigung«, sagte sie und zog ihr Bein zurück, als wäre sie gegen einen heißen Gegenstand gestoßen.

»Keine Ursache«, sagte er mit einem Seitenblick.

Sie schwiegen eine ganze Weile. Draußen in der Ferne rief eine Eule.

»Meine Schwester ist sehr gern hier gewesen.«

Charlotte beobachtete, wie er einen weiteren Strohhalm in kleine Stücke riss.

»Wie war sie so?«

Rob bewegte sich ein wenig, sodass sein Bein ihr Knie streifte. Aber er zog es nicht fort, und Charlotte rührte sich auch nicht. »Sie war witzig. Sie hatte einen ganz trockenen Humor – den brauchte man, um meine Eltern zu überleben. Komisch, aber wenn man Geschwister verliert, verliert man die einzigen Menschen, die miterlebt haben, unter welchen Umständen man aufgewachsen ist.«

»Ja, das kann ich mir vorstellen.« Charlotte legte nachdenklich den Zeigefinger an den Mund und fuhr dann fort: »Sorry, das war wirklich blöd, oder? So wie die Leute, die Sätze sagen wie *Ich hab mein Kind heute Abend ganz fest gehalten*, wenn sie hören, dass ein Kind gestorben ist. Wie soll denn so ein Satz Eltern trösten, die ein Kind verloren haben?«

Rob warf die Handvoll zerkleinertes Stroh in die Luft und beobachtete, wie die Stückchen langsam auf den Boden hinunterschwebten. »Ja, ganz genau. Aber nein, es war nicht blöd. Ist ja nicht schwierig, sich vorzustellen, wie man sich fühlt, wenn man jemanden verliert. Du hast deinen Vater verloren, oder?«

»Und meine Mutter. Na ja, das war eher – aber inzwischen ist sie gestorben. Es war alles kompliziert. Aber sie ist lange vor ihrem Tod weggezogen.«

»Das muss schwer gewesen sein.«

»Ja. Ich glaube, ich habe damals die Mutterrolle für die anderen übernommen, obwohl ich erst zehn war. Wir hatten zwar Joan als Haushälterin, aber ich hatte das Gefühl, dass jemand noch auf andere Art für sie da sein musste. Als Familie. Weiß nicht, ob du verstehst, was ich meine.«

»Doch, absolut.« Er sah Charlotte einen Moment lang an. Sie war über die Zärtlichkeit in seinem Blick überrascht und schaute weg, weil in ihr Gefühle hochstiegen, mit denen sie nicht umgehen konnte. »Aber wenn du dich um deine Geschwister gekümmert hast – wer hat sich dann um dich gekümmert?«

Charlotte zuckte die Achseln. »Ich glaube – ich glaube, ich hab einfach weitergemacht.«

»Joan scheint eine nette Frau zu sein.«

»Du hast sie kennengelernt?«

»Ja, seltsam, ich hab sie gestern im Dorf getroffen. Ich war mit Nero unterwegs, und er hat sie erkannt und ist losgerannt, um sie zu begrüßen. Da sind wir ins Gespräch gekommen.«

»Es war ein Glück, dass sie bei uns war. Ich weiß nicht«, Charlotte streichelte Blossom, die gerade zu ihr gekommen war, »ich finde, alle Familien sind ganz schön schräg. Ich hab noch keine kennengelernt, die nicht merkwürdig ist.«

»Meine ist auf jeden Fall schräg.«

»Und der Tod verstärkt das alles noch irgendwie, findest du nicht?«

»Doch, ganz bestimmt. Ich glaube, Emilys Tod war der Punkt, an dem meine Eltern sich einfach vollkommen zurückgezogen haben. Sie waren ja nie richtig präsent, aber danach haben sie sich total ausgeklinkt.«

Charlotte tat das Herz weh vor Mitleid. Sie hatte ihre Eltern verloren, aber die Verbundenheit mit ihren Geschwistern hatte sie aufrecht gehalten – auch wenn sie von Zeit zu Zeit aneinandergerieten. Dass sie ziemlich dicht aufeinanderhockten, hatte eben nicht nur Vorteile. Aber sie wusste ohne jeden Zweifel, dass die Geschwister sie unterstützten und umgekehrt.

»Und nach Emilys Tod bist du nie wieder hergekommen?«

Rob schüttelte den Kopf. »Kein einziges Mal. Es ist seltsam, wieder hier zu sein – wenn ich durch den Wald gehe, ist mir oft, als müsste ich gleich mein altes Ich treffen oder als könnte Emily auf der Mauer sitzen und Ketten aus Gänseblümchen basteln.«

Charlotte spreizte die Finger ein wenig und legte ihm sanft die Hand aufs Bein. Durch den Jeansstoff hindurch spürte sie seine Körperwärme. »Das tut mir leid.«

»Danke.«

Ein langes Schweigen folgte, das nur durch Blossoms Schnobern im Stroh unterbrochen wurde. Rob trank seinen Kaffee aus und stellte den Becher auf den Boden zwischen seine und Charlottes Füße.

»Aber jetzt sag mal, was läuft da zwischen dir und Harry?« Charlotte vermutete, dass Rob sich leichter öffnen könnte, wenn sie das Thema wechselte. Wenn sie mit ihrem Bruder Lachlan über Gefühle sprach, war das stets ein Balanceakt – sobald sie ihn zu sehr drängte, machte er dicht. Also streute sie immer Themen ein, die ihm leichter fielen, und schließlich rückte er dann damit heraus, was ihn bedrückte. Rob hatte noch nie so offen gesprochen wie heute, und sie wollte gern mehr über ihn erfahren, aber nicht nachbohren.

»Ah. Ich dachte schon, du würdest nie fragen.« Er grinste, und sie nahm ihre Hand fort – zögernd, denn sie hatte unter dem Jeansstoff seine kräftigen Beinmuskeln gespürt. Sie schloss kurz die Augen. Konzentrier dich, Charlotte, sagte sie sich. Es war beinahe verstörend, wie intim die Atmosphäre in diesem kleinen Raum jetzt bei Anbruch der Nacht wurde.

»Und weiter?«

Sie kannte Harry schon ewig, und sie wusste, welche Herausforderung es für ihn gewesen war, von Australien zurückzukommen und das Hotel seiner Eltern zu übernehmen. Als Rob jetzt begeistert von den Sanierungsplänen erzählte, das ganze Haus zu verschönern und außerdem auch noch über einen Seafood-Imbiss nachzudenken, wurde ihr klar, dass er ein guter Verbündeter für Harry war.

»Aber was springt für dich dabei raus?« Sie lehnte sich an

die hölzerne Trennwand im Stall, schlug die Beine übereinander und sah ihn an.

»Du meinst, warum mich das Projekt interessiert?«

Charlotte verzog das Gesicht. »Ich meine, warum gerade in Applemore? Du investierst doch bestimmt in viele Projekte, wenn du so reich bist, wie du –« Verflixt, das war übergriffig. »Sorry, das war gemein von mir.«

Belustigt zog er einen Mundwinkel hoch. »Du meinst, das große Haus, den Fahrer und den ganzen Quatsch?«

»Na ja –«

»Sagt die Frau, die in einem Schloss aufgewachsen ist.«

»Es ist kein Schloss, es ist ein –«

»Das ist Haarspalterei.«

Charlotte schüttelte den Kopf. »Nein, Applemore House war eine Bruchbude, und wir hatten nie Geld, weil alles für die Erbschaftssteuer und für die nötigsten Reparaturen draufging. Aber du hast recht, das mit den Investitionen war eine Unterstellung.«

Jetzt war er derjenige, der die Hand ausstreckte. Er legte sie sanft um ihren Knöchel, drückte kaum merklich zu und unterbrach sie.

»Die alte Geschichte. Finanziell gesehen wart ihr vielleicht arm, aber in anderer Hinsicht war eure Familie reich. Wir hatten Geld wie Heu, aber –«, er stockte kurz, – »so etwas wie Zuneigung gab es bei uns kaum. Emily und ich waren uns nah, ja, aber dann ist sie gestorben, und damit gab es keine Wärme mehr in der Familie.«

»Das tut mir leid.« Ihr wurde eng ums Herz.

»Schon gut.« Rob strich sich das Haar aus dem Gesicht.

»Merkwürdig, aber wieder hier zu sein hat mir sehr geholfen.«

»Und ich hab versucht, dich zu vertreiben.«

»Ach, die Umstände waren ja auch nicht gerade ideal. Wer hätte gedacht, dass ich hier hochkommen würde, um Familiengespenster zu begraben, und dann feststelle, dass die heiße Frau, die mich in Edinburgh mitten in der Nacht klammheimlich verlassen hatte, mit ihrem Gepäck in der Küche steht und einziehen will?«

Charlotte senkte den Kopf, weil ihr die Hitze in die Wangen stieg.

Als seine Hand an ihrem Bein hinaufglitt, klopfte ihr das Herz bis zum Hals. Er sah sie mit seinen dunklen Augen an, und sie konnte den Blick nicht abwenden. Ihr war, als wäre sie in der Zeit zurückgegangen, zu dem Augenblick in seinem Wagen, bevor sie sich zum ersten Mal geküsst hatten. Er hob sanft ihr Kinn.

»Lottie Fraser.«

Charlotte stockte der Atem. Der Moment schien ewig zu dauern, dann beugte Rob sich zu ihr und gab ihr einen ganz zarten Kuss. Er hob den Kopf und sah sie wieder an, und genau diesen Augenblick suchte Blossom sich aus, um ihn kräftig am Ellbogen anzustupsen.

»Sie hat ja recht«, sagte Rob schmunzelnd. »Wie konnten wir vergessen, dass wir hier einen Job haben?«

Vierundzwanzigstes Kapitel

Hätte ihm vor einem Jahr jemand gesagt, dass seine Verführungskünste von einem Shetlandpony zunichtegemacht würden, dann hätte er denjenigen für verrückt erklärt. Aber jetzt saß er hier mitten in einer Folge von *Der Doktor und das liebe Vieh*, zusammen mit einer unglaublich hübschen Assistentin und einem Störenfried auf vier Hufen. Beide lachten schallend, als Blossom so lange und so laut furzte, dass Rob ein wenig Sorge hatte, das Dach – mitsamt seinen etwas unkonventionellen Reparaturen – könnte weggeweht werden.

»Das war knapp«, sagte Charlotte. Sie richtete sich auf und schien sich zu sammeln. Dann erhob sie sich und wischte sich das Stroh von der Hose.

»Blossoms Blähungen lassen vermuten, dass ihr Verdauungssystem gerade wieder zum Leben erwacht.« Rob verzog das Gesicht, als die Shettystute eine Reihe weiterer Trompetenstöße von sich gab und dabei jedes Mal den Schweif hob. Für ein so kleines Pony konnte sie sich wirklich Gehör verschaffen.

»Ich finde auch, dass das ein gutes Zeichen ist. Für sie genauso wie für uns.« Charlotte holte für Blossom etwas Heu aus dem Schuppen und stand dann noch an der Stalltür und schaute nach draußen, wo letzte rosa Streifen am sommerlichen Abendhimmel zu sehen waren. Konzentrier dich, Mann, sagte Rob zu sich selbst und bemühte sich, den Blick von ihren runden Hüften in den Jeans abzuwenden. Charlotte Fraser hatte sich vorgenommen, Midsummer House zu kaufen, und sie würde nicht zulassen, dass ihr etwas in die Quere kam. Dass er von ihr fasziniert war und sich jeden Abend darauf freute, dass sie nach der Arbeit gemeinsam essen und am Küchentisch plaudern würden, spielte keine Rolle. Er war bloß hier, um Frances zu helfen, und Charlotte war hier, weil sie etwas beweisen wollte. Er musste sich zusammenreißen und daran denken, dass er sich nur vorübergehend in Applemore aufhielt.

Doch es fiel ihm schwer, sich an seine guten Vorsätze zu halten, als sie später am Abend mit dem Kopf auf seiner Schulter einschlief. Er selbst saß die ganze Nacht wach und beobachtete, wie Blossom sich vor seinen Augen erholte und ihr freches Wesen wieder zum Vorschein kam. Die Medikamente wirkten offenbar.

»Ach du Schreck, ich bin kurz eingenickt.« Charlotte richtete sich auf und rieb sich die Augen.

»So ganz kurz war das nicht.« Rob deutete auf den leuchtend blauen Morgenhimmel draußen. Im Hochsommer wurde es in den Highlands nachts gar nicht richtig dunkel, und durch die offene Stalltür hatte Rob beobachtet, wie die Farben sich vom Grau der Mitternachtsdämmerung in ein glühendes Pink und dann in Blau verwandelten. Er hatte auf Blossoms Kauen und Charlottes Atmen gehorcht und hatte sie nicht stören wollen. Es war eine der schönsten Nächte seines Lebens gewesen.

»Tut mir sehr leid. Ich bin doch die, die sich um die Tiere kümmern soll.« Sie sprang auf und erschreckte die dösende Blossom.

»Alles gut. Wir haben es überlebt.«

Charlotte schüttelte sich, und der Zauber war gebrochen. Sie checkte ihr Handy, dann kämmte sie sich mit beiden Händen das Stroh aus den Haaren und strich sie zurück. Was in der Nacht geschehen war, war in ihren Augen offenbar ein Fehler gewesen und nicht der Anfang von – von was auch immer. Es spielte keine Rolle, was er für sie empfand oder dass er die ganze Nacht darüber nachgedacht hatte, dass sein Leben hier oben erfüllter war als sein früheres Leben in der Stadt. Er musste seine Reparaturarbeiten beenden und dann weitersehen.

»Ich versorge die Tiere«, sagte er, »und du gehst unter die Dusche. Ich nehme an, dass du in ein oder zwei Stunden in dein Büro fahren willst.«

»Alles gut.« Charlotte schob den Riegel am unteren Teil der Stalltür zurück. »Du hast vermutlich kein Auge zugetan?«

»Stimmt.« In der kurzen Nacht, während sie mit dem Kopf auf seiner Schulter geschlafen hatte, hatte ihr Gewicht ihm nichts ausgemacht, aber als er jetzt aufstand, merkte er, dass sein Arm eingeschlafen war und dass er sich wie nach einem Boxkampf mit Tyson Fury fühlte. Er brauchte eine heiße Dusche und ein paar Stunden Schlaf, um wieder zu sich zu kommen, und dann musste er für sich klarkriegen, wie es eigentlich weitergehen sollte.

Charlotte schien entschlossen zu sein, sich mit ihm zusammen um die Tiere zu kümmern. Sie schaute nach Geoffrey und Jo, während er mit einem Eimer voll Futter über die Obstwiese zu den Minischweinen wanderte. Wie immer waren sie hocherfreut, ihn zu sehen, kamen durch ihren zerwühlten Pferch angerannt und grunzten vor Begeisterung über die Aussicht auf Frühstück. Es würde ein richtig heißer Tag werden – schon um sechs Uhr morgens wärmte die Sonne ihm den Nacken, als er anschließend zum Hühnerhaus hinüberging. Er öffnete die kleine Tür und beobachtete, wie die Hühner flügelschlagend und mit ärgerlichem Gegacker nach draußen stürzten. Eine Henne pickte an seinem Knöchel und sah ihn dann mit schräg gelegtem Kopf an. Er hatte vergessen, dass auch die Hühner kleine Persönlichkeiten sein konnten. Plötzlich kam ihm eine Erinnerung an Emily, wie sie drüben auf der Mauer saß, mit einem schwarzweißen Huhn auf dem Schoß, das sie mit Kuchenstückchen fütterte – ja, Frances hatte ihr den Spitznamen Hühnerflüsterin gegeben.

»Das war aber nicht nötig!« Charlottes Stimme unterbrach ihn in seinen Gedanken.

»Ich weiß.« Als er sich umdrehte, stand sie mit einem Eimer in der Hand vor ihm. »Ich wollte dir einfach Arbeit ersparen.«

Ihre Blicke begegneten sich. »Danke. Und danke für letzte Nacht. Du hättest nicht aufbleiben müssen.«

»War doch selbstverständlich«, antwortete er mit einer wegwerfenden Geste.

Er konnte ihren Gesichtsausdruck nicht deuten. »Okay, ich mache mal lieber weiter«, sagte sie rasch. »Ich hab einen ganzen Haufen Mitteilungen auf unserer Buchungs-App – keine Ahnung, was da über Nacht los war. Aber danke noch einmal, Rob, das war wirklich nett von dir.«

Als er ihr nachsah, wie sie mit großen Schritten über den Hof ging, das Haar jetzt wieder zu einem Pferdeschwanz gebunden, hatte er das Gefühl, dass sie unter dem, was in der Nacht geschehen war, einen Strich gezogen hatte. Was auch immer er für sie empfand, zwischen ihnen würde nichts laufen – das machte sie recht deutlich.

Diese Erkenntnis behielt Rob im Sinn, als er später ins Dorf fuhr, um mit Harry ein paar Ideen durchzugehen. Er hatte bereits mit einem befreundeten Rechtsanwalt gesprochen, der ihre finanziellen Vereinbarungen vertraglich festhalten wollte, und sie machten rasche Fortschritte. Harry träumte schon so lange von der Modernisierung des Hotels, dass er jetzt, da er endlich freie Bahn hatte, wie mit Turboantrieb loslegte. Die Sommersaison wollte er noch mitnehmen, aber dann sollte Kenny, der in der Gegend ein Bauunternehmen besaß, anfangen. Wenn alles nach Plan verlief, konnten sie Weihnachten zur Neueröffnung ein großes Fest feiern. Rob bestellte an der Bar etwas zu essen und setzte sich dann an einen Tisch mit Blick auf die Applemore Bay. Er war froh über den Schatten, den die Sonnenschirme warfen.

»Hi«, sagte eine nicht ganz unbekannte Stimme. In der Erwartung, dass es Charlotte war, drehte er sich um. Doch es war Polly. »Wie geht's?«, fragte sie.

Sie lehnte sich an den Tisch und sah ihn erwartungsvoll an. »Ich hab gehört, dass du mit meiner Schwester Tierrettung gespielt hast.«

Rob lachte. »Wirklich wahr, Neuigkeiten verbreiten sich hier wie ein Lauffeuer.«

»Da hast du recht.« Polly kicherte. »Und vermutlich darf man auch schon gratulieren?«

»Ach Gott, damit müssen wir uns wohl abfinden. Nein, wir sind nicht verheiratet. Ehrlich, ihr tickt hier doch nicht ganz richtig!«

»Verheiratet?« Polly riss überrascht die Augen auf. »Ich hab ja nicht mal gewusst, dass ihr zusammen seid, Charlotte und du. Stille Wasser sind tief.«

»Wer hat geheiratet?« Harry kam mit einem großen Glas Cola nach draußen. »Hallo, Polly.«

»Niemand«, sagte Rob bestimmt.

»Charlotte und Rob«, sagte Polly in gewichtigem Tonfall.

»Charlotte und Rob? Wie bitte?« Harry warf ihm einen verwirrten Blick zu. »Hab ich da was verpasst?«

Rob spreizte die Hände und schüttelte entnervt den Kopf. »Nein, du hast nichts verpasst. Wir sind nicht verheiratet, und wir sind auch nicht zusammen –«

Polly warf Harry einen vielsagenden Blick zu.

»Zwischen uns läuft gar nichts«, beteuerte Rob.

»Aber warum musst du das so vehement abstreiten?« Harry lachte leise.

»Vehement ist gar kein Ausdruck«, spielte Polly mit. Sie verschränkte die Arme und sah Rob belustigt an.

Er vermutete, dass Charlotte zutiefst gekränkt wäre, falls sie von diesem Gerücht erfahren sollte. Daher musste er es aus der Welt schaffen, ein für alle Mal, und zwar schnell. »Wie auch immer, ich fahre demnächst nach Edinburgh zurück, was ihr da erzählt, ist also völlig aus der Luft gegriffen.«

»Stimmt das?« Harry stellte sein Colaglas auf den Tisch und bückte sich nach einem Bonbonpapier, das der Wind über den Bürgersteig wehte.

»Na ja, bald. Ich hab so viel am Haus gemacht, wie ich konnte, jetzt kann das Dach nicht mehr wegfliegen, und die Tiere werden nicht mehr ausreißen. Ich hatte Frances versprochen, mich darum zu kümmern, aber ich hab nie vorgehabt, lange hierzubleiben – ehrlich gesagt, ich bin schon länger hier, als ich gedacht hatte.«

»Och nee.« Polly griff nach Harrys Glas und genehmigte sich einen Schluck von seiner Cola. Rob fiel Harrys Blick auf, als er Polly kurz ansah. Diesen Gesichtsausdruck kannte er nur zu gut. Er hätte wetten können, dass Harry sich in die jüngste Fraser-Schwester verguckt hatte.

»Aber wir halten doch Kontakt, oder?« Harry runzelte die Stirn. »Dass ich dein Geld annehme und du dann einfach verschwindest, fände ich gar nicht gut.«

»Klar bleiben wir in Kontakt. Und ich hab's auch nicht eilig – ist ja nicht so, als würde zu Hause ein Berg von Arbeit auf mich warten.«

Harry wusste um Robs Situation und dass er nach wie vor freigestellt war, weil die Ermittlungen noch liefen. Er nickte. »Außerdem rechne ich damit, dass deine Investition hier der Anfang von etwas Neuem wird. Wer weiß, vielleicht eröffnen wir am Ende eine ganze Kette von Gastrokneipen mit Zimmern in den Highlands?«

»Diese verdammten Gnitzen.« Polly kratzte sich einen Stich am Knöchel. »Und vergesst eure Seafood-Buden nicht. Ich finde, das ist eine geniale Idee. Ihr könntet auch einen Imbiss im Hofladen einrichten, dann feiern wir eine Eröffnungsparty. Das wäre doch der Hammer!« Sie sah auf die Uhr. »Wo wir gerade davon sprechen, ich muss zurück. Ich hab meiner neuen Mitarbeiterin die Kasse überlassen und gesagt, ich würde nur kurz zur Post fahren und wäre in einer halben Stunde zurück. Wahrscheinlich steht der Laden in Flammen, wenn ich wiederkomme.«

Rob beobachtete, wie Harry Polly nachsah, als sie über die Straße hüpfte und in ihr kleines Auto stieg. Winkend und mit strahlendem Lächeln brauste sie wieder los.

»Was ist?« Harry drehte sich um, denn er spürte Robs Blick.

Rob sah ihn ausdruckslos an. »Was soll denn sein?«

Da liegt etwas in der Luft, dachte er später, während er durchs Dorf zu dem Parkplatz spazierte, den Harry ihm beschrieben hatte. Harry hatte gemeint, das wäre der ideale Standort für einen Imbiss, vorausgesetzt natürlich, dass der Bauausschuss des Dorfes seine Genehmigung dazu gab. Neben einem Fußweg zog sich ein Grasstreifen entlang, der sich zu einer kleinen Wiese mit einigen Picknicktischen erweiterte. An einem der Tische saß ein Paar mittleren Alters. Sie hatten sich Sandwiches und eine Thermosflasche mit Kaffee mitgebracht, und während sie in einträchtigem Schweigen ihr Mittagessen verzehrten, sahen sie aufs Meer hinaus. Als sie Rob bemerkten, nickten sie ihm grüßend zu. Er ging zu ihnen hinüber und blickte auf den Sand und die Felsen hinunter. Hier war mehr als genug Platz, wo man sich hinsetzen und sein Takeaway verzehren konnte. Vor Jahren hatte Rob einmal an einer Fischbude in Maine gegessen – die Speisekarte war denkbar schlicht gewesen, aber die Gerichte hatten köstlich geschmeckt. Ihm knurrte der Magen, als er sich an die Scampis in reichlich Knoblauchbutter und die dicken, knusprigen Pommes frites erinnerte. Ein Imbiss hier an dieser Stelle würde mit Sicherheit ein Selbstläufer werden.

Er drehte sich zu einem großen schwarzen Minivan um, der gerade auf dem ansonsten leeren Parkplatz hielt. Ein Paar in den Vierzigern stieg aus. Die Frau zog hinten aus dem Wagen einen Rollstuhl und klappte ihn auseinander, und gleich darauf tauchte der Mann ins Wageninnere und hob ein Mädchen von etwa zwölf Jahren heraus, das ihm die Arme um den Hals geschlungen hatte. Er setzte es in den Rollstuhl.

»Du musst ein bisschen Gewichtstraining machen, Dad«, sagte das Mädchen und lachte zu ihm hoch. Es war blass und hatte dunkle Schatten unter den Augen, Schatten, die Rob sofort als Zeichen dafür erkannte, dass hier etwas ganz und gar nicht in Ordnung war.

»Hallo«, begrüßte er die Familie. Zu Hause in Edinburgh hätte er Fremde niemals einfach so angesprochen, hier oben dagegen wirkte es seltsam, wenn man sich nicht grüßte.

»Hallo. Wir suchen ein nettes Lokal, wo wir mittagessen können. Wir haben hier ein Ferienhaus gemietet, aber das ist erst ab vier Uhr bezugsfertig, daher dachten wir, wir erkunden Applemore und sehen uns das Meer an.«

»In dem Hotel ein Stück die Straße runter, gegenüber vom Hafen, kann man hervorragend essen.«

»Das klingt gut«, sagte die Frau, schloss die Wagentür und hängte sich eine große Ledertasche um. »Was meinst du, Emily?«

Rob sog scharf die Luft ein. Emily? Er musste kurz wegsehen. Was für ein unwahrscheinlicher Zufall.

»Hört sich super an. Aber nur, wenn es da Schokoladenkuchen gibt. Ich denke schon den ganzen Vormittag daran.«

»Da hast du Glück.« Mit einem Lächeln sah Rob das Mädchen wieder an. »Harry macht die beste Schokotorte der Welt, mit drei verschiedenen Sorten Schokolade. Und dazu gibt es Eis. Sag ihm, dass Rob euch geschickt hat, dann gibt er dir eine extragroße Portion.«

»Das ist wirklich nett«, sagte die Mutter.

»Kommt, ihr zwei.« Emily drehte sich nach ihrem Vater um. »Wenn ich schon nicht selbst hingehen kann, könntet ihr mich wenigstens ein bisschen schneller schieben. Sonst haben sie vielleicht keine Schokotorte mehr, wenn wir da ankommen.«

»Alles klar, Boss«, sagte der Vater und fasste die Griffe des Rollstuhls. »Dann wollen wir mal.«

Rob sah ihnen nach, als sie die Straße hinunter zum Hotel spazierten. Er überlegte, wie anders doch alles gewesen wäre, wenn Emily und er auch so herzliche und humorvolle Eltern gehabt hätten. Er blickte über das Meer auf die violetten Berge der fernen Inseln, bis eine Hand auf seinem Arm ihn aus seinen Tagträumen weckte.

Die Mutter des Mädchens war zurückgekommen. Sie war ganz außer Atem, als wäre sie gerannt. »Danke«, sagte sie.

Er schüttelte leicht den Kopf. »Gerne«, sagte er, ohne zu wissen, wofür sie sich bei ihm bedankte.

»Wir haben die Medikamente vergessen«, erklärte die Mutter, »da hab ich gesagt, ich laufe schnell zurück und hole sie. Emily muss sie vor dem Essen nehmen, und Schokokuchen lässt man bekanntlich nicht warten.«

»Das klingt, als wüsste Ihre Tochter genau, was sie will.«

Einen flüchtigen Moment lang dachte er, die Mutter würde anfangen zu weinen. Ihr Gesicht zog sich zusammen, doch dann fasste sie sich wieder. Sie reckte die Schultern und machte einen tiefen Atemzug. »Das stimmt. Danke, dass Sie mit ihr wie mit einem normalen Menschen gesprochen haben und nicht wie mit einer Kranken. Das hasst sie nämlich.«

»Das wundert mich nicht.« Seine Schwester hatte das genauso gehasst wie ihre Namensvetterin.

Über ihnen am blauen Himmel kreiste schreiend eine Möwe. Die Sonne brannte herunter, und die Frau blinzelte in die Helligkeit und schirmte die Augen mit der Hand ab. Dann erklärte sie:

»Emily hat einen Tumor, im Kopf. Ein sogenanntes Glioblastom. Die Ärzte können nichts mehr für sie tun.«

Ein Schmerz bohrte sich in Robs Brust, so als hätte ihm jemand einen Fausthieb versetzt. »Das tut mir leid.«

Emilys Mutter zuckte die Achseln. Sie konnte nicht viel älter als Mitte vierzig sein, zehn Jahre älter als er, und ihr stand ein unvorstellbarer Verlust bevor. »Ich weiß. Das geht allen so. Ich versuche einfach –« Sie drehte in einer hoffnungslosen Geste die Handflächen zum Himmel. »Wir sind hier, weil wir ihr ein bisschen normales Leben bieten möchten – und damit wir später schöne Erinnerungen haben, wir als Eltern und auch Emily selbst, wenn sie nicht mehr –« Ihr versagte die Stimme.

»Das verstehe ich.« Seine eigene Stimme war rau.

»Ja?«

»Ich habe meine Schwester verloren, als sie noch ein Teenager war. Ich wünsche –« Er verstummte, seine Worte hingen in der Luft.

»Das wünschen wir uns alle. Wünschen ist letztlich das Einzige, was uns bleibt.« Sie betrachtete einen Moment lang die Medikamente. »Das ist es, was uns morgens noch aufstehen lässt. Jedenfalls, noch mal vielen Dank. Das war ganz lieb von Ihnen.«

Sie machte sich wieder auf den Weg zum Hotel und zu ihrer Familie. »Lassen Sie sich den Kuchen schmecken!«, rief Rob ihr nach.

Sie drehte sich um und schenkte ihm ein Lächeln. Für einen Moment leuchtete ihr ganzes Gesicht auf.

»Oh ja, das werden wir tun!«

Fünfundzwanzigstes Kapitel

Als Charlotte nach einem langen Arbeitstag nach Hause kam, hörte sie aus der Küche eine vertraute Stimme. Rob hatte sein Smartphone gegen das Fenster gelehnt und unterhielt sich per Videocall mit Frances. Als sie sein Gesicht sah, zog Charlotte sich taktvoll zurück. Sie wusste, dass er mehrmals mit Frances telefoniert hatte, und war davon ausgegangen, dass sie über Familienangelegenheiten gesprochen oder einfach Neuigkeiten ausgetauscht hatten. Jetzt hörte sie gackerndes Gelächter. Frances gehörte zu den Frauen, die in der Gesellschaft von Männern sichtlich aufblühten – was umso merkwürdiger war, als sie standhaft single geblieben war und all die Jahre allein im Midsummer House gelebt hatte. Vielleicht war an den Gerüchten über sie und Jimmy, den Farmer von der anderen Seite des Tals, doch etwas dran?

Charlotte ließ ihre Tasche fallen und sank aufs Sofa, froh, dass es hier drinnen kühl war. Draußen war es den ganzen Tag lang brütend heiß gewesen, sie hatte neue Feriengäste begrüßt und dafür gesorgt, dass sie alles hatten, was sie brauchten. Die Gäste persönlich zu empfangen und sicherzustellen, dass alles zu ihrer Zufriedenheit war, war etwas Besonderes, und sie war stolz auf diesen Service.

Wenn sie Midsummer House erst übernommen hatte und die Renovierung abgeschlossen war, würde es das perfekte Haus für große Familientreffen sein. Sie zog die Füße auf das Sofa hoch, streckte sich aus, faltete die Hände hinter dem Kopf und betrachtete das geräumige Wohnzimmer. Sie würde einen großen Kaminofen in den jetzigen Kamin einbauen lassen – das war einfacher und machte nicht so viel Schmutz wie ein offenes Feuer –, und die Wände sollten einen ansprechenden neutralen Farbton bekommen. Zu beiden Seiten des Kaminofens plante sie große Sofas, und ans Fenster würde sie einen bequemen Sessel stellen, damit man von dort in den Garten hinaussehen konnte – der natürlich auch auf Vordermann gebracht werden musste. Aber es würde die ganze Arbeit wert sein. Nach viel Hin und Her mit ihrem Steuerberater und der Bank war die Finanzierung jetzt im Prinzip gesichert, und wenn sie Glück und Kenny, der Bauunternehmer, Zeit hatte, konnte das Haus Weihnachten die ersten zahlenden Gäste willkommen heißen. Ja, vielleicht zu einem großen Familientreffen, zu dem die Verwandten aus dem ganzen Land anreisen würden. Sie würden hier gemeinsam feiern, auf dem Aga kochen und, in Mäntel und Schals gehüllt, lange Spaziergänge am Strand und durch die Wälder machen.

Sie hatte sich entschieden, die Tiere zu behalten und jemanden anzustellen, der sie versorgte. Nie hätte sie gedacht, dass sie eines Tages Tiere halten würde, aber die Zeit im Midsummer House hatte sie gelehrt, dass die Tiere dem Anwesen eine urige Atmosphäre verliehen, und das gefiel ihr sehr. Wer konnte wissen, wie viele Hürden da noch zu überwinden waren? Bestimmt gab es jede Menge Gesundheits- und Sicherheitsvorschriften, aber – sie gestattete sich ein selbstzufriedenes Lächeln – tja, das war die neue Charlotte Fraser, ganz entspannt würde sie diese Dinge auf sich zukommen lassen. Fiona und Mel hatten sie heute Morgen im Büro wegen ihrer neuen Einstellung aufgezogen und sich darüber amüsiert, dass die alte Charlotte, der Kontrollfreak, verschwunden war.

»Nein, nein, keine Sorge«, hatte sie kopfschüttelnd gesagt, »es gibt mich noch.«

Der Tag war lang und die Nacht davor auf dem Stroh nicht gerade erholsam gewesen. Sie schloss die Augen und versprach sich einen zehnminütigen Powernap.

Als sie erwachte, hatte jemand sie mit einer kuscheligen Decke zugedeckt. Sie stand auf und ging in die Küche. Nero tappte hinter ihr her. Von Rob war nichts zu sehen. Charlotte ging nach draußen und fand ihn im Gewächshaus bei den Tomaten, die Frances aus Samen gezogen hatte. Die Pflanzen trugen üppig, und vor allem den Trauben der Kirschtomaten konnte man schwer widerstehen. Rob hatte eine Handvoll gepflückt und warf Charlotte eine zu.

»Fang. Die sind oberlecker. Kaum zu glauben, dass sie hier in den Highlands gewachsen sind.«

»Wir sind hier schließlich nicht am Nordpol – und das Gewächshaus hilft natürlich auch.« Charlotte lachte und steckte sich die Minitomate in den Mund. Sie war köstlich, sonnenwarm, süß und aromatisch. Bald würden sie so viele davon haben, dass sie nicht mehr wüssten, wohin damit. Seltsam, wenn sie sich überlegte, dass die Hälfte ihrer Zeit im Midsummer House schon fast vorbei war.

»Was machst du denn überhaupt hier?« Sie schlug nach der Gnitzenwolke. Rob zog die Gewächshaustür zu, um die Quälgeister draußen zu halten.

»Ich denke nach«, sagte er mit merkwürdigem Gesichtsausdruck. »Ich habe vorhin mit Frances gesprochen.«

»Ja, das habe ich gehört. Ich dachte, ich lasse euch mal lieber allein.«

»Ich soll dich grüßen. Sie ist gerade in Neapel, hängt da anscheinend mit ihren neuen Reisefreundinnen ab.«

»Das klingt, als hätte sie einen Riesenspaß.« Charlotte war erleichtert. Wenn Frances ihre Reise so sehr genoss, wie es den Anschein hatte, dann war es unwahrscheinlich, dass sie es sich mit dem Hausverkauf noch anders überlegte.

»Ja.« Rob strich sich mit seiner typischen Geste das Haar aus dem Gesicht. »Sieht ganz so aus. Und sie hat eine Art Eingebung gehabt.«

»Inwiefern?« Etwas an Robs Körpersprache machte Charlotte nervös.

»Tja, also ...« Er verzog das Gesicht, ging bis ans andere Ende des Gewächshauses, drehte sich um und sah Charlotte schweigend an, als müsse er sich sammeln. »Frances hat eine Entscheidung bezüglich des Hauses getroffen«, sagte er schließlich. »Sie will es mir überschreiben.«

Charlotte machte einen Schritt rückwärts und stieß gegen ein Metallregal. Mehrere Tontöpfe polterten zu Boden, und Scherben und trockene Erde flogen ihr vor die Füße. Automatisch bückte sie sich und begann, die Scherben aufzusammeln.

»Lass liegen«, sagte Rob leise. Er hielt ihr die Hand hin, um ihr hochzuhelfen. Die Luft im Gewächshaus war feucht und drückend, und der Duft der Tomatenpflanzen erschien Charlotte plötzlich zu süß und zu schwer.

»Sie hat gesagt – ich zitiere: ›Wenn ich dir das Haus jetzt nicht überschreibe, dann zieht die Erbschaftssteuer dir das letzte Hemd aus, wenn ich mal den Löffel abgebe.‹«

»Sieben Jahre«, sagte Charlotte automatisch. Sie kannte die Regelungen in- und auswendig, hatte sie doch miterlebt, wie Applemore House um ein Haar verfallen wäre, weil die Erbschaftssteuer der Familie finanziell fast das Genick gebrochen hatte. »Damit hat sie vermutlich recht.« Charlotte sah Rob an und versuchte, seine Gedanken zu lesen. Aber Frances hat mir das Haus versprochen, hätte sie ihm gern ins Gesicht geschrien. Du darfst es mir nicht einfach wegnehmen, ich mache doch schon Pläne dafür.

»Ich weiß nicht so recht, was ich mit dem Haus anfangen soll«, sagte er.

»Du könntest es mir verkaufen?«

Sie konnte seinen Gesichtsausdruck nicht deuten, aber ihr war klar, dass Midsummer House in den Wochen, die er hier jetzt wohnte, auch ihn bezaubert hatte.

»Ich –«, sagte er und brach dann stirnrunzelnd ab.

»Schon gut.« Charlotte wandte sich ab, sie wollte auf keinen Fall Schwäche zeigen. Sie spürte, wie ihre Unterlippe zitterte, und sie würde ihn unter keinen Umständen merken lassen, wie bestürzt sie war. Wenn er das Haus haben wollte, waren ihr die Hände gebunden.

»Ich hab nicht gesagt, dass das keine Möglichkeit wäre.«

Sie zuckte die Schultern. »Alles gut«, sagte sie so ruhig, wie sie konnte. »Du triffst deine Entscheidung, und dann gibst du mir Bescheid. Unter diesen Umständen ist das ganz allein deine Sache.« Sie öffnete die Gewächshaustür, und ohne ihn noch einmal anzusehen, rannte sie fast zum Haus zurück. Nero lag hechelnd auf einer kühlen Stelle des Fliesenbodens, als sie in die Küche kam.

Sie würde nicht weinen und auch nicht zugeben, wie sehr es ihr weh tat. Charlotte schnappte sich ihren Laptop und rannte in ihr Schlafzimmer. Dort packte sie ihre Sachen. Sie warf Kleidungsstücke, Toilettenartikel und Schminkzeug in den Koffer, ohne die Tuben und Fläschchen zuzuschrauben. Dass deren Inhalt in ihre Klamotten sickern würde, war ihr egal. Dann rannte sie wieder nach unten, schnappte sich ihren Autoschlüssel vom Küchentisch, rief Nero und marschierte zu ihrem Land Rover.

Sechsundzwanzigstes Kapitel

Rob stand am Tor und blickte auf die Stelle, wo eben noch Charlottes Wagen gestanden hatte. Sie hatte ihm nicht einmal die Möglichkeit zu einer Erklärung gegeben, sondern war einfach wütend davongestürmt, und gleich darauf hatten die Räder ihres Land Rovers praktisch durchgedreht. Frances hatte ihn mit ihrer Entscheidung völlig überrumpelt, und er hatte gerade mit Charlotte darüber sprechen wollen, denn er nahm an, dass sie – aber vielleicht war er hier der Idiot? Er hatte sie nach ihrer Meinung fragen wollen und nicht bedacht, wie viel der Kauf dieses Hauses ihr bedeutete. Vielleicht sollte er einfach tun, was sie wollte, und ihr das Haus überlassen? Spielte das für ihn denn wirklich eine Rolle?

Er ging wieder ins Haus und betrat die leere Küche. Die beiden Kaffeebecher vom vergangenen Abend standen abgewaschen neben dem alten Spülstein. Als er sie in den Schrank stellte, wurde ihm klar, dass er nicht hier in der Küche sitzen und dem Schlagen der alten Kuckucksuhr zuhören wollte. Das erinnerte ihn nur daran, dass er allein war – wieder. Er sah zu dem Foto von Emily und sich hoch. In den letzten Wochen hatte er immer seltener den Blick abgewandt, wenn er daran vorbeigegangen war, denn der Schmerz hatte nachgelassen. So viele Jahre hatte er versucht, davor zu fliehen und so zu tun, als gäbe es ihn nicht – aber das Geheimnis hatte darin bestanden, sich dem Kummer zu stellen. Jetzt konnte er Emilys Foto ansehen und sich an die schönen gemeinsamen Zeiten erinnern, daran, wie gern sie mit den Tieren zusammen gewesen war und wie glücklich sie im Midsummer House gewesen war.

Ein Ping verkündete, dass er eine E-Mail bekommen hatte. Von Frances. Merkwürdig, sie hatten doch gerade erst miteinander gesprochen? Rob öffnete die Mail und lehnte sich an den Türrahmen. Ohne Neros Herumtappen wirkte das Haus seltsam leer.

Lieber Rob, begann die Mail – nur Frances fing eine E-Mail genauso an wie einen förmlichen Brief –, *vermutlich habe ich dich mit meinen Neuigkeiten vorhin ziemlich aus der Fassung gebracht. Ich wollte dir einfach kurz schreiben, um das besser zu erklären. Ich hatte gehofft, dass die Zeit im Midsummer House dir helfen würde, über Emilys tragischen frühen Tod hinwegzukommen, und ich muss gestehen, dass ich dir außerdem einen kleinen Streich spielen wollte. Als ich dir nämlich vorschlug, länger im Midsummer House zu bleiben und Reparaturen am Haus zu machen, wusste ich sehr gut, dass Charlotte dort wohnen würde, und ich hoffte, dass ich ein bisschen … ich möchte nicht so weit gehen, von Kuppelei zu sprechen, aber ich vermutete, dass ihr beide von der Gesellschaft des anderen profitieren könntet.* Rob presste spöttisch die Lippen zusammen und schüttelte den Kopf. Ja genau, deswegen ist sie gerade in einer Staubwolke verschwunden, dachte er. Toller Plan, Tante Frances. *Ich rufe dich in ein paar Tagen wieder an, dann klären wir alles. Ich habe schon mit meinem Notar gesprochen, er setzt gerade den Vertrag auf.*

Sie schloss mit fröhlichen Grüßen. Rob warf das Handy auf den Tisch. Was auch immer Frances da im Schilde geführt hatte, es war klar, dass ihre Einmischung nichts als Probleme bereitet hatte. Was sollte er denn mit diesem alten Kasten anfangen? Er nahm das Handy vom Tisch, steckte es ein und ging nach draußen zum Wagen. Vielleicht würde ein Drink bei Harry ihm helfen, den Kopf wieder freizukriegen.

Als er in den Pub kam, hätte er fast auf dem Absatz kehrtgemacht, denn Charlottes Bruder Lachlan stand an der Theke, zusammen mit einem hochgewachsenen, dunkelhaarigen Mann in Shorts und einem Poloshirt mit einem Logo auf dem Rücken. Harry entdeckte ihn jedoch, bevor er wieder verschwinden konnte, und winkte ihn herüber.

»Jack hast du noch nicht kennengelernt, oder? Er ist die andere Hälfte von Charlottes Schwester Beth.«

Jack begrüßte ihn mit Handschlag. »Alles klar? Nach dieser Beschreibung weiß ich jetzt genau, wo ich in der Rangordnung der Familie Fraser stehe.« Er hatte einen starken Akzent, offenbar kam er aus Glasgow, dazu passte auch sein trockener Humor.

»Was ist passiert? Ich dachte, um diese Uhrzeit wärst du zu Hause bei deiner Frau.« Harry zwinkerte ihm zu.

Rob warf ihm einen bösen Blick zu, und Lachlan blickte verwirrt von einem zum anderen.

»War bloß ein Witz«, sagte Harry schnell. »Ist eine lange Geschichte.«

»Und keine besonders witzige«, knurrte Rob. »Kann ich bitte ein Bier haben?«

»Du willst heute Abend einen draufmachen? Ich habe gehört, dass ihr beide kürzlich an einem einzigen Abend zwei Flaschen Malt geleert habt.« Lachlan schien Robs Stimmung nicht zu bemerken.

»Nein, heute Abend nur ein Bier. Ich musste einfach mal

raus und den Kopf klarkriegen. Harry, ich wollte dir noch ein paar Fragen zu den Plänen stellen, bevor ich meinen Architektenkumpel frage, was er dazu meint. Hast du mal kurz Zeit?«

Wenigstens Harry schien zu begreifen, dass da etwas im Busch war. »Klar, gleich. Willst du ins Büro gehen? Nimm dein Bier mit.«

Als Rob das Restaurant verließ und an der Hotelrezeption vorbeikam, begegnete er dem Vater mit der Tochter im Rollstuhl, die er am Vormittag kennengelernt hatte.

»Ich dachte, inzwischen wären Sie in Ihr Ferienhaus eingezogen?«

»Sind wir auch.« Emily sah zu ihm hoch. Sie wirkte müde, aber glücklich. Auf dem Schoß hielt sie ihr Handy und einen kleinen braunen Karton. »Und mit der Schokotorte hatten Sie recht.«

»Jemand«, sagte ihr Vater grinsend, »hat darauf bestanden, dass es unmöglich der schönste Abend unseres Urlaubs werden kann, wenn sie nicht nachher noch eine Extraportion zum Nachtisch bekommt. Also haben wir ihre Mutter zu Hause gelassen, sie kocht gerade Nudeln.«

»Wahrscheinlicher ist, dass sie Wein trinkt und ihr Buch liest.« Emily kicherte.

»Und wir sind in einer absolut geheimen Mission hier, um Kuchen zu holen. Ihr Freund Harry hat uns zwei Portionen umsonst mitgegeben. Er meinte, die Torte würde sich nicht halten, deswegen sollten wir alles mit nach Hause nehmen.«

»Und ich werde alles ganz allein aufessen.« Emily klopfte fröhlich auf den Karton.

»Das war nett von dir«, sagte Rob ein paar Minuten später

zu Harry, als dieser mit einem Gläsertuch über der Schulter im Büro erschien.

»Was denn?«

»Deine Schokotorte hält sich doch ein paar Tage, oder?«

Schmunzelnd zuckte Harry die Achseln. »Wenn ich jemanden mit ein bisschen Kuchen glücklich machen kann, ist das ein schöner Tagesausklang, finde ich. Ich kann mir gar nicht vorstellen, wie das sein muss – ach, tut mir leid. Das war absolut taktlos von mir.«

Rob schüttelte den Kopf. »Nein, gar nicht. Ich finde es so schön, dass ihre Eltern sie hierhergebracht haben, sozusagen zu einem Abenteuerausflug. Es ist doch wunderbar, wenn man das Beste aus der Zeit macht, die man noch zusammen hat. Ich wünschte, meine Eltern hätten – na gut, wie auch immer.«

Harry faltete das Gläsertuch zusammen, einmal, zweimal, und legte es auf den Schreibtisch. »Also, was ist los? Ich nehme an, es geht dir nicht um irgendwelche mysteriösen unvollständigen Papiere?«

Rob kniff die Lippen zusammen. Gespräche von Mann zu Mann waren nie sein Ding gewesen, aber er hatte Harry auf den ersten Blick gemocht, und Harry kannte Charlotte – ja, seit ihrer Kindheit. Vielleicht konnte er sich einen Reim auf die ganze Geschichte machen?

»Ich hab alles vermasselt.«

In aller Kürze schilderte er die Situation, während Harry die Bürotür im Auge behielt, für den Fall, dass er gebraucht wurde.

»Charlotte ist verdammt dickköpfig«, sagte Harry, nachdem Rob geendet hatte. »Und diese Obsession, dass sie Midsummer House unbedingt haben will, kommt daher, dass sie –

also, ich denke, ich kann ihre Logik nachvollziehen, aber andererseits gibt es hier in der Gegend jede Menge Häuser, die sie kaufen könnte. Und sie könnte auch noch vieles andere tun, um für ihre Zukunft vorzusorgen. Dabei braucht sie sich eigentlich gar keine Sorgen zu machen. Kannst du dir im Ernst vorstellen, dass Lachlan alle Häuser verkauft, die sie vermietet, und sie auf dem Trockenen sitzenlässt?«

»Ich kenne Lachlan zwar so gut wie gar nicht«, sagte Rob, »aber nein – er scheint nicht der Typ für so was zu sein.«

»Ich kenne ihn schon mein Leben lang. Er hat Gut Applemore nur widerstrebend übernommen, denn er hasst diese ganze Sache mit dem Erstgeburtsrecht. Anfangs wollte er alles verkaufen und den Gewinn zwischen den vier Geschwistern aufteilen. Aber seine Schwestern haben ihn gedrängt, das Gut zu übernehmen und damit auch den Titel Laird of Applemore zu führen.«

»Laird? Ist das ein Adelstitel?« Lachlan hatte bei ihrer Begegnung so locker und normal gewirkt und in keiner Weise überheblich.

»Ja, sozusagen niederer Landadel. Das kommt uns heutzutage lächerlich und antiquiert vor, aber der Titel wird mit dem Schloss zusammen vererbt – ach, sorry, es ist ja gar kein Schloss, mit dem Begriff darf man den Frasers nicht kommen.« Harry grinste. »Also, wenn du mich fragst: Charlotte geht es nicht um das Haus an sich, sondern um das, wofür Midsummer House in ihren Augen steht. Sie ist ein Arbeitstier und will die Kontrolle nicht abgeben, weil –«

»Harry, die Kasse spielt mal wieder verrückt«, rief eine Stimme.

»– und da endet meine ganz kurze Psychoanalyse eines meiner Lieblingsmenschen. Ich hab sie wirklich von Herzen lieb, aber wem sagst du's, manchmal kann man sich an der Frau die Zähne ausbeißen.«

»Danke«, sagte Rob, während Harry sein Gläsertuch vom Schreibtisch nahm und im Begriff war, wieder an die Arbeit zu gehen.

»Kein Problem«, meinte Harry gelassen. »Gib ihr einfach Zeit, sich abzuregen. Sie kommt drüber weg, und dann könnt ihr vernünftig miteinander reden.«

Siebenundzwanzigstes Kapitel

»Mit dem Mann rede ich kein Wort mehr«, sagte Charlotte erbost. Sie saß auf der breiten Eingangstreppe vor Applemore House und beobachtete die kleine Kitty, die auf dem Rasen herumkrabbelte. Rilla hörte ihr zu, behielt dabei aber immer ihr abenteuerlustiges Töchterchen im Auge, das offenbar entschlossen war, alles, was sie finden konnte, mit den Fäusten zu packen und sich in den Mund zu stopfen.

»Dann hörst du dir also nur die halbe Geschichte an und rennst dann wutentbrannt weg?« Rilla legte den Kopf schräg und versuchte, sich ein Lächeln zu verkneifen.

»Jetzt mach dich nicht über mich lustig. Das ist ernst. Lass mir doch meine Wut.«

»Na schön.« Rilla flitzte über den Rasen, hob Kitty auf und zupfte das Moos aus ihrem Fäustchen.

»Woher weißt du, dass er dir das Haus nicht verkaufen will?«

»Ich weiß es ja gar nicht.«

»Also, Rob hat dir gesagt, dass Frances – die, wie wir alle wissen, bestenfalls exzentrisch und schlimmstenfalls total übergeschnappt ist – sich aus einer Laune heraus entschieden hat, ihm Midsummer House zu schenken. Und als Reaktion darauf bist du einfach abgerauscht, ohne dass ihr vernünftig darüber gesprochen habt? So kenne ich dich ja gar nicht.«

Charlotte verzog das Gesicht. Es war ihr alles andere als leichtgefallen, mit Sack und Pack im Applemore House aufzutauchen, denn sie hatte sich geschworen – aus einem komplizierten Gefühl des Stolzes heraus –, dass es niemals so weit kommen würde. In ihr Elternhaus zurückzukehren erschien ihr wie ein Eingeständnis ihrer Niederlage. Nicht, dass sie Applemore House nicht geliebt hätte – sie liebte das Gutshaus heiß und innig. Aber jetzt, nachdem Lachlan und Rilla das verwahrloste alte Gebäude renoviert und sich darin ein Zuhause für ihre kleine Familie geschaffen hatten, hatte sie nicht wie eine unverheiratete alte Tante vor der Tür stehen wollen, die Anspruch auf das Gästezimmer erhob.

»Das Haus gehört uns doch nicht allein«, hatte Rilla sanft erwidert, als Charlotte ihr die Situation geschildert hatte. »Es gehört euch allen. Lachlan sagt immer, er versteht sich eher als Hüter oder Verwalter von Applemore House. Deswegen hat er doch so viel Geld reingesteckt, er will dafür sorgen, dass es auch in Zukunft gut in Schuss ist, ganz egal«, sie warf einen Blick auf Kitty, »wer hier mal leben wird. Kann sein, dass das gar nicht unsere Tochter sein wird. Vielleicht übernimmt eins von deinen Kindern eines Tages das Haus.«

»Das bezweifle ich«, sagte Charlotte. »Und ihr glaubt ja auch alle, ich wäre mit meinem Job verheiratet.«

»Ich finde, du machst das super«, sagte Rilla. »Du reißt dir ein Bein aus, damit die Gäste in deinen Ferienhäusern einen perfekten Urlaub haben. Du schuftest ohne Ende, um alles besonders schön zu machen, mit frischen Blumen aus Beths Gärtnerei und Annas Brownies und …«

»… und das mache ich alles für andere, aber an mich selbst denke ich nicht?«, beendete Charlotte Rillas Satz.

»Das hab ich nicht gesagt.«

»War auch nicht nötig.«

Rilla schaukelte Kitty auf den Knien. Charlotte sah zu, wie sie sich zu ihrer kleinen Tochter hinunterbeugte und ihr einen Kuss gab. »Komm mit rein, hier draußen sind jetzt zu viele Mücken. Und dein Bruder hat gesagt, er bringt heute Abend Essen von Harry mit, wir brauchen also nicht zu kochen. Es wird ein Fish-and-Chips-Abend.«

Charlotte knurrte der Magen. Sie hatte tagsüber nichts gegessen, weil so viel los gewesen war. Als sie Rilla ins Haus folgte, umfing sie die vertraute Atmosphäre ihrer Kindheit. In der Küche herrschte das übliche Durcheinander. Auf dem Tisch lagen Babysachen und diverse Papiere, und Rilla schob alles zur Seite und klappte den Laptop zu. Charlotte hielt Kitty auf dem Schoß, spürte das tröstliche Gewicht eines schläfrigen Babys und lächelte, als winzige Finger einen Knopf an ihrer Bluse packten und forschend daran zogen.

Charlotte drückte Kitty ein Küsschen auf den Kopf und inhalierte den Vanille- und Keksduft ihres Babyhaars. Nachdem Beths Mann sie verlassen hatte und Beth mit ihren kleinen Zwillingen allein geblieben war, war die ganze Familie eingesprungen, um sie zu unterstützen, während sie ihre Gärtnerei aufbaute. Rilla wickelte den Strauß aus, der in der Spüle gelegen hatte, schnitt die Stängel an und stellte den Krug mit den Blumen dann mitten auf den Tisch, außer Reichweite von Kitty, die bereits beide Händchen danach ausstreckte, weil die Farben sie faszinierten. Eine Schwester zu haben, die eine Gärtnerei betrieb, hatte auf jeden Fall Vorteile – die Geschwister bekamen ständig frische Blumen.

Kurz darauf wurde die Küchentür mit Schwung aufgestoßen, und Lachlan kam mit dem Abendessen in den Armen herein. Er strahlte Charlotte an.

»Hallo, lange nicht gesehen – wie schön, dass du mit uns isst. Wie kommt es, dass du dir mitten in der Saison Zeit dafür nimmst?«

Charlotte wollte etwas sagen, bemerkte aber, dass Rilla Lachlan einen warnenden Blick zuwarf, der sofort Wirkung zeigte. Lachlan hob die Augenbrauen und ging wortlos zum Hochstuhl, in dem Kitty inzwischen saß und begeistert an einer gefrorenen Banane lutschte.

»Hallo, meine Süße«, sagte er und gab ihr ein Küsschen auf die Wange. »Und hi, meine andere Süße.« Er nahm Rillas Hand und zog sie zu sich, schob ihre dunklen Locken zurück und küsste sie zur Begrüßung. Alles strahlte Behaglichkeit und Geborgenheit aus. Charlotte versuchte, nicht an Rob zu denken, der jetzt wahrscheinlich im Midsummer House herumwerkelte, sich um die Tiere kümmerte und sie für die Nacht einsperrte. Ach ja, sie hatte Blossom sich selbst überlassen. Thea hatte angerufen und ihr die Nachricht aufgesprochen, dass sie am Nachmittag kurz vorbeigeschaut hatte und dass das Pony wieder kerngesund war. Aber Charlotte hatte dennoch ein schlechtes Gewissen, weil sie abgefahren war, ohne nach der kleinen Stute zu sehen.

Lachlan verteilte das Essen, und sie setzten sich um den Tisch. Offenbar versuchte Rilla, sie bei Laune zu halten, indem sie pausenlos von ihren Plänen für die Erweiterung der kleinen Brauerei sprach. Womöglich hatte sie kurz mit Lachlan gesprochen, als sie zur Toilette ging, denn er fragte weder, wie es um Charlottes Pläne für Midsummer House stand, noch, warum sie plötzlich bei ihnen übernachten wollte. Stattdessen fand sie, als sie vollkommen erschöpft und seltsam ausgepumpt nach oben ging, dass in dem großen, luftigen Schlafzimmer ihres Vaters das Bett für sie gemacht war. Dankbar für das bequeme Nachtlager und bemüht, nicht daran zu denken, wie sie am Morgen im Stall an Robs Schulter aufgewacht war, fiel Charlotte in einen traumlosen Schlaf.

Am nächsten Morgen stand sie auf, fuhr zur Arbeit, und der Tag nahm sie ganz in Anspruch. Es war sechs Uhr, als sie nach einem Telefonat mit einer Agentur, die unbedingt ihre Ferienhäuser in ihren Katalog aufnehmen wollte, ihr Büro abschloss. Sie hatte Schuldgefühle, weil sie Rob mit den Tieren alleingelassen hatte, daher fuhr sie über die vertraute Strecke zum Midsummer House. Während sie über die holprige Zufahrt kurvte, dachte sie an ihr Alter Ego, die impulsive Lottie. Was würde Lottie wohl jetzt tun? Lottie wäre jedenfalls kein Workaholic, sie würde sich nicht nur auf die anderen konzentrieren und sich dabei selbst vergessen, das war mal sicher. Vielleicht sollte sie diese Seite von sich einfach zulassen und beginnen, mehr für den Moment zu leben – und keine Listen von Listen von Listen mehr schreiben?

Charlotte fuhr um die letzte Biegung und auf das große weiße Haus zu, das nun zwischen den Bäumen auftauchte. Sie hatte so viele Pläne für Midsummer House gehabt, und jetzt musste sie alle loslassen. Ihr wurde ganz flau, als sie daran dachte. Wenn sie daraus etwas fürs Leben lernen sollte, dann war das jedenfalls eine ätzende Lektion. Aber vielleicht gehörte das alles zum Lernprogramm Loslassen.

Sie hielt am Tor, das sich reibungslos öffnen ließ, seit Rob es mit Jimmy juniors Hilfe repariert hatte. Erst jetzt sah sie, dass dort, wo sie normalerweise den Land Rover abstellte, der Wagen von Bauunternehmer Kenny parkte. Dahinter im Hof standen Rob und Kenny und redeten und lachten. So viel also zum Loslassen und zur Gelassenheit. Charlotte kochte vor Zorn. Rob hatte nicht einmal einen Tag verstreichen lassen, die Tinte war noch nicht trocken – nein, sie war noch gar nicht aus der Feder geflossen! –, und schon machte er Pläne. Auch wenn er ganz leger in schmutzigen Jeans und einem alten T-Shirt herumlief, steckte offenbar nach wie vor der hartgesottene Finanzmann in ihm. Wahrscheinlich hatte er diesen Schachzug schon die ganze Zeit vorgehabt.

Charlotte sprang wieder in den Land Rover, wendete – was auf dem schmalen Fahrweg nicht so einfach war – und fuhr wutschäumend nach Applemore zurück.

»Hallo, mein Sonnenschein.« Harry brachte gerade eine große Schüssel mit Meeresfrüchten, die er im Hafen bei einem Fischer besorgt hatte, ins Restaurant. Der Wind wehte den frischen Geruch nach Meer von der Bucht herein – das Wetter würde umschlagen.

Sie sah Harry finster an.

»Gibt's Ärger im Paradies?«, fragte er nonchalant.

»Hör auf«, brummte Charlotte.

»Ich will mich ja nicht zu weit aus dem Fenster lehnen«, sagte er und rückte die Schüssel auf der Hüfte zurecht, »aber wenn ich das täte, würde ich sagen, du musst dir überlegen, was wirklich wichtig ist. Für alle anderen ist das ganz offensichtlich.«

»Ich weiß nicht, wovon du redest.«

Harry zuckte die Achseln. »Auch gut. Ich sage einfach, dass die Dinge manchmal nicht ohne Grund passieren. Guck dir dieses Haus an.« Er deutete auf das Hotel, dessen weiße Fassade vor dem grauen Himmel leuchtete.

»Was ist damit?«

»Wenn ich Rob nicht getroffen hätte, würde er hier nicht investieren. Wir haben alle möglichen Pläne – wir wollen nicht nur das Haus modernisieren, sondern wir sprechen auch von einem Restaurant außerhalb des Dorfes. Weißt du, dass das Lochbay ein Vermögen macht?«

Wortlos starrte Charlotte ihn an. Endlich fiel der Groschen. Rob und sie hatten neulich beiläufig über die Idee gesprochen, eine kleine Gastrokneipe mit Zimmern zu eröffnen. Lochbay war ein winziges Gasthaus etwa dreißig Meilen weiter nördlich mit einem schnuckeligen Restaurant und sechs exklusiven kleinen Zimmern. Es hatte bei der Verleihungszeremonie, an der sie im Winter teilgenommen hatte, einen Preis bekommen, als Anerkennung für die auf die Jahreszeit abgestimmte Speisekarte und für das innovative Design, das Gäste aus dem ganzen Land in Scharen herbeiströmen ließ. Das Haus war auf Monate im Voraus ausgebucht. Charlotte hatte Gerüchte gehört, dass Paare ihre Hochzeit verschoben, nur um einen freien Termin im Lochbay zu ergattern.

Midsummer House wäre für so etwas perfekt. Das Haus und seine Lage waren ideal. Die Gäste würden den Küchengarten und die Tiere lieben, von der Obstwiese ganz zu schweigen, auf der sie im Highland-Sonnenschein ihre Drinks schlürfen konnten. Kein Wunder, dass Rob keine Zeit verschwendete und bereits mit Kenny im Gespräch darüber war, wie er das Haus renovieren wollte. Er hatte nicht einmal vierundzwanzig Stunden abgewartet. Sein Geschwätz, dass er nicht wüsste, was er mit dem Haus anfangen sollte, war tatsächlich nichts weiter als leeres Gerede gewesen. Charlotte stemmte die Hände in die Hüften.

»Ich muss telefonieren«, sagte sie mit einem dünnen Lächeln zu ihrem langjährigen Freund. »Wir sprechen uns später.«

Harry warf ihr einen merkwürdigen Blick zu. Auf dem Weg zum Restaurant drehte er sich noch einmal um und betrachtete sie nachdenklich.

»Du hast ihn völlig falsch verstanden, weißt du.«

Charlotte öffnete den Mund, aber Harry hob die Hand, wobei er um ein Haar die Schüssel hätte fallen lassen.

»Ich hab dich sehr lieb, Charlotte, das weißt du. Aber du kannst dein Leben nicht bis in die kleinsten Einzelheiten hinein managen. ›Leben ist das, was passiert, während man eifrig andere Pläne schmiedet‹ – ist das nicht ein Sprichwort?«

»Und was willst du damit sagen?« Sie sah ihn an und hob herausfordernd das Kinn.

Harry wich ihrem Blick nicht aus. Der Wind zerzauste sein sandfarbenes Haar. »Ich will damit sagen, dass du schon das ganze Jahr wie besessen bist von Midsummer House und an nichts anderes mehr denkst. Aber es gibt auch noch andere Häuser.« Er zuckte mit den Schultern. »Weiter nichts.«

Achtundzwanzigstes Kapitel

Charlotte blieb noch ein paar Nächte im Applemore House. Tagsüber arbeitete sie, und abends kam sie zurück und half Rilla und Lachlan mit Kitty. Das Kind war die schönste Ablenkung, die sie sich wünschen konnte, und Rilla und Lachlan waren ihr dankbar, weil sie auf diese Weise ins Applemore Hotel essen gehen konnten. Während Charlotte sie aus dem Haus scheuchte, gaben sie ihr eilig letzte Anweisungen, aber Charlotte erinnerte sie daran, dass sie es auch geschafft hatte, Beths Zwillinge zu hüten, dass ein pflegeleichtes Baby also gar kein Problem für sie war.

Das war eindeutig ihr erster Trugschluss – Kitty zahnte gerade und jammerte und weinte stundenlang. Sie wollte sich nicht beruhigen, und als Charlotte ihr ein Fläschchen anbot, drehte sie den Kopf weg, als wäre sie tödlich beleidigt. Während sie das quengelnde Kind im Arm schaukelte, rief sie Beth an.

»Okay, ich geb's zu, ich weiß nicht weiter. Ich hab alles probiert.«

»Hast du es mit einem Paracetamol-Zäpfchen versucht?« Beth schien das lustig zu finden. »Oder mit Whisky? Offenbar haben sie den Babys früher Whisky eingeflößt. Zum Glück haben wir heute andere Möglichkeiten«, sagte Beth beiseite, offenbar zu Jack, denn Charlotte hörte ihn im Hintergrund lachen.

»Schadenfreude ist kein schöner Charakterzug.« Charlotte

rückte das Handy zurecht, das sie sich zwischen Schulter und Ohr geklemmt hatte.

»Das ist keine Schadenfreude, ich staune nur, dass sich die tüchtigste und gescheiteste Frau in der Familie von einem sechs Monate alten Baby aus dem Konzept bringen lässt.«

»Sehr witzig«, sagte Charlotte. »Aber gut, ich werde es mit einem Paracetamol-Zäpfchen versuchen. Sonst noch Vorschläge?«

»Guck mal nach, ob Rilla Möhren im Kühlschrank hat. Die Zwillinge haben gern darauf herumgebissen, als sie zahnten. Ich glaube, das Kalte hat sich auf dem geschwollenen Zahnfleisch angenehm angefühlt.«

»Mach ich.« Babys waren wirklich anstrengender als Tiere. Charlotte fragte sich, wie Rob wohl klarkam. Sie hatte ihm eine knappe Nachricht geschrieben, dass es unter diesen Umständen am besten sei, wenn er Midsummer House hüte, und dann hatte sie Frances gemailt, sie sei zwar traurig, dass es nun doch nicht zum Verkauf kommen würde, trotzdem hoffe sie, dass Frances ihre Reise genießen könne. Bisher hatte Frances nicht geantwortet.

Charlotte fand, dass sie in ihrer Mail bemerkenswert höflich geblieben war. Am liebsten hätte sie einen Strom von wüsten Beschimpfungen losgelassen, immerhin hatte sie ihr Cottage aufgegeben und über den Sommer vermietet, um als unbezahlte Haushüterin zu fungieren. Inzwischen war Kitty auf ihrem Arm eingeschlafen, und sie seufzte erleichtert auf. Schließlich hatte sie ja um das Risiko gewusst, als sie eingewilligt hatte, sich um Midsummer House zu kümmern. Und ihre Geschwister – von den Freundinnen im Dorf ganz zu schweigen – hatten sie immer wieder darauf hingewiesen, dass Frances ein verrücktes Huhn war. Charlotte ging auf Zehenspitzen die Treppe hinauf, um Kitty bloß nicht aufzuwecken, und wunderbarerweise schlief das Kind tatsächlich weiter. Sie legte es in sein Bettchen, deckte es zu und stopfte die Decke sorgfältig fest. Dann zog sie sich leise aus dem Zimmer zurück.

Sie nahm das Babyfon mit nach draußen und schaute in den dämmrigen Sommerhimmel hinauf. Fledermäuse schossen durch die Luft, und der Ruf einer Eule hallte durch die Abendstille. Charlotte fragte sich, ob Rob auf der anderen Seite des Tals wohl auch gerade in den Himmel schaute.

Am nächsten Morgen fuhr sie in aller Frühe ins Dorf, während Lachlan sich mit müden Augen einen zweiten Becher Kaffee einschenkte und dann geduldig das Spielzeug aufhob, das Kitty von ihrem Hochsitz im Kinderstuhl aus vergnügt auf den Fußboden schleuderte.

Charlotte hatte sich die ganze Nacht unruhig herumgewälzt, alles durchdacht und schließlich einen Entschluss gefasst. Es war unmöglich von ihr gewesen, dass sie Rob nicht einmal hatte ausreden lassen. Das hier war das echte Leben, und sie waren Erwachsene, keine Teenager mehr. Sie fuhr durch Applemore, an dem kleinen Hafen vorbei, und winkte Harry zu, der mit den Händen in den Taschen gerade neben einem Lieferwagen stand und mit dem Lieferanten sprach. Harry grinste und grüßte sie mit einem Nicken, anscheinend war er froh, dass sie nach dem gestrigen Tag wieder zur Vernunft gekommen war.

Der Ziegenbock Geoffrey stand im Paddock, als sie ankam, und sie ging zu ihm hinüber, griff über den Holzzaun und kraulte ihn zwischen den gewundenen Hörnern, genau da, wo er es gernhatte. Er stupste sanft ihre Hand an und knabberte dann weiter an der Weißdornhecke. Die Soayschafe waren ausnahmsweise dort, wo sie sein sollten, sie grasten friedlich unter den Apfelbäumen auf der Weide. Aber – wo war Robs längst nicht mehr tadellos sauberer Range Rover? Auf seinem Parkplatz stand jetzt ein ramponierter roter Campingbus mit Gardinen an den Seitenfenstern. Durch einen Spalt lugte Charlotte ins Wageninnere. Hatte er seinen Wagen eingetauscht und war unter die Camper gegangen, so wie Rilla damals? Eigentlich konnte sie sich das nicht vorstellen. Sie hörte Schritte und drehte sich um. Eine hochgewachsene Frau in den Vierzigern kam auf sie zu. Zwei hellbraune Zöpfe hingen ihr vorn über die Schultern, sie trug ein ausgeblichenes blauweißes Ringelshirt und abgeschnittene Jeans. Die unlackierten Zehennägel guckten aus alten Birkenstocksandalen, und um einen Knöchel hatte sie eine Kette aus Holzperlen geschlungen.

»Hi.« Sie wirkte nicht gerade freundlich.

»Hallo.« Charlotte betrachtete sie skeptisch. »Sind Sie …?«

»Die Haushüterin«, sagte die Frau. »Der Besitzer ist verreist, und ich bin für ein paar Wochen hier und habe ein Auge auf alles. Soll ich etwas ausrichten?«

Dem Akzent nach schien sie aus Nordengland zu kommen, aus Lancashire oder so. Sie sah Charlotte höflich, aber ein wenig abweisend an, als hätte sie nicht damit gerechnet, dass jemand vor der Tür stehen könnte.

»Nein, schon gut. Ich bin einfach gerade vorbeigekommen.«

»Okay.« Die Frau machte einen Schritt auf sie zu, als wolle sie den ungebetenen Gast sanft wieder hinausscheuchen.

»Ich – also, ich habe bis vor ein paar Tagen hier gewohnt. Oben stehen noch Sachen von mir, könnte ich die schnell –«

»Ach so«, sagte die Frau, als hätte sie gerade eins und eins zusammengezählt. »Genau. In der Küche steht ein Karton mit Ihrem Zeugs. Ich hole ihn.«

»Schon gut«, sagte Charlotte, »das brauchen Sie nicht, ich gehe selbst.«

Die Frau hob die Hand. »Nein, tut mir leid. In meinem Vertrag steht, dass ich keine Fremden ins Haus lassen darf.«

»Ich bin keine Frem–«, begann Charlotte und brach ab, als ihr klar wurde, dass sie damit nichts erreichen würde.

»Ich hole eben den Karton, bin in zwei Minuten zurück.« Die Frau drehte sich um und ging ins Haus. Charlotte blieb stehen, und während sie sich auf dem Hof umsah, wurde ihr bewusst, wie sehr sie Midsummer House vermissen würde. Es traf sie wie ein Donnerschlag. Sie sah zu der Bank vor der Küche hinüber und dachte daran, wie sie hier im Sonnenschein ihren Morgenkaffee getrunken und mit Rob geplaudert hatte, während Nero ausgestreckt vor ihren Füßen lag. Am Ponystall hing das rote Halfter, das Blossom in der Nacht ihrer Kolik getragen hatte. Im Hühnergehege krähte Errol, der Hahn, seinen Hennen etwas vor.

»Hier sind Ihre Sachen.« Die Frau übergab Charlotte einen großen Karton, der anscheinend alles enthielt, was sie zurückgelassen hatte. »Kann ich sonst noch was für Sie tun?« Ihr Blick machte deutlich, dass es für Charlotte Zeit war, das Grundstück zu verlassen.

Charlotte schüttelte den Kopf. »Nein, das ist alles –« Sie wandte sich zum Gehen, blieb aber noch einmal stehen. »Ich nehme an, dass Sie bei den Sachen keine Nachricht gefunden haben?«

Jetzt schüttelte die Frau den Kopf. »Nein, nichts.«

Charlotte schob den Karton in den Land Rover und blickte mit wehem Herzen noch einmal zum Midsummer House hinüber. Sie hatte sich so darauf konzentriert, Frances das Haus abzukaufen, dass sie die Chance, die sie bekommen hatte, verpasst hatte. Und jetzt war es zu spät. Aber letztlich war Midsummer House nur ein Haus, und es gab auch noch andere Häuser.

Sie arbeitete den ganzen Tag mechanisch vor sich hin. Dabei war sie unkonzentriert, machte blöde Fehler und musste E-Mails zweimal schreiben, weil sie wichtige Einzelheiten vergessen hatte. Schließlich kam Fiona zu ihr herüber, stützte sich mit beiden Armen auf ihren Schreibtisch und sah sie eindringlich an.

»Ich weiß nicht, was mit dir los ist«, begann sie, »ich könnte zwar raten, aber ich will meine Nase nicht in Dinge stecken, die mich nichts angehen. Ich möchte allerdings sagen, dass ich eins gelernt habe, nämlich, dass es nie zu spät ist. Du kennst doch die Familie, die gerade im Nether Glenton wohnt? Die mit der kranken Tochter? Ich habe mich gestern mit ihnen unterhalten, und dabei ist mir klargeworden, dass das Leben einfach verdammt kurz ist.«

Charlotte seufzte. »Da hast du recht.«

Neunundzwanzigstes Kapitel

»Ich glaub's nicht, Alter. Jetzt bist du wohl total durchgeknallt.«

Andy lehnte sich auf seinem Stuhl zurück und blickte auf die Skyline von Edinburgh hinaus. Der Kellner zögerte einen Moment, bevor er diskret den Teller mit den Austernschalen vom Tisch nahm. Schnell und effizient, so wie man es im teuersten Restaurant der Stadt erwarten konnte, räumte er ab. Dann neigte er die Weinflasche ein wenig in Robs Richtung, und dieser nickte.

»Danke.«

»Darf ich Ihnen noch etwas bringen? Vielleicht die Dessertkarte?«

»Ich könnte ein Riesenstück Schokokuchen gebrauchen«, sagte Andy, streckte sich kurz, verschränkte dann die Arme und sah Rob eindringlich an. »Und während der angerichtet wird, kannst du mir erklären, was dich da bloß geritten hat. Wieso willst du denn alles aufgeben? Glaubst du wirklich, das wäre für dich der Weg nach vorn?«

»Ich gebe ja nicht alles auf.« Rob sah sich um. Es war früh am Freitagabend, und das Restaurant füllte sich bereits mit den üblichen Verdächtigen. Die meisten begrüßten Rob mit einem Nicken, als sie ihn mit Andy am Tisch sitzen sahen. In Poloshirt und Jeans wirkte er unter den Anzugträgern, die hier deutlich in der Mehrzahl waren, fehl am Platz. Dieses Restaurant war seit Jahren ihr Stammlokal, doch heute wollte er nur noch weg. Die ganz Stadt fühlte sich beklemmend eng an, und die Menschenmengen und der Verkehr erstickten ihn, kaum dass er seine Reisetasche geschultert und den Flughafen verlassen hatte.

»Also, damit ich das richtig verstehe: Deine Tante Frances hat dir das Haus überschrieben, und jetzt verkrümelst du dich aufs Land, um da Gutsherr zu spielen? Wann kann ich denn kommen und Moorhühner schießen?«

»Da gibt's keine Moorhühner.« Rob lachte über Andys typische Direktheit.

»Hirsche? Rehwild? Na komm, du hast doch bestimmt ein Pärchen Fasanen für mich.«

Rob schüttelte den Kopf. »Keinen einzigen.«

»Was ist denn das für ein beknacktes Landgut?«

»Es ist kein Landgut. Es ist bloß ein Haus.« Rob beobachtete, wie einige junge Frauen hereinkamen, die er flüchtig aus der Firma kannte. Als sie ihn sahen, winkten sie ihm kokett zu. Noch vor gar nicht langer Zeit hätte er sie zu sich an den Tisch gebeten, ein paar Flaschen Champagner springen lassen und damit einen Abend mit absolut vorhersehbarem Ausgang eingeleitet. Doch seltsamerweise dachte er im Moment nur, wie langweilig es doch war, dass alle hier wie geklont aussahen, die Männer in ihren teuren Anzügen, die Frauen im schicken kleinen Schwarzen, das sie vom Tag in die Nacht begleitete.

»Na, wo bist du gerade, Rob?«

Andys Stimme unterbrach ihn in seinen Gedanken.

»Oh, sorry. Was hab ich eben gesagt?«

»Du hast versucht, mir plausibel zu machen, warum du deine Chance, in die Firma zurückzukommen, in den Wind schlagen willst. Du müsstest bloß eine Geldstrafe zahlen und könntest dann das große Geld machen. Ich hätte da demnächst ein paar richtig interessante Sachen.« Andy blickte auf sein Handy. »Sorry, da muss ich drangehen. Bin in fünf Minuten wieder da.«

Er stiefelte aus dem Restaurant und ließ Rob mit seinen Gedanken allein.

Während Rob zum Flughafen gefahren war, um nach Rom zu fliegen und sich dort mit Frances zu treffen, hatte Peter, sein Chef, ihn angerufen. Die Ermittlungen seien abgeschlossen, hatte er ihm eröffnet. Er klang recht zufrieden mit sich selbst, und er meinte, wenn Rob eine Verwarnung akzeptieren und eine Geldbuße zahlen würde – ach ja, und versprechen würde, nie wieder fragwürdige Geschäfte abzuschließen –, könnte er Montagmorgen wieder an seinem Schreibtisch sitzen.

»Ich kann nicht«, hatte Rob erwidert. Er war auf der Straße zwischen Ullapool und Inverness auf einen Parkplatz gefahren, von wo aus er Blick auf die mit Heidekraut bewachsenen Berge hatte.

»Was heißt hier: ›Ich kann nicht‹?«

Er konnte sich Peters Gesicht vorstellen. Sein Chef hatte sein Leben lang im Finanzsektor gearbeitet, und Rob vermutete, dass ihm der Gedanke, einfach alles hinzuschmeißen, vollkommen fremd war. Wie für so viele seiner Kollegen – Rob sah sich im Restaurant um – gehörte der Job zu Peter wie eine zweite Haut. Seltsam, dass sowohl Charlottes Davonstürmen als auch dann der Besuch bei Frances in Rom nötig gewesen waren, bis er endlich die Wahrheit erkannt hatte, die doch eigentlich so offensichtlich gewesen war.

»Also gut«, hatte er zu Peter gesagt. »Will nicht. Ich will nicht.«

»Du hast eine großartige Karriere vor dir. Lass dich doch von dem kleinen Zwischenfall nicht aus der Bahn werfen.«

Rob hatte über die Berge geschaut, hatte beobachtet, wie ein Adler eine Luftströmung nutzte, in den wolkenlosen Himmel hinaufschwebte und von dort aus die Landschaft überblickte. Eine großartige Karriere, eingesperrt in einem Bürogebäude, wo er Tag für Tag das Gleiche machen, mit den gleichen Leuten den gleichen teuren Champagner trinken und bedeutungslose Erfolge feiern würde. Es kam ihm lächerlich klischeehaft vor, dass er in den Highlands Frieden gefunden hatte, weit weg von allem, was er früher für wichtig gehalten hatte, aber es war die Wahrheit.

»Ich habe andere Pläne. Investitionen, um die ich mich kümmern will«, hatte er gesagt, wohl wissend, dass er Peter damit überzeugen würde.

»Ach, tatsächlich?«

Jetzt sprach Rob eine Sprache, die Peter verstand. »Ja, ich kann jetzt nichts Genaueres dazu sagen, aber ich glaube, das wird richtig gut.«

Mehr schien sein früherer Chef nicht zu brauchen, um beruhigt zu sein, dass Rob sein Leben nicht wegwarf. Peter hatte aufgelegt, allerdings nicht ohne darauf zu bestehen, dass sie sich zu einem Abschiedstrunk treffen müssten, wenn Rob das nächste Mal in Edinburgh war. Rob war weiter zum Flughafen gefahren und schließlich in Rom gelandet, wo Frances mit erstaunlicher Effizienz alle Hebel in Bewegung gesetzt hatte, sodass der Vertrag unterschriftsreif war.

»Und was ist mit Charlotte?«, hatte er gefragt, nachdem Frances eine ihrer Reisefreundinnen herangewunken und gebeten hatte, die Eigenhändigkeit ihrer Unterschrift zu bestätigen.

»Charlotte wird darüber wegkommen«, hatte Frances geantwortet. »Gleich als ich sie kennenlernte, habe ich gesehen, dass sie nicht Midsummer House brauchte, sondern die Vorstellung davon.«

»Ich bin nicht sicher, ob ich weiß, was du meinst.«

Frances hatte leise gegluckst. »Aber ich bin ziemlich sicher, dass du's nicht weißt. Doch vielleicht wirst du feststellen, dass Charlotte es weiß.«

Rob hatte das Gesicht verzogen, denn er hatte den Verdacht, dass Charlotte keine große Lust haben würde, mit ihm zu sprechen.

Der Kellner brachte die Schokoladentorte und stellte den Teller vor Andys leeren Platz. Gleich darauf kam der Freund zurück.

»Sieht verdammt lecker aus. Willst du was davon?«

Rob schüttelte den Kopf. »Ich bin satt, danke.«

»Du bist verrückt, weißt du. Aber ich hab dich noch nie so entspannt gesehen, deswegen muss ich dir wohl glauben, dass, was auch immer – oder wer auch immer – dich in die Highlands ruft, es wert ist, dass du dein Leben umkrempelst.«

Nachdem Rob Andy erzählt hatte, welche Pläne Harry und er für das Applemore Hotel und den Seafood-Imbiss hatten, fügte er hinzu: »Und ich kann dir versprechen, wenn du erst Harrys Schokotorte gegessen hast, wirst du finden, dass der Kuchen hier wie Pappe schmeckt.«

Andy grinste. »Ich freue mich schon auf eine Kostprobe.«

Am nächsten Morgen erledigte Rob einige Telefonate. Er gab einem Makler den Auftrag, sein Haus auf den Markt zu bringen. Wenn er sein Leben wirklich ändern wollte, dann richtig. Es war seltsam, wie wenig er von seinem alten Leben mitnehmen wollte – all die Attribute des Reichtums, mit denen er sein Haus gefüllt hatte, hatten ihm nie richtig etwas bedeutet, er hatte sie gekauft, ohne darüber nachzudenken. George, sein früherer Fahrer, kam vorbei, und Rob bestand darauf, dass er den riesigen Fernseher und die Kaffeemaschine mitnahm, die durchaus in ein teures Café gepasst hätte. Mit Robs Hilfe packte George seinen Wagen mit Sachen voll, die Rob nicht mehr haben wollte. Bevor er wieder losfuhr, blieb George in der Einfahrt stehen.

»Was hast du denn mit deinem Wagen gemacht?«, fragte er.

Rob betrachtete den Range Rover. Das Auto war von oben bis unten mit Dreck bespritzt, denn er war damit über verschlammte Feldwege gefahren, als er Jimmy junior neulich geholfen hatte, und die Windschutzscheibe sah aus, als wäre sie monatelang nicht geputzt worden – was ja auch stimmte. »Ich hab ihn benutzt.«

»Das sehe ich. Ich glaube, der braucht mal richtige Pflege, und er muss durch die Waschanlage, inklusive Wachs und Politur.«

Rob lachte. »Der Range Rover ist doch ein Geländefahrzeug. Endlich hat er mal ehrliche Arbeit geleistet – so wie ich übrigens auch.«

»Na gut.« George tätschelte den Wagen und wischte sich dann verstohlen die schmutzige Hand am Hosenbein ab. »Ich muss sagen, dir hat das offenbar gutgetan, deinem Auto weniger. Aber es war schön, dich zu sehen, Rob. Pass auf dich auf, ja?«

»Das mache ich, George.«

Rob sah Georges Wagen nach, als er davonfuhr, beladen mit Gegenständen, die ihm selbst nichts mehr bedeuteten.

Er schloss ein letztes Mal ab und stieg in den Range Rover, dessen Sitze voller Hundehaare waren. Es war ein gutes Gefühl, alles hinter sich zu lassen, und er war sich sicher, dass seine Entscheidung richtig war.

Dreißigstes Kapitel

»Ich muss sagen, ich bin ein bisschen enttäuscht, dass dein knackiger Verehrer sich so klammheimlich vom Acker gemacht hat.« Die Theke des kleinen Cafés schien ein Eigenleben entwickelt zu haben, und ihre Empfindungen schienen denen eines gewissen schwulen Walisers zu ähneln. Charlotte musste lachen.

Gleich darauf erschien der Mensch, zu dem die Stimme gehörte, aus dem Schrank unter der Theke, richtete sich auf und klopfte den Staub von seinem schwarzen T-Shirt ab.

»Hallo, du Schöne.« Gavin beugte sich über die Theke und küsste Charlotte auf die Wange. Er roch nach dem biologischen Lavendel-Reinigungsspray, das er in der Hand hielt. »Wo hattest du dich denn versteckt? Hab schon gedacht, du wärst an Koffeinentzug gestorben, du warst ja ewig lange nicht hier.«

»Höchstens eine Woche.« Charlotte lachte. »Wo ist Tom?«

»Er holt Sachen vom Großhändler. Als ich gesehen habe, wie scheußlich das Wetter heute ist, hab ich gesagt, er könnte doch auch mal fahren, sein Knöchel ist ja wieder voll belastbar.«

»Schön ist das Wetter wirklich nicht.« Charlotte blickte aus dem Fenster in einen bleigrauen Himmel, aus dem es auf den alten Traktor schüttete, der hinter dem Hofladen stand. Nicht lange, dachte sie, und Polly würde ihn benutzen, um irgendetwas darauf auszustellen – bei dem Tempo, das sie vorlegte.

»Wir hatten ungefähr eine Woche lang richtig Sommer. Ich

weiß nicht, warum ich immer etwas anderes erwarte, schließlich leben wir hier fast am Nordpol.« Gavin hantierte an der Kaffeemaschine, um Charlotte einen Cappuccino zu machen. »Aber wie auch immer, was ist denn passiert? Wie ich höre, kampiert jetzt neben dem Midsummer House eine Hippietante in einem Bus?«

»Ach, fang bloß nicht davon an.« Charlotte biss die Zähne zusammen. »Aber ja, sie hütet jetzt das Haus.«

Gavin nickte. »Ich vermute mal, dass sie da besser hinpasst als du. Dolina hat gesagt, man erzählt sich, dass Frances so eine Art Hexe ist.«

»Frances ist keine Hexe. Sie ist bloß etwas exzentrisch.« So konnte man es auch ausdrücken, dachte Charlotte grimmig. Sie hatte sich damit abgefunden, dass sie Midsummer House aus ihren Plänen streichen musste. Doch das Haus zu verlieren erschien ihr jetzt im Vergleich zu ihrem anderen Verlust unwichtig ... Es war seltsam, wie einfach das Zusammenwohnen mit Rob gewesen war und wie groß die Lücke, die er bei seinem Weggang hinterlassen hatte.

»Und du wohnst jetzt oben im Gutshaus?« Dampf zischte, und ein köstlicher Duft nach frisch gemahlenem Kaffee erfüllte die Luft.

»Im Moment ja. Wenn die Sommersaison vorbei ist, ziehe ich wieder in mein Cottage.«

»Muss ein komisches Gefühl sein, wenn man das eigene Haus vermietet. Ich weiß nicht, ob es mir recht wäre, wenn eine Horde von fremden Leuten in meinen Sachen rumstöbern würden.«

»Wenn du mich damit trösten willst«, sagte Charlotte und

nahm ihren Cappuccino entgegen, »fürchte ich, dass das nicht ganz klappt. Aber ich habe keine persönlichen Sachen im Cottage gelassen, bloß die Möbel. Und das sind nur Gegenstände.«

»Aha! Jetzt klingst du selbst wie ein Hippie. Das Leben in Midsummer House hat auf dich abgefärbt. Als Nächstes verschenkst du alles, was du hast, und ziehst in eine Jurte.«

Charlotte, die auf Fachmessen mehr als genug Jurten gesehen hatte, schüttelte den Kopf. »Ganz bestimmt nicht. Dafür genieße ich mein komfortables Zuhause viel zu sehr.«

Kurz darauf kam Polly hereingestürzt. Sie hatte ihr Haar mit einem scharlachroten Band zusammengebunden und trug blaue Sneaker mit weißen Punkten. Wie immer wirkte sie fröhlich und energiegeladen, aber diesmal kam noch ein besonderes Leuchten hinzu.

»Fertig?« Polly spielte mit ihrem Autoschlüssel und deutete mit dem Kopf zur Tür, sodass ihr blonder Pferdeschwanz flog.

»Fertiger geht's nicht.«

»Was habt ihr denn vor?« Gavin musterte die beiden Schwestern.

»Nichts Besonderes. Wir wollen ins Dorf, ein bisschen mit Harry quatschen. Oder nein, das ist nur ein Vorwand – eigentlich kann ich von dem Essen, das sein neuer Koch zaubert, nicht genug kriegen.«

»Manche würden dagegen sagen, sie trifft sich einfach gern mit Harry.« Charlotte warf ihrer Schwester einen Blick zu. Jedenfalls erklärte das ihr Strahlen.

»Halt den Mund.« Polly errötete. Sie ließ den Autoschlüssel fallen und bückte sich, um ihn wieder aufzuheben.

Gavin sah vielsagend zu Charlotte hinüber und zwinkerte

ihr kaum merklich zu. Charlotte legte den Finger auf die Lippen und schüttelte leicht den Kopf.

»Keine Ahnung, was ihr zwei da gerade getuschelt habt«, sagte Polly kurze Zeit später, als sie die gewundene Landstraße ins Dorf hinunterfuhren und die Scheibenwischer ihr Bestes taten, um gegen den Regen anzukommen, der von Minute zu Minute stärker zu werden schien. »Zwischen Harry und mir läuft absolut gar nichts.«

»Hab ich das Gegenteil behauptet?« Sie warteten darauf, dass ein Trecker mit Anhänger in eine Hofeinfahrt abbog, und Charlotte wischte die beschlagene Scheibe mit dem Ärmel ab und blickte in den Hof, wo eine Herde feuchter Kühe stand.

»Wir sind einfach befreundet.«

»Ja, natürlich.« Charlotte hob protestierend die Hände. »Ich hab kein Wort gesagt.«

Polly warf ihr einen Seitenblick zu, sagte aber nichts mehr.

Bei dem schlechten Wetter war Applemore menschenleer. Es hätte ebenso gut Oktober sein können. Die bunten Wimpelketten, die im Sonnenschein so fröhlich schaukelten, wirkten an diesem grauen Tag unpassend. Wegen des Regens war von den Inseln nichts zu sehen. Es herrschte starker Seegang, und draußen vor dem Hafen tanzte ein Fischerboot auf den hohen Wellen. Polly parkte.

»Ich hätte keine Lust, bei diesem Wetter zum Fischen rauszufahren.«

»Ich auch nicht. Fühlt sich an wie Herbst, nicht wie Sommer.«

Sie flitzten über die Straße, sprangen über eine große Pfütze und wichen den Sturzbächen aus, die aus den Regenrinnen strömten. Von einem der großen Sonnenschirme vor dem Restaurant hatte sich eine Plane gelöst und flatterte knatternd im Wind. Die beiden Schwestern stürzten in das erwartungsgemäß leere Restaurant und weiter an die Theke, wo –

Charlotte machte eine Vollbremsung und prallte zurück, aber Polly stand hinter ihr.

»Tritt bloß nicht auf meine neuen Schuhe, hab sie gerade erst eingetragen!«

Charlotte fuhr herum. Flehend sah sie ihre Schwester an.

»Da ist Rob«, zischte sie.

»Das sehe ich«, sagte Polly fröhlich. Als er sich umdrehte, hob sie winkend die Hand. »Hi, Rob! Schön, dass du wieder da bist!«

»Ich hab nicht damit gerechnet, dass er hier sein könnte«, flüsterte Charlotte. »Das ist einfach zu peinlich. Lass uns wieder gehen.«

»Sei nicht albern«, sagte Polly und sauste zur Bar hinüber, weil sie Harry entdeckt hatte. »Damit musst du jetzt allein klarkommen«, flüsterte sie hörbar, als Rob auf Charlotte zuging.

»Hi.« Er sah sie mit seinen dunklen Augen an. Ein Lächeln umspielte seine Mundwinkel, als er sie von oben bis unten musterte, sodass es ihr einen Moment lang schien, als stünde sie nackt vor ihm – und nicht voll bekleidet, wenn auch völlig durchnässt.

Sie drehte sich nach Polly um, aber ihre Schwester schien sich in Luft aufgelöst zu haben. Rob hatte ein freches Funkeln in den Augen.

»Wahrscheinlich sollte ich das im Moment nicht erwähnen, aber ich fühle mich an eine ganz andere Situation erinnert.«

Einen Moment lang war Charlotte, als müsste ihr das Herz aus der Brust springen, so heftig klopfte es. Wieder haute es sie um, wie unglaublich gut Rob aussah. Da stand er – hochgewachsen, breitschultrig, mit dem dunklen Haar, das ihm ins Gesicht fiel, und einen Moment lang schwiegen sie beide. Jetzt oder nie.

»Es tut mir leid«, begann Charlotte, und gleichzeitig sagte Rob leise: »Ich glaube, wir müssen reden. Setz dich doch drüben ans Feuer, und ich hole uns was zu trinken.«

»Ich – ich bin eigentlich mit Polly hier«, versuchte sie zu protestieren, aber als sie sich umsah, konnte sie weder ihre Schwester noch Harry entdecken. Sie wandte sich wieder Rob zu, der lachte.

»Sieht so aus, als hätten sie uns allein gelassen. Komm, setz dich an den Kamin und lass dich trocknen.«

Er ging zur Theke.

Es passte zum Leben in den Highlands, dass mitten im Sommer in einem Restaurant ein Feuer im Kamin brannte. Charlotte setzte sich und versuchte verzweifelt, ihre nassen Haare ein wenig zu ordnen. Gleich darauf kam Rob mit den Getränken zurück. Dieses Mal gab es zwar keinen Champagner, und die Umgebung war weniger glamourös als bei ihrer ersten Begegnung, aber das war Charlotte egal.

»Du hast also tatsächlich etwas bekommen?«

»Ja.« Rob grinste. »Obwohl hier offenbar gerade Personalmangel herrscht, ist Harry sofort wieder aufgetaucht, als ich an die Theke kam.«

»Komisch.« Ihre Blicke begegneten sich, und Robs Augen funkelten vor Vergnügen.

»Ja, oder? Ist Rotwein okay?« Er hob sein Glas.

Charlotte umschloss das große Glas mit beiden Händen und erwiderte seinen Blick. In diesem Moment wurde ihr klar, dass sie sich tatsächlich in Rob verliebt hatte. Sie hatte es nicht geplant – es war überhaupt nicht vorgesehen gewesen –, und doch war es passiert.

»Ich muss mich entschuldigen«, sagte sie. Das Feuer knisterte und knackte. Aus der Küche hörten sie scheppernde Geräusche und lautes Gelächter. Alles schien auf einmal wie in Zeitlupe zu geschehen.

Rob schüttelte den Kopf. Die Furche zwischen seinen dunklen Brauen wurde tiefer, als er sie forschend ansah.

»Doch. Ich hätte nicht so überreagieren dürfen. Ich hab dir nicht mal die Chance gegeben, dich zu äußern. Die Sache ist, Midsummer House ist nicht – es ist nur –«

Langsam breitete sich auf seinem Gesicht ein Lächeln aus. »Ich möchte, dass du es bekommst.«

Charlotte schüttelte den Kopf. »Das wollte ich dir gerade sagen. Als du weg warst, wurde mir klar, dass es bloß ein Haus ist – oder nein, es ist mehr als ein Haus. Aber – es gibt Wichtigeres.«

Er fasste nach ihrer Hand und umschloss ihre Finger. »Deswegen sollst du es haben. Es bedeutet dir so viel.«

»Dir bedeutet es auch etwas.« Für ihn steckte Midsummer House voller Erinnerungen – es war viel mehr als ein Haus, es hatte eine viel größere Bedeutung.

Er grinste, sodass sie trotz der Gefühle, die auf sie einstürmten und die an Stärke dem Unwetter draußen in nichts nachstanden, lächeln musste.

»Also will keiner von uns das Haus haben«, sagte er kopfschüttelnd. Mit leiserer Stimme fuhr er fort: »Was willst du denn, Charlotte?«

Sie überlegte einen Moment. Lebe wild und gefährlich, ging ihr durch den Kopf. Sie hatte es versucht, hatte vorgegeben, eine andere zu sein, hatte eine Nacht lang eine Maske aufgesetzt und sich gestattet, ihren Sehnsüchten nachzugeben. Hätte sie das nicht getan, dann hätte sie Rob nie kennengelernt und säße jetzt nicht mit ihm hier. Sie legte die Hand an seine Wange und strich mit dem Finger über die dunklen Stoppeln, die sein markantes Kinn bedeckten. »Dich«, sagte sie leise. »Uns. Das ist es, was ich will.«

Das Schweigen zwischen ihnen schien sich ewig hinzuziehen, und das Blut rauschte ihr so laut in den Ohren, dass sie fast nichts anderes mehr hörte. Er sah sie an, und einen furchtbaren Moment lang dachte sie, er würde aufstehen, lachen und sie einfach sitzenlassen, und alle würden erfahren, dass sie diesem Mann ihr Herz geöffnet und er sie eiskalt abserviert hatte.

»Das ist schön.« Seine Augen waren ganz dunkel geworden, fast schwarz. »Denn das will ich auch. Dich. Uns.«

Charlotte holte tief Luft. »Aber ich arbeite zu viel, und ich bin –«

»Du bist witzig und liebevoll.« Rob stand auf und zog sie auf die Füße, »und klug und schön«, fuhr er fort, während er ihr eine Hand auf den Rücken legte und sie an sich zog. Sie spürte seine Wärme, seinen ganzen Körper, als er sie in die Arme nahm. Seine Worte waren sanft, aber er konnte sein Verlangen nicht verbergen. Charlotte hob den Kopf, um ihn anzusehen, und er schob ihr die feuchten Strähnen aus dem Gesicht und strich sie ihr zärtlich hinter die Ohren.

»Du erinnerst mich an diese wahnsinnig attraktive Frau, die ich mal bei einer Preisverleihung kennengelernt habe.« Sein Mund berührte ganz zart ihre Lippen.

»Wirklich?« Beim Lächeln spürte Charlotte seine Lippen. »Von der musst du mir irgendwann mal erzählen.«

»Vielleicht tue ich das sogar«, brummte er, »wenn du es klug anstellst.«

Dann küsste er sie, und weder hörten die beiden, dass die Glocke über der Tür warnend einen neuen Gast ankündigte, noch bemerkten sie, dass Harry und Polly wieder aufgetaucht waren und mit verschränkten Armen und selbstzufriedenen Gesichtern an der Theke standen.

»Das wurde aber auch Zeit«, sagte Polly und erntete von allen Seiten schallendes Gelächter.

»Siehst du, auf was du dich da einlässt?« Immer noch lachend, sah Charlotte Rob an.

»Glaub mir, das habe ich längst begriffen.« Er nahm ihren Kopf in beide Hände und küsste sie wieder. »Also«, sagte er dann, »ich denke, wir haben eine Menge nachzuholen. Hast du was dagegen, wenn ich dir deine Schwester entführe?«, fragte er mit einem Seitenblick zu Polly hinüber und nahm Charlotte an die Hand.

»Überhaupt nicht.« Polly sah Charlotte an. »Sag Bescheid, wenn ich dich mit zurück ins Gutshaus nehmen soll.«

»Ich denke, das wird nicht nötig sein«, erklärte Rob.

Hand in Hand verließen sie das Restaurant und stiegen in Robs Wagen.

»Wo ist eigentlich dein Hund?« Rob wandte sich Charlotte zu, als sie ihren Sicherheitsgurt anlegte, und ließ die Hand sanft über ihren Arm gleiten.

»Im Applemore House, bei den anderen Hunden. Wieso?« Charlotte hatte das Gefühl, dass ihre Nervenenden brannten.

»Wollte bloß sichergehen.« Rob schaltete die Zündung ein. »Ich möchte nicht, dass er verdorben wird.«

Charlotte sah ihn mit großen Augen an, während er Richtung Midsummer House losfuhr.

»Was ist?«

»Nichts.« Aber die Blicke, die sie tauschten, sprachen Bände.

»Warte mal«, sagte sie, als Rob vor dem Tor von Midsummer House hielt. »Was ist aus dieser komischen Hippie-Frau geworden?«

»Hab ihr ein hübsches Sümmchen zugesteckt, damit sie sich aus dem Staub macht.« Rob sprang aus dem Wagen, öffnete das Tor und kam zurück. »Siehst du – du dachtest ja immer, ich wäre so ein verwöhntes reiches Jüngelchen, jemand, der mit Geld nur so um sich schmeißt und sich aus allen Schwierigkeiten herauskauft.«

»Und wie sich jetzt zeigt, hatte ich recht«, sagte sie neckend.

»Sehr selten. Fast nie. Aber als ich zurückkam, war das Hotel ausgebucht, sonst hätte ich ein Zimmer für sie reserviert. Immerhin habe ich sie nicht auf die Straße gesetzt, sie wohnt ja in ihrem Campingbus.«

»Und hat jetzt vermutlich genug Geld, um sich für die nächsten zwei Wochen in einer Nobelherberge einzumieten.«

»So ungefähr, ja.« Rob stieg wieder aus, um das Tor hinter ihnen zu schließen.

Es war ein merkwürdiges Gefühl, wieder im Midsummer House zu sein. Charlotte war so lange vollkommen auf das Haus fixiert gewesen, und jetzt erschien es ihr irgendwie – anders. Als hätte es den Besitzer gewechselt. Ihr Blick fiel auf Robs Schwester Emily, die vom Foto an der Wand herabsah, doch da fasste Rob sie an den Armen, drehte sie um und zog sie an sich.

»Ich kann dir gar nicht sagen, wie oft ich mir das hier gewünscht habe«, sagte er, als sie ihm die Hände um den Nacken schlang.

Charlotte schloss die Augen, als ihre Lippen sich fanden. Sie hatte bekommen, was sie sich gewünscht hatte – nicht das Haus, sondern den Mann darin. Vielleicht hatte Frances doch recht, wenn sie sagte, dass Midsummer House seine Bewohner verzauberte.

Epilog

Zwei Monate später

»Wenn die Tür breit genug für einen Rollstuhl sein soll«, sagte Kenny, der Bauunternehmer, »müsst ihr sie vergrößern.« Er hatte die Hände in die Hüften gestemmt und machte ein Gesicht, das alle, die schon einmal mit Handwerkern zu tun hatten, kennen. »Aber das wird nicht billig«, erklärte er kopfschüttelnd.

»Macht nichts.« Rob stand mit Charlotte im Hof vor Midsummer House. Er schwenkte ihre Hand vor und zurück.

»Und unten wollt ihr eine bodengleiche Dusche und oben neben mindestens zwei Zimmern Bäder eingebaut haben?« Kenny zog einen Notizblock aus seiner Gesäßtasche und schrieb etwas auf.

»Genau. Und das Geld spielt keine Rolle.« Rob sah, dass Charlotte Kenny, diesem Inbegriff des knauserigen Schotten, einen amüsierten Blick zuwarf. Gerade schüttelte der Bauunternehmer wieder den Kopf, so als könne er es nicht fassen.

»Na gut«, sagte er dann. »Ich finde, ihr zwei habt hier etwas Gutes vor. Ich hatte ja meine Zweifel, als du Harry mit deinem Geld unter die Arme gegriffen hast, da will ich ehrlich sein. Ich war nicht sicher, ob wir wollen, dass hier ein Kerl aus dem Süden mit dicker Brieftasche unser Hotel umbaut. Aber jetzt scheint mir, dass es ein richtig schönes Haus werden wird.«

»Das ist der Plan.« Rob sah Charlotte nicht an, als er das sagte, denn er wusste, dass sie ihn sonst zum Lachen bringen würde. Sie hatte sich abgewandt und ging auf die andere Seite des Hofes hinüber. Dort lehnte sie sich über die Stalltür und sah zu Geoffrey hinein, der in Ungnade gefallen war, denn er hatte die Gummidichtung an der Tür des Range Rovers angeknabbert, als Rob sie offen gelassen hatte. Das Leben im Midsummer House in diesem Sommer war ein herrliches Chaos, und Rob genoss es in vollen Zügen. Frances war hocherfreut gewesen, als sie gehört hatte, dass Charlotte und er ein Paar geworden waren, und bei ihrem letzten Anruf hatte sie stolz verkündet, sie habe von dem Moment an, als sie Charlotte zum ersten Mal gesehen habe, gewusst, dass sie ein perfektes Match wären.

»Keine Ahnung, woher sie das wissen konnte, sie hatte mich ja viele Jahre nicht gesehen«, hatte Rob bissig gesagt, aber er hatte sich doch gefreut, dass seine Tante so zufrieden mit sich war, und schließlich war sie ja auch so großzügig gewesen, ihm das Haus zu überschreiben – was alles verändert hatte.

Charlotte hatte weiterhin darauf beharrt – ganz anders als noch vor wenigen Wochen –, dass sie das Haus nicht haben wollte. Für sie war es zum Symbol für etwas geworden, das sie in der Vergangenheit lassen wollte.

»Und was meinst du, wann du das Haus eröffnen willst?« Kennys Frage holte Rob in die Gegenwart zurück, und Charlotte, die das Gespräch mitgehört hatte, kam zu den beiden Männern zurück.

»Das hängt eigentlich von dir ab.«

»Je eher, desto besser, finde ich.«

»Okay.« Kenny öffnete seine Wagentür. »Ich habe einen Vetter gehabt, der wäre für eine Auszeit in einem Haus wie diesem hier dankbar gewesen.« Rob meinte, eine Spur Feuchtigkeit in den Augen des Bauunternehmers zu sehen, und wandte aus männlicher Solidarität den Blick ab. Kenny wirkte nicht so, als wäre er jemand, der gern über seine Gefühle sprach.

»Ja, wir wollen hoffen, dass wir vielen Familien damit eine Freude machen können.«

Kenny nickte, und sie sahen ihm nach, als er durchs Tor fuhr. Rob nahm Charlottes Hand, und sie gingen hinüber, um es wieder zu schließen.

»Es ist so schön, den Sommer über hier zu wohnen, findest du nicht?« Charlotte verflocht ihre Finger mit seinen. »Ich meine, obwohl wir die ganze Geschichte von hinten aufgezäumt haben.«

»Willst du damit sagen, dass es nicht normal ist, mit einem One-Night-Stand anzufangen, dann zusammenzuwohnen, dann auszuziehen und danach zusammenzukommen?« Er lachte.

»Und vergiss nicht, dass du noch dazu ein Haus, das du geerbt hast, zu einer barrierefreien Ferienvilla umbaust.« Charlotte blieb stehen und sah ihn an. Als sie die Hand hob und zärtlich seine Wange streichelte, hielt er den Atem an.

»Die Idee ist nicht bescheuert, oder?«

»Kommen dir in letzter Minute Zweifel?« Charlotte runzelte die Stirn und sah ihn weiterhin an.

Er schüttelte den Kopf. »Dir?«

Auch Charlotte schüttelte jetzt den Kopf, sodass ihr offenes Haar flog. »Überhaupt nicht. Ganz und gar nicht.«

Am Morgen nach ihrer ersten gemeinsamen Nacht – oder

besser nach ihrer ersten offiziellen gemeinsamen Nacht – war Rob mit einem Bild im Kopf aufgewacht. Es stand ihm deutlich vor Augen und erschien ihm plötzlich völlig einleuchtend. Emily war so gern in Midsummer House gewesen, und es hatte ihn so glücklich gemacht, dass ihre Namensvetterin – mit ihrer Vorliebe für Schokokuchen und trotz ihrer Prognose so voller Leben – ihren Aufenthalt im Dorf Applemore genossen hatte. Rob hatte Kaffee gekocht und war mit zwei Bechern wieder nach oben gegangen, hatte sich neben die noch schläfrige Charlotte auf den Bettrand gesetzt und ihr von der Vision berichtet, die er im Aufwachen gehabt hatte. Wenn sie Midsummer House tatsächlich nicht haben wollte – und in dieser Hinsicht blieb sie unbeirrbar –, dann erschien es ihm angebracht, etwas zurückzugeben. Midsummer House würde nicht einfach ein Ferienhaus werden, sondern eine Art Erholungsheim. Kinder mit lebensverkürzenden Erkrankungen würden mit ihren Familien hierherkommen und den Frieden eines Highland-Sommers oder im Winter die gemütliche Wärme im Haus genießen. Der Garten wäre voll von den duftenden Kräutern und Blumen, die Frances all die Jahre so liebevoll gepflegt hatte, und auf der Obstwiese würden die Tiere grasen.

Charlotte und er hatten unglaublich viel recherchiert, um herauszufinden, was nötig war, um den Aufenthalt im Midsummer House für die Familien so reibungslos und angenehm wie möglich zu gestalten, und sie hatten sich von verschiedenen Wohltätigkeitsorganisationen hinsichtlich der Vorgaben beraten lassen. Außerdem hatte Charlotte ihre Erfahrungen beim Renovieren der alten Cottages auf Gut Applemore eingebracht, denn das Haus sollte nicht nur praktisch, sondern auch schön werden. Das ganze Dorf fand die Idee wunderbar, und Rob hatte das Gefühl, dass er endlich einen Weg gefunden hatte, wie er zusammen mit der Frau, die sein Leben verändert hatte, das Andenken an die geliebte Schwester in Ehren halten konnte. Gemeinsam hatten sie ein Haus geplant, das ein Zufluchtsort sein würde. Es fühlte sich richtig an. Und er wusste, dass es in Emilys Sinn war.

Dank

Wenn ich am Ende eines Buches angelangt bin, finde ich es jedes Mal erstaunlich, dass ich es geschafft habe (und ich wünschte, ich könnte mich daran erinnern, dass das möglich ist, wenn ich die Worte *Erstes Kapitel* über ein neues Word-Dokument tippe). Die drei Bände zu schreiben, die in Applemore spielen, war ein sehr schönes Abenteuer, und wenn ich von Leserinnen höre, die sich in das Dorf und seine Bewohner verliebt haben, hat sich all die harte Arbeit gelohnt. Mein erstes Dankeschön geht also an meine Leserinnen, an die tollen Unterstützerinnen, die meine Bücher über die sozialen Medien bekannt machen und loben, und an die Rezensentinnen, welche die ersten Exemplare lesen. Ihr seid alle wunderbar!

Wieder einmal haben wir, während ich dieses Buch schrieb, eine Reise an die Westküste Schottlands gemacht, und es war ein merkwürdiges Gefühl, auf der Küstenstraße nach Ullapool zu fahren – das mich ein wenig zu Applemore inspiriert hat –, dort an der Shore Street zu sitzen, aufs Wasser zu schauen und Fish and Chips zu essen, als wäre ich in meiner erfundenen Welt. Außerdem haben wir viele schöne einsame Strände besucht, an einem Imbiss Meeresfrüchte gegessen (Inspiration für Harrys Imbiss, der vielleicht in einem zukünftigen Buch auftauchen wird), und natürlich sind wir total von Gnitzen zerstochen nach Hause gekommen. Falls Sie noch nicht in Ullapool waren, empfehle ich Ihnen auf jeden Fall einen Besuch – der kleine Ort ist zu jeder Jahreszeit wunderbar.

Es war ein sehr aufregendes Jahr, denn die Applemore-Reihe hat ihren Weg in die Welt begonnen und wird in viele Sprachen übersetzt – herzlichen Dank an meine geniale Agentin Amanda Preston bei LBA Books und an Alison und Hannah bei LBA, sie sind wirklich spitze.

Ein ganz großes Dankeschön geht auch an meine geniale, kluge Lektorin Hayley Webster, die das Schreiben zu einem Vergnügen macht (auch wenn ich mich zehn Minuten mit einem einzigen Satz herumquäle). Und ich bedanke mich bei Johnny Sharp, der diesen Namen zu Recht trägt, denn mit seinem scharfen Blick fällt ihm alles auf, was mir beim Schreiben entgangen ist (zum Beispiel, dass Personen plötzlich einen anderen Namen, eine andere Haarfarbe oder ein anderes Alter haben).

Meine Cover-Designerin Diane Meacham nimmt die verrückten Kritzeleien, die ich ihr schicke, und verwandelt sie in eine Serie von Umschlagbildern, die ich wunderschön finde – ich weiß nicht, wie sie das macht, aber ich bin ihr sehr dankbar dafür!

Schreiben ist eine höchst merkwürdige, einsame Arbeit, und ohne die moralische Unterstützung schreibender Freundinnen und Freunde würde es viel weniger Spaß machen – ein riesiges Dankeschön geht daher wie immer an Alice, Keris, Hayley, Miranda, Holly, Kirsty, Tammy und natürlich an die Leute von *Book Camp* und an die *Word Racers*. Ihr seid die Besten.

Zum Schluss kommt das wichtigste Dankeschön, es geht an meine Familie – an Verity, Archie, Jude und Rory –, ganz viel Liebe und Dank dafür, dass ihr euch mit einer Mutter abfindet, die ja sagt, auch wenn sie gar nicht zuhört, oder in die Luft guckt und sagt: »Sorry, hab gerade über eine Idee für ein Kapitel nachgedacht«, und sich dann am Ende des Buches beschwert, dass das Haus aussieht, als hätte eine Bombe eingeschlagen. Ich bin sehr erleichtert, dass ihr irgendwie alle überlebt habt, und nicht besonders überrascht, dass niemand von euch Schriftstellerin oder Schriftsteller werden möchte. Ich hab euch alle sehr lieb. Und James – du bemühst dich so, an einer Seite des Küchentischs zu arbeiten, während gegenüber von dir jemand die Stirn runzelt, die Arme in die Luft wirft und ungefähr zehn Mal am Tag sagt »ich suche ein Wort« – ich liebe dich, Schatz. Danke dafür, dass du immer das richtige Wort weißt.

Dieses Buch ist Elise gewidmet, meiner besten Freundin, die auf Roller Skates in mein Leben fuhr. Das war, als wir aus Australien zurückkehrten, um uns in Schottland niederzulassen, nicht lange, nachdem auch du, Elise, mit deiner Familie aus Kanada nach Schottland zurückgekommen warst. Du hast mir Judy Blume, K.M. Peyton, John-Hughes-Filme und vieles andere vorgestellt … ich danke dir für deine lebenslange Freundschaft. Auf die nächsten fünfzig Jahre. Hab dich lieb!

Neues aus Applemore von der Bestsellerautorin Rachael Lucas!

Beth Fraser, energische alleinerziehende Mutter von Zwillingen, hat sich ihren Traum erfüllt und eine Gärtnerei auf Applemore eröffnet. Die Geschäfte laufen gut an, als sie erfährt, dass nebenan ein Outdoor-Camp entstehen soll. Und natürlich passiert sogleich ein Unglück, als beim Bau eines Baumhauses ein Ast vom Nachbargrundstück auf ihren Pflanzentunnel fällt.
Jack MacDonald, der charismatische Leiter des Camps, versucht zwar die Situation zu entspannen, aber ihre erste Begegnung endet in einer lautstarken Auseinandersetzung. Dennoch kommen die beiden sich näher, aber Jack trägt ein dunkles Geheimnis mit sich herum. Und als eine Filmgesellschaft an die beiden herantritt, um einen Film über Applemore, die Gärtnerei und das Camp zu drehen, brechen alte Wunden auf, und Jack muss sich seiner Vergangenheit stellen.

Rachael Lucas, Die kleine Gärtnerei in den Highlands. Roman. Aus dem Englischen von Sabine Schulte. insel taschenbuch 5036. ca. 316 Seiten. Auch als eBook erhältlich

NF 614/1/6.24

NF 596/1/2.24

Zwei starke Frauen, das »gefährlichste Buch des Jahrhunderts« und eine Liebe im Paris der zwanziger Jahre.

Eine Buchhandlung mitten in Paris. Für die junge Amerikanerin Sylvia Beach ist ein Traum in Erfüllung gegangen. Dass sie mit »Shakespeare & Company« in die Geschichte der Weltliteratur eingehen wird, ahnt sie bei der Eröffnung 1919 nicht. Schon bald wird »Shakespeare & Company« zum literarischen Treffpunkt in Paris: Hemingway, Gide, Valéry und Gertrude Stein gehen hier ein und aus – und nicht zuletzt James Joyce. Als nach Abdruck einzelner Episoden die vollständige Publikation seines umstrittenen Romans *Ulysses* verboten wird, ist es die unerschrockene Sylvia Beach, die ihn gegen alle Widerstände veröffentlicht – und damit ihre ganze Existenz aufs Spiel setzt. Doch in der gleichgesinnten französischen Buchhändlerin Adrienne Monnier findet Sylvia Beach nicht nur eine wagemutige Mitstreiterin, sondern auch die Liebe ihres Lebens.

»Eine Liebeserklärung an alle Buchhandlungen, Bibliotheken und die leidenschaftlichen und entschlossenen Frauen, die sie führen.« *New York Journal of Books*

Kerri Maher, Die Buchhändlerin von Paris. Roman. Aus dem amerikanischen Englisch von Claudia Feldmann. insel taschenbuch 4933. 391 Seiten. Auch als eBook erhältlich

NF 573/1/2.23